청죽, 삶과 문학의 여행길

청죽, 삶과 문학의 여행길

강남국 지음

초판 인쇄 2023년 08월 10일
초판 발행 2023년 08월 15일

지은이 강남국
펴낸이 신현운
펴낸곳 연인M&B
기 획 여인화
디자인 이희정
마케팅 박한동
홍 보 정연순
등 록 2000년 3월 7일 제2-3037호
주 소 05056 서울특별시 광진구 자양로 73(자양동 628-25) 동원빌딩 5층 601호
전 화 (02)455-3987 팩스(02)3437-5975
홈주소 www.yeoninmb.co.kr
이메일 yeonin7@hanmail.net

값 13,000원

ISBN 978-89-6253-563-1 03810

* 이 책은 문화체육관광부, 한국장애인문화예술원의 후원을 받아 2023년 장애예술 활성화 지원사업의 일환으로 발간되었습니다.

청죽,
삶과 문학의 여행길

강남국 지음

오늘도 누군가에게 행복을 주는 사람으로 살았으면 좋겠습니다.
그 사람 생각만 하면 절로 무장이 해제되면서
삶의 환희가 용솟음치는 그런 삶을 꿈꿔 봅니다.

연인M&B

작가의 말

지상 소풍을 끝내고
모래톱을 지나 레테의 강을 건넌
동오 아우에게 이 책을 바칩니다.

일곱 번째 책을 세상에 내놓습니다. 내가 글을 쓴다는 것은 존재를 증명하는 유일한 방법이기도 합니다. 나에게 글은 생명의 원류(源流)이며 분출구 같은 것이지요. 좋은 글은 좋은 삶에서 나온다고 믿으며 오랫동안 그런 글을 써야 한다는 욕심이 있었습니다. 하지만 이제는 그 욕심도 버렸습니다. 버리고 나니 글쓰기가 한결 더 수월해지더라고요. 그래서 지금은 아주 편안한 마음으로 떠오르는 단상(斷想)을 글로 옮깁니다. 어떤 형식에도 구애받지 않고 그냥 내 방식대로 쓰는 글이지요. 지난해 출간한 시집 「세상의 말 다 지우니」도 그랬습니다. 시(詩)의 모든 형식을 파괴하고 내 방식대로 썼고 이 책 또한 그렇습니다. 일반적인 수필(에세이)에 비해 우선 길이가 짧습니다. 그런 면에서 보면 수필이라고 할 수도 없을지 모릅니다. '오늘의 청죽 칼럼'이라는 제목으로 지난 2018년 하반기부터 2023년 상반기까지 쓴 것 중에서 일부를 추렸네요.

생(生)을 사랑하는 불덩이 하나 안고 지금껏 문학을 사랑하는 문청(文青)으로 살았습니다. 어떻게 생각하면 정말로 문학의 '문'자(字)조차 버리지 못하고 살았다 싶어요. 그만큼 책을 껴안고 앎에 대한 타는 갈증으로 살아온 지난날이었지요. 감사한 것은 책(문학)을 통해 넓혀 온 생의 지평이 결코 헛된 것이 아니었다는 사실입니다. 활어처럼 싱싱한 생각만으로 거기에 신선함을 더해 생명이 긴 나만의 글을 쓰고자 합니다. 지금껏 없던 문재(文才)가 어디 하늘에서 뚝딱 떨어지기야 하겠습니까만 앞으로도 계속 쓸 것입니다. 지난 시절 나의 터 닦음은 생을 사랑하는 데서 출발했기에 앞으로도 변함없이 사유하며 내 문학의 세계를 넓혀 나갈 참입니다. 삶과 문학이 일치하는 글로만 주어진 몫(使命)을 다하고자 합니다.

장애로 인해 어려움을 겪을 때마다 나에게 가장 큰 힘과 용기를 준 위안자는 역시 '책'이었습니다. 특별히 수필은 시와 더불어 자기 내면을 가장 맑게 드러내는 문학 장르지요. 문학은 개인의 영혼을 정화하고 세상을 맑게 하는 '천상의 언어'와 같다고 생각합니다. 시(문학)를 품고 사는 사람에겐 시의 향기가 납니다. 그 사람이 가는 곳마다 아름다운 문학의 꽃이 피지요. 그로 인해 세상은 또 얼마나 더 아름다워질까요. 책을 더 많이 읽는 세상을 욕심내 봅니다. 여기에 문인의 몫(使命)이 크다 하겠지요. 이 책이 세상에 나오기까지 애써 주신 연인M&B의 신현운 대표님과 편집부 선생님들께 고마움을 전합니다.

2023년 초여름

강남국

| 차례 |

1부

2부

3부

4부

5부

6부

7부

참 멋진 형

고대 그리스 철학자 소크라테스가 독배를 들기 전 절친 크리톤에게 "아스클레피오스에게 닭 한 마리 빚이 있네. 꼭 갚아 주게."라고 했다고 하지요. 아스클레피오스는 의학의 신입니다. 나는 이 한마디에 평생 소크라테스를 좋아했습니다. 삶의 철학이 얼마나 깔끔했으면 죽음의 순간에 그런 유언을 남겼을까요. '빚'이 무엇일까 생각할 때가 있습니다. 주변에서도 빚을 지고 사는 사람들이 많습니다. 아주 오래전엔 빚을 너무 많이 져서 갚을 길이 없는 어느 분이 일명 '판심'이라는 것을 하는 것을 봤습니다. 전 재산을 내어놓고 빚쟁이들을 불러 일부라도 갚는 것을 말하지요. 이후에도 그들이 수년 동안 울고불고 찾아다녔다는 소리도 들었습니다. 빚을 지고 살면 우선 자유가 없지요. 빚은 그 생을 짓누릅니다. 잘 입고 잘 먹어도 흉이 됩니다. 그래서 나는 빚(돈)에 관한 한 「명심보감」에 있는 명언 중 "재상분명 대장부(財上分明 大丈夫)"라는 말을 평생 실천하려 했습니다. 돈거래를 냉철(冷徹)하게 하는 사람이 진정한 도량이 넓은 인물이라는 뜻이지요. 그래서 돈에 대해 흐리멍덩한 사람을 좋아하지 않습니다. 될 수 있는 대로 내 집에 빚을 받으러 오는 상황을 만들지 않으려 평생 애써 온 것 같네요. 돈만큼은 분명하고 냉철할 필요가 있다 싶습니다. 소크라테스는 여전히 참 멋진 형입니다.

낭만주의 시인 바이런

조지 고든 바이런(George Gordon Byron · 1788~1824)은 낭만파를 대표하는 시인입니다. 19세기 영국 최고의 아이돌 스타였다고 할 수 있지요. '젊음과 반항의 상징' 하면 떠오르는 인물이기도 하지요. 「한가한 시간」이란 첫 시집이 1807년에 나왔고 장시 〈차일드 해럴드의 순례(Childe Harold's Pilgrimage)〉가 유명하지요. 하지만 그의 시는 비판도 많이 받았는데, 퇴고(推敲)를 거부하는 너무 직설적인 것이 흠이었고 파락호(바람둥이)였던 탓에 평판은 좋지 못했습니다. 하지만 이 작품을 발표하고 난 후 바이런은 "어느 날 아침에 일어나 보니 유명해져 있었다."라는 유명한 말을 했다고 하지요. 선천적으로 한쪽 다리가 짧은 장애인이었지만, 그는 주눅 들지 않았습니다. 여러 운동으로 체력을 단련했고 신체적 결함을 극복해 갔습니다. 1824년 바이런은 36세의 나이로 갑작스럽게 세상을 떠났지요.

돈을 가장 잘 쓰는 사람들

세상에 돈을 좋아하지 않는 사람은 없습니다. 누구나 돈을 좋아합니다. 돈을 좋아하지 않는다고 하면 아마도 그것은 거짓일 겁니다. 나도 돈이 좋습니다. 돈은 사람이 살아가는 데 가장 필요한 것이기 때문이지요. 그런데 돈의 문제는 무엇일까요. 성경에서는 "돈을 사랑함이 일만 악의 뿌리"(디모데전서 6:10)라고 했지요. 돈 그 자체는 결코 좋고 나쁜 것도 아닙니다. 좋은 곳에 쓰면 돈은 선(善)의 이데아를 이루지만 그렇지 않으면 악(惡)의 이데아를 만들기도 하지요. 세상엔 돈을 아름답게 쓰는 사람들이 많습니다. 절약하고 또 절약해서 이웃을 위해 아낌없이 내어놓는 사람들이 바로 그들이지요. 노력으로 부(富)를 쌓은 사람들에게 돈은 바로 피와 땀 그 자체입니다. 생명과도 같은 것이지요.

우리나라엔 2007년 사회복지공동모금회가 설립한 고액 기부자 모임인 '아너 소사이어티'가 있고 미국에는 세계적 부호들의 자선 캠페인 모임에는 '더기빙플레지(The giving pledge)'가 있지요. 더기빙플레지는 지난 2010년 빌 게이츠 MS 창업자와 그의 아내 멀린다 게이츠, 워런 버핏 버크셔 해서웨이 회장이 시작한 자발적 기부 운동단체입니다. 얼마 전 우리나라의 두 기업인이 여기에 가입했구요. 돈을 제대로 쓸 줄 아는 아름다운 사람들입니다.

봄의 전령사

꽃의 정체가 무엇일까 하고 생각할 때가 있었습니다. 나중에 알고 보니 꽃은 식물의 생식기관이고 수정이 끝나면 꽃은 열매와 씨를 맺지요. 그렇구나 싶었습니다. 봄꽃들이 하나둘 지천으로 피어나고 있네요. 뭐니 뭐니 해도 봄의 전령사는 단연 매화(梅花)가 아닌가 싶어요.

당대 시인 백거이(772~846)는 시 〈춘풍(春風)〉이란 작품에서 "봄바람에 정원의 매화가 가장 먼저 피고(春風先發苑中梅)/앵두꽃 살구꽃 복사꽃 자두꽃이 그다음에 핀다(櫻杏桃李次第開)"라고 읊었지요.

봄이 되면 "이러면/안 되는데"라는 아주 짧은 작품인 김상배의 〈낮술〉이라는 시가 떠오르고 같은 제목의 정현종의 작품도 생각납니다. 봄은 술을 부르지요. 대표적인 봄 술인 중국의 동정춘(洞庭春)은 생애 한번은 마셔 보고 가야 한다는 전설이 다 있을 정도라고 하네요. 주선(酒仙)하면 떠오르는 인물은 단연 소동파(蘇東坡 · 1037~1101)입니다. 〈적벽부(赤壁賦)〉로 널리 알려진 시인이지요. 그는 동정춘에 대해 '시를 낚는 갈고리요, 시름을 쓸어 버리는 비'라고 헌사했다고 하지요. 봄이 되니 그런 술을 몇 잔 마셔 봤으면 좋겠습니다.

문학상의 변신

지난해 11월 발표된 제39회 '김수영문학상' 수상자 결정은 한국의 수많은 문학상의 변신을 예고했습니다. 아직 등단하지 않은 신인에게 주어졌기 때문이지요. 한국에서 그런 예가 없었던 탓에 놀라움이 컸습니다. 나름 신선하고 아름다운 변신이라 생각했네요. 수상 후 이기리 시인(28)의 첫 시집인 「그 웃음을 나도 좋아해」(민음사)가 출간됐습니다. 시인은 중학교 1학년 시절 정호승의 〈너에게〉라는 작품을 읽고 시를 써야겠다고 다짐했다고 합니다. 표제작은 〈그 웃음을 나도 좋아해〉입니다. 시인은 "시가 누군가의 슬픔을 없앨 수는 없겠지만, 나눠 볼 수는 있을 것 같아요. 제 시가 슬픔을 소분해 나눠 짊어질 수 있다면, 그래서 읽는 분들이 조금이라도 행복해진다면 너무 기쁠 것 같습니다." 젊은 시인의 가슴이 참 따뜻합니다.

작가 양귀자

1990년대를 대표하는 여성 소설가 양귀자(梁貴子 · 1955~)는 「원미동 사람들」(1987), 「나는 소망한다 내게 금지된 것을」(1992) 등을 발표한 작가지요. 나는 개인적으로 작가의 「슬픔도 힘이 된다」를 무척 좋아합니다. 그 제목으로 인해 큰 힘을 얻었던 기억이 나네요. 그녀의 장편소설 「모순」이 2020년에만 5만 부가 팔렸다고 하니 놀라운 일입니다. 이 책은 살림출판사에서 1998년 7월에 처음 출간됐고, 2013년 4월에 쓰다출판사에서 개정판이 나왔지요. 처음에 15년간 132쇄를 기록하며 100만 부가 팔렸고 후에도 31쇄를 찍고 있다고 합니다. 이 책이 이렇게 많이 읽히는 이유가 무엇일까 싶네요. 작가는 20년 넘게 인터뷰도, 책 광고도 없었다고 합니다. 아마도 「모순」이라는 제목도 제목이지만 불어닥친 시대의 페미니즘의 영향이 접목됐지 않나 싶기도 하네요. 화자인 25세 미혼 여성 안진진을 다시 만나 보고 싶어집니다. 2016년 조남주의 「82년생 김지영」의 영향도 있었을 것 같고요. 함께 읽어 볼 책으로는 정세랑의 「시선으로부터」가 떠오릅니다.

고장난 문명의 첫 번째 신호

"산더미처럼 쌓인 쓰레기는 언제나 고장난 문명의 첫 번째 신호다." 로맹 가리의 말입니다. '휴머니즘의 작가'로 알려진 그는 러시아 이민자 출신의 유태인입니다. 「자기 앞의 생」이란 작품이 유명하지요. 1956년에 소설 「하늘의 뿌리」로 공쿠르상을 받았고 이후 이름을 바꿔 발표한 「자기 앞의 생」으로 또 한 번 수상함으로 화제가 됐던 인물이기도 합니다. 그 작품에서 모모의 눈을 통해 세상의 여러 모양을 반추하는 작가의 시선이 한껏 그려지기도 하네요. 세월이 흘러도 모모의 등에 지워진 삶의 무게가 여전히 무겁기 때문입니다. 이 책엔 〈에밀 아자르의 삶과 죽음〉도 함께 수록되어 있지요.

지난 3개월 동안 어느 단체에서 지원해 준 도시락을 일주일에 3번씩 받았습니다. 그런데 쓰레기가 너무 많은 탓으로 마음이 편치가 않았어요. 아름다운 조국의 산하가 쓰레기로 몸살을 앓고 있는데 작은 것이라도 내가 실천함으로 줄여야 한다는 생각뿐이네요.

孤獨의 숙련공

「아직 오지 않은 소설가에게」라는 작품을 쓴 일본 소설가 마루야마 겐지(丸山 健二, まるやま けんじ · 1943~)는 "고독(孤獨)의 숙련공이 아니면 소설가일 수 없다."라고 말했지요. 그는 "책이란 혼자 읽는 것이라 독자(讀者)는 고독하니 그들을 구원하려면 쓰는 사람은 읽는 사람보다 몇 배는 깊은 고독을 경험해야 한다."라는 것입니다. 그는 1966년 23세 때 처음 쓴 데뷔작 「여름의 흐름」으로 아쿠타가와상을 받았고 "문학은 떼로 하는 게 아니다."라며 50년 전 고향 산골에 틀어박혀 모든 문학상을 거부한 채 집필에만 몰두하고 있다고 합니다. 물론 독자의 심금을 울리는 작품을 아무나 쓸 수 있는 것은 아니지요. 참으로 엄격하고 숨막힐 정도의 글쓰기 철학이 아닐 수 없습니다. 철저한 자기 통제! 그런 탓에 지난 50년간 100여 권의 책을 썼다고 하네요. 놀랍습니다. 시대가 변해 책과 유튜브 중 당신은 오늘 어느 것에 시간을 더 투자하고 있나요? 카메라 시대에 펜밖에 없는 작가의 역할을 고민해 봅니다.

한국 현대시집 100년, 시집 100선

근대서지학회라는 곳에서 한국 현대시집 100년, 시집 100선을 발표했군요. 1925년 김소월의 「진달래꽃」을 비롯하여 백석 「사슴」, 윤동주 「하늘과 바람과 별과 시」, 한용운 「님의 침묵」, 정지용 「정지용시집」, 서정주 「화사집」, 김수영 「달나라의 장난」, 이육사 「육사시집」 그 외 「청록집」, 「오뇌의 무도」, 김남조 「목숨」, 구상 「초토의 시」, 김지하 「황토」, 천상병 「새」, 신경림 「농무」, 황지우 「새들도 세상을 뜨는구나」와 마지막으로 1989년 5월 30일 출간된 기형도의 「입 속의 검은 잎」 등이 뽑혔습니다. 이름만 들어도 한국 시단의 지평을 한껏 넓힌 시집들이다 싶네요. 한국 시단의 영원한 별들! 참고로 지난해 2020년 발간된 시집은 총 2,948종(출판협회 납본 기준)이었다고 합니다. 한국은 분명 '시공화국'입니다. 등록 시인이 11,700여 명이라니까요. '시인이 많으면 세상은 그만큼 더 좋아져야 하는데' 싶습니다.

시요일

날마다 시를 한 편씩을 읽을 수 있는 것은 축복입니다. 하지만 그게 좀처럼 쉽지 않지요. 하지만 이제는 걱정할 필요가 없네요. 한 출판사의 시 큐레이션 애플리케이션(앱) '시요일'이 큰 몫을 하고 있기 때문입니다. 무료도 있고 유료도 있지만 약 12만 4,000명이 매일 시를 한 편씩 받아 읽는다고 합니다. 나도 벌써 오래됐지요. 받아 보는 연령대는 30대가 가장 많다고 하는데 20대 미만부터 60대까지 다양한 층에서 인기가 있는 것 같습니다. 앱을 깔기만 하면 시를 배달해 주니 얼마나 좋은지요. 얼마 전엔 조회수 상위 10편을 발표하기도 했군요.

최명숙 〈개안(開眼)〉, 강은교 〈별의 어깨에 앉아〉, 강성은 〈자정의 아이〉, 유병록 〈아무 다짐도 하지 않기로 해요〉, 박서영 〈두부〉, 진은영 〈있다〉, 김해자 〈푸른 심연에게〉, 정유경 〈내 마음에 숲 울타리를 쳐두겠어〉, 전동균 〈연두〉, 유안진 〈비 가는 소리〉 등.

자극적인 오락거리가 넘쳐나는 시대에 시는 무얼 할 수 있을까 '시요일'은 묻습니다.

첼리스트 요요마

요즘은 첼로 연주가 하면 요요마(YoYoMa, 馬友友)가 떠오릅니다. 그는 1955년 프랑스 파리에서 출생한 중국계 미국인이지요. 하버드대학교 인문학과를 졸업했습니다. 4세가 되던 해부터 아버지로부터 바이올린 · 첼로 등을 배웠고, 초등학교 입학할 무렵 줄리아드(Juilliard School)에 들어갔지요. 이후 세계적인 첼리스트로 성장해 베를린 필하모닉, 빈 필하모닉 등 주요 오케스트라와 협연했고, 90개의 앨범을 냈습니다. 그래미상 수상 이력만 18회에 달하는 연주가입니다. 그가 지난 2020년에 낸 Daniel Barenboim/Anne-Sophie Mutter/Yo-Yo Ma 베토벤: 3중 협주곡, 교향곡 7번 [2LP]은 벌써 명반 대열에 합류했더군요. 원제는 Beethoven: Triple Concerto Op.65, Symphony Op.92입니다.

얼마 전 미국에서 백신 접종을 하러 왔다 대기 중인 시민들을 위해 첼로를 켰다고 하지요. 그는 평소에도 "불안한 시대에 편안함 줬으면…."이라는 말을 자주 했다고 해요. 참 멋진 음악가입니다. 가슴이 따뜻한 사람만이 세상을 데울 수 있습니다.

부녀 작가

호가 해산(海山)인 한승원(韓勝源) 작가는 1939년생입니다. 올해(2021년)로 등단 55주년, 반세기가 넘도록 소설을 써 왔지요. 전남 장흥에서 태어나 서라벌예술대학교 문예창작과를 졸업했습니다. 1968년 대한일보 신춘문예에 〈목선〉이 당선되어 문단에 나왔으며 이런저런 문학상을 숱하게 받았고 지금껏 한국 문단에 큰 궤적을 남겼습니다. 지금도 장흥 바닷가 해산토굴에서 집필 중이라지요. 그의 소설에서 가장 큰 비중을 차지하는 것은 '생명력'입니다. 지은 책으로는 장편소설 「아제아제 바라아제」를 비롯 하도 많아 열거하기조차 어렵습니다. 이번에는 「산돌 키우기」란 자서전을 내놨군요. 그는 이 책에서 작가는 "글을 쓰는 한 살아 있고, 살아 있는 한 글을 쓸 것"이라고 말했습니다. 부러운 것은 잘 알려진 대로 시인이자 소설가인 한강이 바로 작가의 딸이지요. 2016년 5월에 「채식주의자」로 맨부커 국제상을 수상하여 한국문학의 저력을 세계에 알렸습니다. 이번에 아버지 책의 추천사를 딸이 썼군요. 정말로 부럽습니다. 한강은 서울예술대학 문예창작과 교수이기도 합니다.

호아킨 로드리고의 기타 명곡들

세계에서 가장 유명한 기타 협주곡 하면 떠오르는 곡은 〈아란후에스 협주곡〉입니다. 이 불후의 명곡을 쓴 이는 호아킨 로드리고(Joaquin Rodrigo · 1901~1999)입니다. 그는 스페인 제3의 도시인 발렌시아 부근의 작은 마을 사군토에서 태어났고 네 살 때 그는 디프테리아에 걸려 평생 앞을 못 보는 사람으로 살았지요. 열여섯 살이 되면서는 작곡을 시작했고 파리 유학을 다녀온 후 마드리드 왕립 음악원의 교수가 됩니다. 그에게는 피아니스트 빅토리아 캄히(1905~1997)라는 여인이 있었지요. 그녀는 60년 넘게 로드리고의 곁을 지키며 그의 눈과 손 그리고 발이 되어 주었다고 풍월당 대표인 박종호는 글에 쓰고 있습니다. 나는 특별히 그의 곡 가운데 〈어느 귀인을 위한 환상곡〉을 엄청나게 좋아합니다. 이 곡은 1954년 스페인의 전설적인 기타리스트 안드레스 세고비아(Andrés Segovia · 1893~1987)를 위해 작곡되었다고 하지요. 여기서 '어느 귀인'은 바로 세고비아를 뜻합니다. 〈안달루시아 협주곡〉도 좋지요. 〈아란후에스 협주곡〉은 1940년에 발표됐는데 스페인의 대표적 악기인 기타가 오케스트라와 함께 연주되는 아름다운 곡입니다.

헬퍼스 하이(helpers' high)

제목이 생소하다고 고개를 갸우뚱할지도 모르겠습니다. '다른 사람을 도울 때 느끼는 행복함 · 만족감'을 뜻하는 말이지요. 미국인 의사 앨런 룩스가 3,000여 명의 남녀 자원봉사자를 연구한 결과를 정리한 용어입니다. 나는 남을 가르칠 때 참 행복합니다. 교육뿐만이겠습니까만 무엇으로든 남을 도울 때면 정신뿐 아니라 신체적으로도 긍정적인 변화가 나타난다고 합니다. 엔도르핀이 솟고 스트레스가 사라지며, 행복감 · 자존감은 높아진다는 것이지요. 거짓이 아닙니다. 내가 늘 체감하며 살고 있으니까요. 받는 것보다 주는 것이 더 행복하다는 것은 정설(定說)이며 진리가 아닐 수 없지요. 정말 그렇습니다. 올해(2021년)로 이웃을 향한 무료교육을 시작한 지 꼭 27년이 되었습니다. 내가 유일하게 행복한 이유이기도 하지요. 인문학을 버무린 강의를 할 수 있다는 것이 오늘도 참 행복합니다. 건강이 강의를 빼앗아 갈 때까지는 계속해야겠다 싶네요. 죽기 사흘 전까지 계속 헬퍼스 하이를 실천하는 강사로 살고 싶습니다.

목포의 문인들

목포 하면 이난영이 부른 〈목포의 눈물〉도 생각나지만 한국문학사에서 걸출한 문인을 퍽 배출한 곳으로도 유명하지요. 잘 알려진 몇 분만 떠올려 봐도 맨 먼저 문학평론가 김현(1942~1990)과 황현산(1945~2018) 이렇게 두 분의 선생님이 떠오릅니다. 한때 평론을 공부하겠다고 김현 선생님의 책을 참 열심히 읽었던 기억이 나네요. 그분이 쓰신 많은 책에서 큰 영향을 받았습니다. 공저인 「한국문학사」는 더 애착이 가는 책이기도 하지요. 기형도 불멸의 시집 「입 속의 검은 잎」의 해설을 쓰신 분도 김현 선생님입니다. 문학과지성사에서 「김현 문학전집」이 나와 있지요. 그 외 근대극의 선구자 김우진, 민중문학의 대모 박화성, 수필 문학의 거장 김진섭, 극작가 차범석, 시인 최하림, 소설가 천승세 등의 문인을 배출한 곳이지요. 2021년 10월에 목포에서 첫 문학박람회가 열린다는 소식이군요.

아무개 씨, 당신이 이 세상에 태어나 줘 정말 행복합니다

어제오늘 햇살이 참 곱습니다. 올해는 예전보다 봄꽃이 일찍 폈지요. 기후 탓입니다. 거기에 며칠 황사로 인해 밖엘 나가지 못했고 시대의 역병은 올해도 꽃구경조차 못하게 막고 있는 상황이 계속되고 있네요. 여의도, 안양천도 마찬가집니다.

최재천 교수의 레너드 번스타인을 기리며 쓴 글을 읽다가 제목을 발견했습니다. 무엇인가 마음을 짠하게 하네요. 누구의 이름을 부르며 나는 이 말을 전할 수 있을까 싶었기 때문이지요. 반대로 누군가가 나를 그렇게 불러 준다면 얼마나 행복할까 싶은 마음이 들었습니다. 평생의 무거운 짐이 한순간에 가벼워지지 않을까 싶었습니다. 잠깐 생각해 봐도 많네요. 대부분입니다. 다만 말을 못했을 뿐이지요. 앞으로는 생일 축하를 할 때 이 말을 꼭 넣어야겠다는 생각이 문득 들었어요.

월간지 『샘터』

내가 『샘터』를 읽기 시작한 것은 1971년이었습니다. 열다섯 살 때였지요. 창간 당시 값은 100원이었습니다. 그 이후 정말 수십 년을 함께한 것 같네요. 그 잡지를 통해 여러 차례 글을 실었고 이해인, 피천득, 법정, 장영희, 최인호, 정채봉 등을 만났지요. '샘터는 평범한 사람들의 행복을 위한 교양지'를 모토로 1970년 4월 창간한 국민 잡지입니다. 그동안 이런저런 곡절도 많이 겪었지만, 올해(2021년) 창간 51주년 기념호인 4월호를 내놨군요. 참으로 긴 세월 국민 교양지 역할을 톡톡히 해 온 『샘터』에 박수를 보냅니다. 이번 호는 제호도 바꾸고 MZ세대(밀레니얼+Z세대)의 취향을 반영해 이전보다 사진을 더 많이 실었다고 합니다. 아직도 가격이 3,500원이란 것이 믿기지 않는군요. 초기 『샘터』는 50만 부를 발행했는데 지금은 고작 3만 부라고 합니다.

내 종교

지난주 모처럼 만에 교회에 갔는데 대표 기도를 하는 날이었습니다. 모르고 갔지요. 준비는 못했지만, 기도를 시작하자 자꾸 목소리 톤이 높아 갔습니다. 바다의 염도는 겨우 3.57%라고 하지요. 4%도 안 되는 그 염도가 바다를 건강하게 하는 힘이라는 것을 알고 난 후의 충격을 잊지 못합니다. 종교를 가진 사람들이 많지요. 시대에 따라 통계는 다르지만 내가 믿는 기독교만 하더라도 전체 국민의 25% 이상입니다. 그런데도 우리가 사는 세상은 좋아지지 않고 하루가 다르게 혼탁해 갑니다. 마치 눈에 백태(白苔)가 낀 것처럼 말이지요. 그것은 단적으로 제대로 믿는 사람이 그만큼 없다는 뜻이지요. 우선 나부터 부끄러워졌습니다. 그냥 예배당에만 다니는 가짜 신자의 숫자가 그만큼 많다는 뜻 외엔 달리 설명할 길이 없습니다. 생각하면 참으로 안타까운 일이지요. 당신은 무엇을 믿고 있나요? 청전 스님은 "내 종교는 인간"이라고 했고 간디는 "진리가 내 종교"라고 했으며 달라이 라마는 "내 종교는 친절"이라고 정의했지요.

혼돈의 카오스(khaos)

아마도 세상에 고정불변의 진리는 없을지 모릅니다. 변하지 않는 것이 없기 때문이지요. 정말로 세상의 모든 것은 변합니다. 어떤 사람은 그 변화를 쉽게 받아들이지만 그렇지 않은 경우도 많지요. 가치관의 혼란(混亂)은 참 어렵습니다. 시대의 흐름을 따라가지 않을 수 없을 때 혼돈(混沌)은 극에 달하는 경우가 많습니다. 나는 개인적으로 동성애자가 그 대표적으로 어렵습니다. 함께 살아가는 세상이니 그냥 받아들이면 될까 싶다가도 그게 절대 그렇지 않다는 것이군요. 참으로 어렵고 민감한 문제입니다. 역사적으로 보면 지휘자 겸 작곡가인 레너드 번스타인(Leonard Bernstein)은 '결혼한 동성애자'였고 세계적인 예술가 중에는 다빈치, 미켈란젤로, 차이콥스키, 앤디 워홀, 엘튼 존 등이 있으며 작가 중에도 랠프 월도 에머슨, 오스카 와일드, 미셸 푸코, 유발 하라리 등 세계적인 인물들이 엄청 많습니다. 특히 프랑스의 구조주의 철학자 미셸 푸코는 내가 그의 책 「성의 역사」를 통해 깊은 인상을 받은 석학이어서 놀라움이 클 수밖에 없었네요. 카오스의 반대는 코스모스(cosmos)라고 한다는데 참으로 혼란스럽습니다.

* 이 글은 최재천 교수의 칼럼을 읽고 쓴 글입니다.

내 인생의 무디타(Mudita)

'사촌이 땅을 사면 배가 아프다.'라는 속담을 제일 싫어합니다. 열심히 노력해서 땅을 샀는데 축하를 해 줘야지 무슨 말일까요. 배배 꼬인 꽈배기 마음으로 세상을 사는 것이 아니라면 이 속담은 분명 틀렸습니다. 이래서는 우선 오늘 당장 내가 행복할 수가 없지요. 남이 잘되는 것을 보지 못한다면 어찌 오늘 편안한 잠을 잘 수 있을까요. 불교의 '무디타(Mudita)'는 타인의 행복을 즐기는 기쁨을 뜻한다고 합니다. 지혜가 아닐 수 없네요. 미국의 3대 대통령 토머스 제퍼슨도 이런 글을 남겼지요. "누가 내 등잔의 심지에서 불을 붙여 가도 불은 줄어들지 않는다."라고. 샘물 또한 다르지 않습니다. 온 동네 사람들이 퍼 가도 좋은 샘물은 줄어들지 않습니다. 그래서 나눔(sharing)은 위대한 것이지요. 특별히 나눔은 내 소중한 것을 줄 때 더욱 빛이 납니다. 어떤 사람은 시간을 또 어떤 사람은 물질을 주지요. 주고 나면 무디타의 마음이 됩니다. 행복이지요. 진정한 행복은 바로 오늘 내 인생의 무디타를 만나는 것이 아닐까 생각해 보네요.

호르헤 루이스 보르헤스

아르헨티나 문학을 대표하는 작가 호르헤 루이스 보르헤스(Jorge Luis Borges)는 기호학, 해체주의, 후기구조주의, 포스트모더니즘 등 현대 사상을 견인한 선구자로 평가받는 거장입니다. 1899년 아르헨티나의 부에노스아이레스에서 태어나 1986년에 사망했지요. 한마디로 그는 국제적으로 인정받은 최초의 라틴아메리카 작가라고 할 수 있습니다. 우리나라에도 이미 그의 전집이 나와 있는데 최근에 읽은 책으로는 민음사에서 나온 「픽션들」이네요. 그의 책을 읽다 보면 '현실'에 관한 이야기를 하고 있다는 것을 알 수 있습니다. 세상에는 체험되기 전에는 이해될 수 없는 것들이 참 많습니다. 그는 말년에 시력을 완전히 잃은 뒤에도 계속 책을 사들였다고 합니다. 읽을 수는 없어도 그게 집안 어느 구석에 존재한다는 것만으로도 행복감을 느낀다고 했다지요. 감동이 아닐 수 없습니다.

바둑

바둑을 흔히 수담(手談)이라고 하지요. 말은 필요하지 않고 손으로 이야기를 나눈다는 뜻입니다. 바둑은 역사가 참 오래됐다고 하지요. 19줄 곱하기 19줄, 총 361의 열십자(+)가 만들어 내는 것은 참으로 오묘하고 우리네 인생과 어쩌면 그렇게 닮았을까 싶을 때가 많습니다. 나도 10대 중반 때 바둑을 배웠는데 잘 두지는 못해도 지금도 엄청나게 좋아합니다. 바둑의 기리(棋理)의 오묘함을 알고부터 바둑에 빠지지 않았나 싶어요. 한국 바둑사(史)의 산 증인이며 예인(藝人)으로 통했던 '영원한 국수' 김인 9단이 세상을 떠났습니다. 한국 바둑 개척자 조남철 9단의 20년 아성을 무너뜨린 첫 세대교체의 주인공이지요. 그는 통산 1,568전 860승 5무 703패의 성적을 남겼습니다. 1968년 작성한 40연승은 현재까지 깨지지 않은 한국기원 최다 연승 기록입니다. 앞으로도 절대 쉽지 않을 것 같아요. 한국 바둑사는 조남철-김인-조훈현-이창호-이세돌로 이어졌고, 현재 박정환-신진서 9단이 뒤따르고 있지요. 고인의 명복을 빕니다. 최정 9단의 활약도 큽니다.

죽기 전에 해야 할 일

오늘 바로 아래 동생이 환갑을 맞았습니다. 동생이 회갑을 맞을 만큼 세월이 흘렀다는 것을 다시 깨닫네요. 사람은 누구나 나이를 먹고 죽습니다. 이것만큼은 만고불변(萬古不變)의 영원한 진리지요. 이것을 또한 모르는 사람도 없습니다. 다 알지만 죽음을 예비하고 준비하는 사람은 그렇게 많지 않지요. 잘 죽는 것은 잘 사는 것 못지않게 중요합니다. 단적으로 사람은 잘 죽을 수 있어야 한다는 생각도 하네요. 문제는 어떻게 잘 죽을 수 있을까 싶은데 그것은 바로 '죽기 전에 해야 할 일'을 반드시 해야 한다는 것이네요. 몇 가지만 생각해 봐도 나 같은 경우 숱한 원고 정리, 사진 정리, 가계부 및 월별스케줄러, 갚을 빚은 없는가 등이 떠오릅니다. 또 어떤 것들이 있을까요. 일반적으로는 장례식, 시신 처리(화장, 매장, 수목장 등에 대한 사전장례의향서), 사전연명 의료의향서(불필요한 연명치료를 하지 않겠다), 재산 정리(기부)와 유언장(가족 및 친인척에 남기고 싶은 감사의 말), 가족과 마지막 여행, 감사를 전하고 싶은 사람에게 전하기 등등이 여기에 해당하지 않을까 싶습니다. 당신은 죽기 전에 해야 할 일이 무엇인가요?

자산어보

지난주 영화 〈자산어보〉를 보았습니다. 「자산어보(玆山魚譜)」는 조선 후기 문신 정약전(丁若銓 · 1758~1816)이 귀양가 있던 흑산도 연해의 수족(水族)을 취급하여 1814년에 저술한 실학서이지요. '자(玆)'는 흑이라는 뜻입니다. 총 3권으로 구성된 이 책은 제1권 인류(鱗類), 제2권 무인류(無鱗類) 및 개류(介類), 제3권 잡류(雜類)로 되어 있고, 인류 20항목, 무인류 19항목, 개류 12항목, 잡류 4항목, 도합 55항목으로 분류하여 취급하고 있지요. 저자는 이 책을 쓰게 된 경위에서 어보를 만들기 위해 섬사람들을 널리 심방하였다고 했고 특히 "섬 안에 장덕순(張德順, 일명 昌大)이라는 사람이 있는데, 두문사객(杜門謝客)하고 고서를 탐독하나 집안이 가난하여 서적이 많지 않은 탓으로 식견이 넓지 못하였다. 그러나 성품이 차분하고 정밀하여 초목과 조어(鳥魚)를 이목에 접하는 대로 모두 세찰(細察)하고 침사(沈思)하여 그 성리(性理)를 터득하고 있었으므로 그의 말은 믿을 만하였다."라는 기록이 보이네요. [한국민족문화대백과사전 참고] 흑백으로 촬영된 이 영화는 설경구, 변요한, 이정은 등의 연기가 대단했습니다. 어떤 사람은 감옥에 가서도 글을 쓰고, 어떤 사람은 귀양을 가서도 후대에 남을 책을 쓰며 또 그렇게 살았다는 것이 정신을 바짝 차리게 합니다.

공평과 평등

공평과 평등이 어떻게 다를까 싶을 때가 있습니다. 차이는 무엇일까요? 사전적 의미를 찾아보면 공평(公平)이란 '어느 한쪽으로 치우침이 없이 고름'이란 뜻이고 평등(平等)이란 '권리 · 의무 · 자격 등이 차별 없이 고르고 한결같음'이라고 되어 있군요. 하지만 소설가 백영옥의 지적처럼 공평과 평등은 언뜻 비슷해 보이나, 다른 개념이지요. 주철환의 책 「오블라디 오블라다」에는 "세상은 불공평해도 세월은 공평하다."라는 문장이 나옵니다. 누구에게나 하루 똑같이 24시간이 주어지는 것 등이 여기에 해당하겠지요. 세월은 공평해도 사용하는 세월은 제각각입니다. 개인적으로 '공평'하면 송명희 시인의 〈나〉라는 작품이 떠오릅니다. "공평하신 하나님이"라는 표현이지요. 나는 오랫동안 그 말을 받아들이지 못했습니다. 삶은 공평하지 않기 때문이지요. 그것은 시인이 신앙적으로 아주 높은 경지에 있거나 아니면 공평의 의미를 잘 모르고 쓰지 않았을까 싶기도 했습니다. 참고로 '오블라디 오블라다'라는 말은 비틀스의 〈화이트 앨범〉에 수록된 곡이기도 하지만 자메이카 말로, '뭐 어때', '다 그런 거지, 뭐', '다 괜찮아~'의 의미를 담고 있다고 합니다.

세계문학전집

지금은 그렇지 않지만 집집이 거실 장식품으로 세계문학전집이 유행했던 때가 있었습니다. 같은 판형에 페이지 수도 거의 비슷하게 장정 된 전집이었지요. 들춰 보면 거의 읽은 흔적이 없는 채 자리를 지키고 있었던 책. 우리나라에서 문학전집이 나온 것은 1959년 을유문화사에서였습니다. 100권짜리였지요. 그 전집은 참 좋았습니다. 믿을 만했으니까요. 그 이후 내리막을 걷다 전집도 단행본이 유행하면서 지금은 크기는 같지만, 표지가 모두 다르게 나오는 시대입니다. 좋은 점은 개별 구매가 가능하다는 것이고요. 지금은 민음사를 비롯해 문학동네, 범우사, 을유문화사, 그리고 창비의 세계문학 등 몇몇 곳에서 계속 출간되고 있지요. 원조는 뭐니 뭐니 해도 을유 판이 아닐 수 없습니다. 제목에 문제가 있는 경우도 흔했지요. 대표적인 예로 에밀리 브론테의 「위더링 하이츠(Wuthering Heights)」를 「폭풍의 언덕」으로 번역한 경우입니다. '위더링 하이츠'를 무대로 펼쳐지는 캐서린과 히스클리프의 비극적 일대기가 눈에 선히 보이는 듯합니다.

리포트는 공부다

이번 학기 리포트 기간이라 연일 정신없이 보내고 있습니다. 학기 초부터 강의는 하루 두세 시간씩 짬을 내 공부하고 있는데 리포트는 일곱 편을 써내야 하네요. 생각보다 분량이 많고 자료를 찾아야 하므로 시간이 오래 걸립니다. 그래도 할 수 있음이 감사하네요. 강의 내용을 이해하지 못하면 리포트를 제대로 쓸 수 없다는 것이야 당연한 이야기지요. 그런데 지난 학기까지 리포트는 그냥 피하고 싶은 것 그 이상도 이하도 아니었습니다. 해야 하니 어쩔 수 없이 했던 것이고요. 대학을 세 번째 다니는 이번 학기에서야 늦게나마 '리포트는 공부다!'란 생각이 떠나질 않네요. 머리가 둔한 건지 아니면 자각을 못한 건지 하여튼 그랬습니다. 생각 하나를 바꾸고 나니 리포트에 매달리는 시간이 즐거워졌다는 것이군요. 놀라운 사실이고 변화입니다. 생각 하나가 천국과 지옥을 만듭니다.

코로나 시대

지난해 2020년 정초부터 시작된 코로나 시대가 계속되고 있습니다. 우리나라만 그런 것이 아니고 전 세계가 겪고 있는 시대의 역병(疫病)이지요. 나 또한 처음입니다. 전쟁을 겪어 보지 못한 세대이니 이런 경험은 처음입니다. 단 한시도 마음을 놓을 수 없는 상황이 1년 하고도 몇 개월째 계속되다 보니 마음의 피로도가 심하군요. 사람을 만남으로 전이되는 무서운 병이기 때문에 온 국민의 피로도는 상상을 초월합니다. 일상이 완전히 바뀌었지요. 누구를 만나도 악수는 사라지고 몸짓과 주먹으로 합니다. 입에 마스크를 하지 않으면 밖에 나갈 수도 없고 대중교통도 이용할 수 없는 이런 초유의 사태를 누가 짐작이나 했었을까요. 최근엔 변이 바이러스까지 겹친 상태고 4차 유행이 시작된 듯 날로 숫자가 더하는 상황이네요. 백신을 맞고 있다고는 해도 이런저런 부작용이 보고되면서 신뢰는 많이 떨어졌고 뚜렷한 해결책은 없는 것 같습니다. 그저 집에만 있는 것이 상책이라는데 그럴 수도 없다 보니 피로도가 도를 넘는 것 같네요. 좋은 계절이 왔지만, 마음의 봄은 멀기만 합니다. 그래도 건강 지키며 지혜롭게 이 긴 터널을 무사히 빠져나갔으면 좋겠습니다.

작가 한수산

내 젊은 날의 기억 속엔 늘 작가 한수산(韓水山 · 1946~)이 있습니다. 그의 소설 「부초」, 「유민」, 「욕망의 거리」, 「밤의 찬가」 등은 지금도 한수산 하면 떠오르는 작품이지요. 작가는 1972년 동아일보에 〈4월의 끝〉으로 등단했습니다. 「부초」의 내용은 지금도 모두 떠오릅니다. 「밤의 찬가」는 신문에 연재됐는데 몇 번을 읽고 또 읽고 그랬던 작품이지요.

작가는 이런저런 사건으로 인해 고초를 겪기도 했지만 최근 「우리가 떠나온 아침과 저녁」(앤드)이라는 산문집을 냈군요. 작가는 수필에 대해 "수필은 신변잡기, 자기 옹호가 아니다. 면도칼로 오려 낸 부분을 그려 내면서 전체를 떠올리도록 해야 하는 글이다."라고 정의했습니다. 2016년 두 권짜리 장편 「군함도」(창비)를 내기도 했습니다. 앞으로 필생의 작업으로 "수십 년 가슴에서 갈아 온 작품들이 있다."라고 하네요. "한국 천주교의 순교사를 쓰려 1990년대에 취재를 시작했다. 마카오, 필리핀, 중국 두만강까지 헤매고 다녔다." 그는 "독자를 향한 마지막 의무를 다하려고 한다."라고 했습니다.

내가 원한 책 한 권

선물처럼 어려운 것도 없습니다. 선물을 해야 할 때면 무엇이 좋을까 하고 고민해 보지 않은 사람은 아마 없겠지요. 그 사람에게 '딱 맞다' 싶은 것이 무엇이 있을까요. 일상 생활용품도 그렇지만 책 선물도 대단히 어렵습니다. 내가 잘 읽었다고 내 수준에 맞는 책을 그냥 선물했다간 낭패를 보는 경우 또한 흔합니다. 그렇기에 책은 절대 내 수준에 맞춰서는 안 되는 것이기도 하지요. 서로의 독서 취향을 잘 아는 경우는 좀 덜할 것 같기도 합니다. 그럴 땐 내 임의로 책을 골라 전할 수 있지요. 그렇지 않다면 책도 조심해야 합니다. 드문 경우이긴 하지만 간혹 내가 선물한 책에 여러 쪽에 밑줄이 그어진 것을 볼 때면 참 좋지요. 선물한 보람을 느끼게 됩니다. 더군다나 그 책을 읽고 독후감을 쓴 경우는 더 말할 나위도 없지요. 하지만 읽어 본 흔적조차 없고 그 책 얘기를 전혀 꺼내지도 않을 때는 좀 그렇기도 하고요. 나같이 책과 더불어 사는 경우엔 좀 상황이 다르지 않을까 싶기도 합니다. 우선 책 선물은 좋아요. 책을 선물하고 싶을 때는 우선 물어보는 방법이 제일 좋은 것 같습니다. 무슨 책을 원하느냐, 읽고 싶은 책을 사드리겠노라고. 지인이 보내 준 '내가 원한 책 한 권'을 손에 들고 행복해합니다.

두 번은 없다

날로 푸름이 더해 갑니다. 철쭉 외엔 화려한 꽃들도 거의 지고 4월도 중순을 넘어섰군요. 사람들은 흔히 일상이란 매일 반복되는 것으로 느끼고 또 그렇게 말을 합니다. 똑같다는 것이지요. 지난해에도 봄이 왔고 올해도 같은 봄이라는 것입니다. 하지만 작년 봄과 올해의 봄은 단연코 같지 않다는 것이지요. 아니 같을 수가 없지요. 나에게 지난해 봄은 64세의 봄이었고 올해의 봄은 65세의 봄이니까요. 올해의 봄은 내 생애에서 한 해가 줄어든 봄이지요. 작년은 2020년의 봄이었다면 2021년의 봄이니까요. 같지 않습니다.

언젠가부터 폴란드의 노벨 문학상 시인 쉼보르스카(Wislawa Szymborska · 1923~2012)의 시 〈두 번은 없다〉라는 작품을 좋아하게 됐어요. 이렇게 시작하지요.

'두 번은 없다. 지금도 그렇고/앞으로도 그럴 것이다. 그러므로 우리는/아무런 연습없이 태어나서/아무런 훈련없이 죽는다/우리가, 세상이라는 이름의 학교에서/가장 바보 같은 학생일지라도/여름에도 겨울에도/낙제란 없는 법.'

"미국의 싱어송라이터 패티 스미스(Patti Smith)가 말한 대로 우리는 그냥 살기만 할 수는 없기에, 무엇인가 해야 한다. 공허한 시간의 검은 입이 당신을 삼키기 전에, 일을 해야 한다. 19세기 영국의 디자이너 윌리엄 모리스(William Morris) 역시 여가는 인간을 구원하지 못한다는 것을 잘 알고 있었다. 지나친 여가는 인간을 공허하고, 무료하고, 빈둥거리고 낭비하게끔 만든다. 노동을 없애는 것이 구원이 아니라 노동의 질을 바꾸는 것이 구원이다. 일에서 벗어나야 구원이 있는 것이 아니라, 일을 즐길 수 있어야 구원이 있다. 공부하는 삶이 괴로운가? 공부를 안 하는 게 구원이 아니라, 재미있는 공부를 하는 게 구원이다. 사람을 만나야 하는 게 괴로운가? 사람을 안 만나는 게 구원이 아니라, 재미있는 사람을 만나는 게 구원이다." 김영민의 〈문장 속을 거닐다〉(조선일보) 중에서

남의 글을 읽으며 감동할 때가 바로 책을 읽을 때네요. 그어진 밑줄이 많으면 많을수록 더 감사하고요.

장애인의 날

어제는 〈학교가는 길〉이란 다큐멘터리 시사회에 초대를 받아 영화를 관람했습니다. 지역에 장애인학교를 짓는 과정에서 지역민과의 충돌로 인해 엄마들이 무릎을 꿇기까지 한 사건을 다룬 내용이었지요. 바로 내가 사는 강서구에서 있었던 이야기를 화면에 담은 것이었습니다. 장애인학교가 없어 타구까지 짧게는 1시간에서 3시간까지를 통학해야 하는 현실적인 문제를 해결하고자 뜻을 같이하는 장애인부모회가 발 벗고 나섰지만, 세상의 벽은 높았고 그들의 외침은 힘겹고 한(恨)은 깊은 것이었습니다. 화면 내내 장애인 자식을 사랑하는 부모의 마음이 흘렀고 세상은 각박했습니다. 한결같이 자식보다 하루를 더 사는 것이 목적이며 목표인 그 젊은 엄마들의 외침은 절절하기만 했네요. 화면 속에 등장하는 한 분 한 분의 어깨를 토닥이고 싶었습니다. 2년 후 발달장애 학생을 위한 '서울서진학교'가 문을 열게 됐지요. 세상에 공짜로 된 것은 하나도 없습니다. 그 투쟁에 나섰던 어머니들의 눈물값이 바로 서울서진학교였습니다. 박수를 보내며 오늘 장애인의 날, 그들도 더불어 살아가야 할 이웃이라는 가장 평범한 생각 하나 심어 가는데 우리는 5천 년의 역사를 썼고 41주년의 세월을 썼습니다. 장애인의 날이 없어지는 날 세상에 온전한 평등은 실현될까요?

단테(Alighieri Dante)

단테 하면 「신곡」이 떠오르고 「신곡」 하면 단테가 떠오르지요. 그는 13세기 가장 유명한 이탈리아의 시인이자 예언자 그리고 신앙인입니다. 본명은 두란테 델리 알리기에리(Durante degli Alighieri · 1265~1321)이지요. 이탈리아의 시성(詩聖)이자 대문호라 할 수 있습니다. 그는 정말 대단한 인물이었습니다. 중세의 마지막 시인이자 근대 최초의 시인으로 불리는 단테는 문학뿐만 아니라 철학, 정치, 언어, 종교, 자연과학에 이르기까지 다양한 분야에서 뛰어난 재능을 보였으니 말입니다. 또한, 고대 그리스의 호메로스부터 아리스토텔레스, 베르길리우스, 보에티우스, 아베로이스, 아퀴나스 같은 작가와 철학자를 탐구했으며 단테의 문학은 지금까지 수많은 작가와 예술가 · 사상가에게 엄청난 영향을 주었으며 그 범위는 문학과 회화, 조각, 음악, 연극, 영화, 드라마, 컴퓨터 게임에 이르기까지 거의 모든 표현의 영역에 걸쳐 있다고 할 수 있습니다. 올해(2021년)는 단테가 서거한 지 700주년이 되는 해입니다. 그의 「신곡」은 중세 이후 최고의 서사시로 평가받는 걸작이지만 끝까지 읽어 본 사람이 많지 않다는 이야기도 있지요. 대부분의 출판사가 3권짜리 「신곡」을 내놓고 있지만 열린책들에서 960쪽짜리 「신곡」 소장판을 제작하기로 했다는 소식이군요. 교보문고는 올해의 인물로 그를 선정하기도 했습니다.

「어린 왕자」 번역본

'성서 다음으로 많은 언어로 번역된 책' 하면 무슨 책이 떠오르시나요? 우리나라에만도 이미 100여 종이 훌쩍 넘는 한국어판이 나와 있는 책 하면 답은 아주 쉽게 떠오르지요. 바로 앙투안 드 생텍쥐페리의 명저 「어린 왕자」입니다. 번역본이 하도 많아서 어떤 사람의 번역본을 사야 할까 고민될 때도 있지요. 워낙 유명한 분들의 번역본이 많다 보니 고민은 깊을 수밖에 없습니다. 개인적으로 추천할 만한 몇 분을 들자면 우선 불문학 전공 평론가이자 번역가인 김현, 황현산, 김화영, 김석희 등의 번역본을 최고로 쳤습니다. 이 중에서도 특히 김화영, 황현산의 번역본은 가장 훌륭하다 싶지요. 김현(金炫 · 1942~1990)의 번역본은 너무 오래된 것이라 구미가 썩 당기진 않더라고요. 그런데 얼마 전 고종석 작가가 여기에 '프랑스어에 바짝 붙은'이란 말을 덧붙이며 또 한 권의 「어린 왕자」 번역본을 도서출판 삼인에서 내놨습니다. 고 작가의 책을 여러 권 읽은 탓에 우선 믿음이 가네요. 오역은 하나도 없을 것이라며 아주 장담하는 이 번역본으로 또 한 번 읽고 싶어집니다.

'같이 살자' 씨알사상의 함석헌

어떤 사람들은 현대를 '스승의 부재 시대'라 했습니다. 어느 시대나 스승은 있는 법인데 요즘은 그렇지 않다는 것이지요. 일견 맞는 것 같기도 합니다. 예전에는 사회 각 분야에 이름이 떠올랐는데 요즘은 그렇지 않아요. 종교계 하면 강원용 목사, 한경직 목사, 김수환 추기경, 불교계 하면 법정 스님, 사상계 하면 함석헌, 뭐 이렇게 떠올랐을 때가 있었지요. 그랬는데 지금은 부재하다는 것입니다. '난세에 영웅 난다.'라는 말도 있지만, 난세(亂世)가 아니어서 그럴까요. 생각해 보면 요즘 같은 난세가 또 있을까 싶습니다.

평생 함석헌(咸錫憲 · 1901~1989)옹의 책을 읽어 왔습니다. 1967년에 나온 「뜻으로 본 한국역사」는 물론 번역서인 「예언자」, 「바가바드기타」 등은 지금도 종종 펼쳐보는 책입니다. 세월이 흘러도 그의 비폭력 · 평화 정신과 '한 명 한 명이 역사의 주체'라는 것, 그리고 '같이 살자'라는 사상이 영롱하게 빛납니다. 맞아요. 같이 살아야 합니다. 이 세상의 모든 것과.

스크랩북

10대 때부터 신문을 읽기 시작했습니다. 평생 읽어 온 셈이지요. 신문에서 세상을 읽기도 하지만 문학과 관련된 자료를 스크랩하는 것이 제 삶의 일부가 된 지는 퍽 오래입니다. 그렇다 보니 그것들이 쌓이게 되고 쌓이니 읽을 수도 찾을 수도 없는 상황이 되더라고요. 세월과 함께 누렇게 색이 변해 가는 것은 고사하고 짐이 생각보다 많아진다는 것이었지요. 그래서 요 몇 년 동안은 그것을 없애는 작업을 하고 있습니다. 바퀴벌레와의 전쟁도 치러야 하는 상황이 계속이다 보니 더군다나요. 어제 마지막으로 꺼내 놓고 보니 2004~5년도 것이네요. 거의 모든 기사를 다시 읽고 버립니다. 다행인 것은 세상이 변해서 그 기사를 인터넷에서 거의 다시 볼 수 있다는 것이군요. 시대가 변했음을 실감합니다. 몇 년 전 「뒹구는 돌은 언제 잠 깨는가」의 이성복 시인을 만났을 때, 색이 누렇게 변한 시인의 기사 몇 장을 주인한테 돌려드렸던 적이 있었습니다. 기뻐하셨지요. 기억난다 하시면서. 모아 두면 자료이긴 해도 차고 넘치니 버릴 수밖에 없네요.

정리하는 기쁨

계속해서 스크랩북을 정리하고 있습니다. 신문을 읽다 형광펜이나 다른 것으로 밑줄을 그으며 읽었던 기사들인데 그것을 다시 읽고 정리하는 것이지요. 그런데 아쉬움이 전혀 없는 것은 아닌데 마음은 좋군요. 정리하는 기쁨 때문입니다. 삶도 마찬가지란 생각이 들어요. 개인적으로 삶은 우선 단순하고 깔끔해야 한다고 생각하는데 그 첫째가 우선 문 앞으로 빚을 받으러 오는 사람이 없게 살아야 한다는 것이지요. 한평생 살다 보면 이런저런 상황에 부닥칠 수 있지만, 하여튼 생활은 단출하면서도 깔끔해야 한다는 지론은 변함이 없네요. 지난해에 섬기는 교회가 작은 도서관을 만들게 돼 아끼는 책을 300여 권 기증했습니다. 나중에 알고 보니 개인 기증자로는 몇 손가락 안에 들었더라고요. 책을 솎아 내는 것도 정리더라고요. 이제부터는 더 자주 그리고 더 많이 솎아 내야겠다 싶어지네요. 이래저래 정리하는 기쁨은 큽니다.

어른 돼서도 못 잊는 책

객지 생활을 시작한 것은 1971년 내 나이 겨우 열다섯 살 때였습니다. 객지는 다름 아닌 고향 삽시도였지요. 아버지는 내가 열 살 무렵 남국이에게 물려줄 논 열 마지기(2천 평)를 위해 가족을 이끌고 안면도 창기리 산약골 삼봉마을이란 곳으로 이사했지요. 당시 고향에선 숙부님께서 작은 상점(하꼬방)을 운영하고 계셨는데 그곳에서 점원 생활을 하게 됐던 것이지요. 당시 저는 겨우 한글을 깨치고 영어와 한자 공부에 푹 빠져 있을 때였습니다. 신나게 팝송도 듣고 당시 몰아닥친 거센 포크 물결에 흠뻑 빠지기도 했지요. 열여섯에 기타와 바둑을 배우기 시작했고요. 책 읽기는 그때부터 자연스레 일상이 됐는데 당시 읽었던 책들이 평생 잊히지 않는다는 것을 그때는 몰랐지요. 「노인과 바다」, 「어린 왕자」, 「부활」, 「죄와 벌」, 톨스토이, 지드, 카뮈, 셰익스피어는 물론 괴테의 작품에 이르기까지 이해를 했든 못했든 나의 책 읽기는 오늘날 내 문학적 자양분이 됐습니다. 섭렵하다시피 한 50권짜리 「세계문학전집」과 60권짜리 「한국문학전집」은 그대로 지금까지 서가를 채우고 있는 낡은 책들이지요. 이상한 것은 최근에 읽은 작품들은 거의 생각이 나지 않는다는 것입니다. 함에도 그때 읽었던 책과 제목은 물론 역자나 출판사까지 기억나는 것은 어인 일일까요. 그래서 젊은 날에 책을 많이 읽으라고들 하는 모양입니다.

개운함 후련함 그리고 가벼움

3년 전 자동차를 새로 사면서 찻값 일부를 36개월 할부로 했습니다. 처음엔 생애 세 번째로 차를 구매했다는 것 때문인지 할부금에 대한 부담이 크게 느껴지지 않았지요. 그러나 시간이 흐르면서 마음이 점점 바뀌더라고요. 매달 다가오는 날짜도 그렇고 갚아야 할 금액도 부담이었습니다. 솔직히 기를 펴기가 어려웠어요. 그리고 36개월은 너무 길었습니다. '이것만 아니면' 하는 마음은 또 왜 그리 자주 들던지요. 하여튼 할부는 짐이면서 부담이었습니다. 마지막 한 달을 앞두고 전화를 했지요. 미리 선입금하고 싶다고요. 그랬더니 그냥 다음 달에 완납하라고 해요. 미리 선납하면 위약금(벌금)을 물어야 한다는 것이었습니다. 원 세상에, 이런 일이 다 있나 싶었지요. 할부금을 미리 냈으면 이자를 깎아 주는 것이 아니라 오히려 벌금을 내라니 말입니다. 하지만 이게 사실이고 현실이었습니다. 꼼짝없이 2,700원의 벌금을 내고 끝냈네요. 마음이 깃털처럼 가벼워졌습니다.

2부

유튜브(YouTube) 시대

유튜브를 보면서 세상이 정말로 빠르게 변하고 있음을 실감합니다. 조회 숫자가 그것을 말해 주지요. 수천 년 우리는 눈으로 글자를 읽던 시대를 살았습니다. 책이 그렇고 신문잡지가 그랬지요. 그러다 라디오가 등장하면서 좋아하는 음악을 들었고 세상 소식을 들었습니다. 한때는 라디오를 옆에 끼고 살았던 적도 있었지요. 어학 공부는 물론 음악을 듣는 것은 그 자체로 삶의 즐거움이었습니다. 저마다 독특한 DJ들이 프로그램의 맛을 더했고 그렇게 음악은 가장 친한 벗이 되곤 했지요. 좋아하는 가수의 음반이나 테이프를 사고 CD와 DVD를 구하기도 했습니다. 영화도 그렇게 봤던 때가 있었지요. 좋은 오디오 기기를 갖고 싶어 안달했던 세월은 또 얼마였던가요. 그랬는데 지금은 그 모든 것을 유튜브에서 해결하는 시대가 되었습니다. 레코드는 물론 테이프나 CD를 살 필요가 없어졌다는 것이지요. 유튜브에서 곡만 치면 그것도 영상으로 보고 들을 수 있는 시대가 됐다는 것이지요. 참으로 놀랍습니다. 지금은 너도나도 자기의 독특하고 특이한 그 무엇(아이템)인가 그것 하나만 있다면 그것으로 수입까지 올리는 시대입니다. 그렇다 보니 제작자(크리에이터)들은 사람들을 끌어모으기 위해 가히 '구독'과 '좋아요'에 혈안이 됐지요. 시대가 빠르게 변하고 있습니다.

시간을 아끼는 삶

며칠 전 선종한 정진석 추기경의 삶을 엿보며 많은 생각을 하게 됩니다. 그분은 우리나라에서 두 번째 추기경이셨지요. 51권의 저서를 내신 분이고 기회가 있을 때마다 행복을 강조했다고 합니다. "정 추기경이 제일 싫어하는 것은 시간을 허투루 쓰는 것이라 했다. 그는 시간을 생명과 같은 연장선상에서 보았다. 그래서 내가 남을 돕는데, 한 시간을 사용하면 그 결과와 상관없이 나의 생명 중 한 시간을 주는 것과 같다고 했다. 정 추기경이 유독 시간을 아끼는 이유를 알 수 있을 것 같다."라는 기사를 읽었습니다. 통장에 남아 있는 재산이 800만 원뿐이었다니 놀랍기만 합니다. 구도자는 철저하게 자기관리를 하는 사람이란 생각이 드네요. 시간을 아껴야겠습니다. 신록의 오월을 맞아 시 한 편 읽는 맛이 행복합니다.

푸른 오월

노천명(盧天命 · 1911~1957)

청자빛 하늘이
육모정 탑 위에 그린 듯이 곱고
연못 창포잎에 —

여인네 행주치마에 —
첫여름이 흐른다

라일락 숲에
내 젊은 꿈이 나비처럼 앉은 정오
계절의 여왕 오월의 푸른 여신 앞에
내가 웬일로 무색하고 외롭구나
밀물처럼 가슴속 밀려드는 것을
어찌하는 수 없어
눈은 먼 데 하늘을 본다
긴 담을 끼고 외진 길을 걸으면
생각은 무지개로 핀다

풀냄새가 물큰
향수보다 좋게 내 코를 스치고
청머루순이 뻗어나던 길섶
어디선가 한나절 꿩이 울고
나는 활나물 가입나물 젓갈나물
참나물 고사리를 찾던 —
잃어버린 날이 그립구나 나의 사람아
아름다운 노래라도 부르자
아니 서러운 노래를 부르자
보리밭 푸른 물결을 헤치며
종달이 모양 내 맘은

하늘 높이 솟는다

오월의 창공이여
나의 태양이여.

* 이 작품은 어문각 발행 「정통한국문학대계」 시선집에서 발췌했습니다.

'활짝웃는독서회' 회지

2021년 4월호로 『활짝웃는독서회』 회지가 188호째를 기록했습니다. 여기까지 왔네요. 매달 40여 쪽의 회지를 만들어 나누고 또 전국에 발송하지요. 모든 작업을 혼자 하다 보니 시간이 오래 걸립니다. 딴에는 그 40쪽짜리 책자를 만드는 데 꼬박 한 달이 걸려요. 늘 만들고 나면 아쉬움이 남고 그렇습니다. 그래도 또 다음 달 회지를 만들어야 하니 그 아쉬움에 취하고만 있을 수도 없지요. 또 무슨 내용으로 회지를 채워야 하나 싶기 때문입니다. 지난 2월호부터는 PDF 파일로도 제작해 일부 발송하고 있는데 어느 분은 익숙지 않다며 종이 책으로 다시 보내 달라고도 하시고 또 다른 분은 지인들에게 보내기 좋다고 하시는 분도 계시네요. 하여튼 일이 많습니다.

그래도 이 회지를 받아 보시는 분 중 어느 한 분이라도 시(작품)를 읽고 문학의 향기에 취할 수 있다면 얼마나 좋을까 싶지요. 그런 마음으로 매달 회지를 만듭니다. 1차 목표는 200호를 내는 것인데 가장 큰 힘은 받아 보시는 분이 회지를 읽어 주는 것이지요. 매달 회지를 보낼 때는 이분만큼은 읽어 주시겠지, 하는 마음으로 보냅니다. 꼼꼼히 읽으시는 분들이 계시는 한 책자는 계속 나옵니다. 그것이 청죽의 몫(使命)이려니 하네요. 운명처럼. 햇살이 맑은 5월의 향기를 전합니다.

카잔차키스의 열망

그리스 하면 자유를 노래한 카잔차키스(Níkos Kazantzakís · 1885~1957)가 떠오릅니다. 「그리스인 조르바(Víos kai Politía tou Aléxi Zormpá)」(1946)라는 책을 썼지요. 1964년에 영화로도 만들어져 앤서니 퀸이 남자 조르바 역을 연기했지요. 해변에서 두 남자가 춤을 추는 마지막 장면이 생각납니다. "사람에겐 어느 정도의 광기가 필요해요." 이 영화에서 유명한 대사 중 하나인데 여기서 광기란 무엇일까 싶지요. 바로 사람을 자유롭게 하는 열망이 아니었을까요. 크레타섬에 있는 그의 묘비명에는 "나는 아무것도 바라지 않는다. 나는 아무것도 두렵지 않다. 나는 자유다."라고 쓰여 있답니다.

지난해부터 시작된 코로나19는 삶의 자유(일상)를 빼앗아갔습니다. 모든 것에 제약을 받다 보니 자유를 잃어버렸지요. '대봉쇄시대(the great lockdown)'가 아닐 수 없습니다. 끝이 보이지 않는 이 어둠의 터널을 잘 통과해야겠어요. 카잔차키스의 열망이었던 자유의 날이 올 때까지.

일상의 소중함

생활과 생명 중에서 어느 것이 더 소중할까 싶을 때가 있어요. 언뜻 생각하면 생명이 비교할 수 없을 정도로 더 중요하다 싶지만, 정답은 아닌 것 같습니다. 최악의 경우 생명은 포기할 수 있지만, 생활은 그럴 수 없기 때문이지요. 생명을 잇기 위해서는 반드시 일상이라는 생활이 필요합니다. 절대적이지요. 그렇지 않으면 생명을 유지할 수 없으니까요. 사람은 누구나 잠을 깬 후부터 일상이 시작됩니다. 매일 반복되다 보니 일견 하찮은 것 같기도 해요. 옷을 입고 정리하고 씻고 먹고 배설하고 잠을 자는 등등의 일이요. 하지만 그것으로 인해 생명이 유지된다고 생각하니 허투루 할 일도, 그냥 시시한 일도 아니라는 것이군요. 사람의 일상이라는 생활은 정말로 중요합니다. 생명을 잇는 여정이기 때문이지요. 특별히 반찬을 만들어 밥을 해 먹는 일은 인생사에서 가장 중요한 일 중의 하나입니다. 그 뒤처리 또한 다르지 않지요. 생활, 그 일상이란 것이 바로 삶 그 자체임을 다시 자각하게 되네요. 오늘 평소의 일상이 위대한 당신을 만듭니다.

정명훈의 첫사랑

지휘자 정명훈(鄭明勳 · 1953~)은 본래 피아니스트였지요. 그가 2014년에 이어서 최근 두 번째 피아노 독주 음반을 발표하고 피아니스트로서 전국 순회공연을 했습니다. 정명훈은 1974년 소련에서 열렸던 차이콥스키 콩쿠르에서 공동 2위에 입상하며 피아니스트로 먼저 이름을 알렸지요. 7년 만의 이번 피아노 음반에는 하이든의 피아노 소나타 60번과 베토벤의 피아노 소나타 30번, 브람스의 '네 개의 피아노 소품' 등 작곡가의 후기작들을 담았다고 합니다. 서울 예술의전당 공연에서 연주가 틀리는 실수를 몇 차례 했지만, 청중들은 그가 피아니스트로 돌아왔다는 데에 큰 의미를 두고 환호했다고 해요. 기사를 보니 그는 "혹시라도 또다시 음반을 낸다면 아내가 좋아하는 곡을 아내를 위해서 녹음하고 싶다."라고 했군요. 참 멋진 일입니다. 나도 누군가 단 한 사람이라도 그를 위해 내가 할 수 있는 무엇에 오늘 "열정(passion)"을 담을 수 있다면 참 좋겠습니다. 이 푸른 5월에 사랑하는 사람을 생각하면서요. 거기에 라일락의 그윽한 향기, 이팝나무의 하얀 꽃가루, 수국의 파스텔 빛 꽃잎의 사랑을 묻혀서 전할 수 있다면 얼마나 좋을까 싶네요.

어니스트 헤밍웨이의 어록

언어의 승부사이며 군살이 없는 하드보일드(hard - boiled) 문체로 유명한 어니스트 헤밍웨이(Ernest Hemingway · 1899~1961)의 작품을 오랫동안 좋아했습니다. 그가 쓴 「강 건너 숲속으로」, 「해는 또다시 떠오른다」(1926) 「무기여 잘 있거라」(1929), 「누구를 위하여 종은 울리나」(1940), 「노인과 바다」(1952) 등의 작품은 지금도 올올히 떠오르지요. 「노인과 바다」의 배경은 쿠바 어촌 코히마르(수도 아바나 외곽)입니다. 그는 이 작품으로 노벨 문학상(1954년)을 받았고, 1961년 케첨의 자택에서 엽총 자살로 생을 마감했지요. 그의 어록(語錄) 몇 가지를 찾아봅니다.

- 인간은 파괴될 수는 있어도 패배하지 않는다. A man can be destroyed but not defeated.

_(「노인과 바다」 중에서)

- 다가올 날에 무슨 일이 벌어지느냐는 오늘 무엇을 하느냐에 달렸다. What will happen in all the other days that ever come can depend on what you do today.

_(「누구를 위하여 종은 울리나」 중에서)

- 산문은 건축이다. 실내장식이 아니다. Prose is architecture, not interior decoration.

_(「오후의 죽음」 중에서)

- 역경 속 품위(Grace under pressure)는 용기(guts)다.

_(「소설가 F.스콧 피츠제럴드에게 보낸 편지 구절」 중에서)

- 당신이 해야 할 일은 하나의 참된 문장을 쓰는 것이다. 당신이 아는 가장 진실된 문장을 써라. All you have to do is write one one true sentence. one true sentence. Write the truest sentence you know.

_(「움직이는 축제」 중에서)

- 세상은 모든 사람을 부러뜨리고 다음엔 많은 사람은 그 부서진 곳에서 강해진다. The world breaks everyone and afterward many are strong at the broken places.

_(「무기여 잘 있거라」 중에서)

- (진정한 작가에게) 각각의 책은 달성할 수 없는 무언가를 다시 시도하는 새로운 시작이어야 한다. Each book should be a new beginning where he tries again for something that is beyond attainment.

_(노벨 문학상 「노인과 바다」 수상 소감 중에서)

가장 절실한 지혜의 눈

톨스토이의 소설 「안나 카레니나」는 "행복한 가정은 모두 엇비슷하지만, 불행한 가정은 불행한 이유가 제각기 다르다."라는 서문으로 시작됩니다. 유명한 말이지요. 세상에 상처 없는 영혼은 없습니다. 다 제각각의 상처와 함께 살아가지요. 우울한 사람들이 너무 많은 시대입니다. 아직 끝이 보이지 않지만, 우리는 모두 시대의 역병과 싸우며 긴 터널을 통과하고 있지요. 철학자 질 들뢰즈(Gilles Deleuze)는 "모든 일은 생각하기 나름이며 그 속에서도 스스로 자유롭게 성장하며 살아가는 법을 배워야 한다."라고 했습니다. 그는 이것을 '정신적인 탈주'라고 불렀다고 합니다. 어제도 공원을 산책했습니다. 신록이 짙어가는 공원엔 평화가 가득했어요. 마음의 여유를 회복해야겠다 싶어 요즘엔 자주 찾게 되네요. 희망을 어디에서 찾아야 할까 고민될 때 아리스토텔레스가 「니코마코스 윤리학」에서 "자신한테 주어진 고유한 일을 잘 수행할 때 행복한 삶"을 얻을 수 있다는 어록을 기억하며 힘을 내 봅니다.

탄생 100주년의 문인들

2021년은 김광식 · 김수영 · 김종삼 · 류주현 · 박태진 · 이병주 · 장용학 · 조병화 등 1921년생 시인 · 소설가 8명이 대상 작가들입니다. 일본의 식민지 국민으로 태어났고, 만주사변 · 제2차 세계대전 · 광복 · 한국전쟁 등 역사의 굴곡에 있었지요. 그들로 인해 한국 문단은 얼마나 풍성하고 넉넉해졌는가요. 1950~1960년대가 주 활동 시기였던 이들의 문학은 전쟁과 분단, 민족문제, 시민사회 건설, 자본주의적 근대화 등을 빼놓고는 논할 수 없을지 모릅니다. 지난 2001년부터 〈탄생 100주년 문학인 기념문학제〉가 열리고 있는데 올해로 20주년을 맞습니다. 이렇게 기억해 준다는 것 그 자체로 그들의 삶이 얼마나 귀했던가를 다시 생각하게 되네요. 기사를 보니 곽효환 대산문화재단 경영임원은 "가장 언어적으로 궁핍했지만 가장 언어의 최전선에서 봉사해야 했던 분들"이라고 작가들을 소개했군요. 참 적절한 표현입니다.

인생을 즐겁게 사는 법

인생을 즐겁게 살고 싶지 않은 사람은 아무도 없을 겁니다. 다 그렇게 살고 싶지요. 하지만 그 방법은 각인각색 같을 수가 없습니다. 행복이 획일적으로 정의될 수 없는 것과 마찬가지로 생을 즐겁게 사는 것 또한 다르지 않다 싶네요. 건강, 재산, 명예, 학벌, 죽음, 늙음, 걱정 등등에 올인하다 자기만의 해답도 찾지 못한 채 오늘을 그냥 사는 경우 또한 너무 흔합니다. 그중에서도 걱정과 죽음은 정말 큰 비중을 차지하고 있는 것 같아요. 오죽하면 "걱정하다가 한평생 지나갔네(I worried to death)."라는 말이 다 있을까요. 걱정의 80%는 쓸데없는 것이라는 통계도 있지요. 죽음 또한 마찬가집니다. 삶이 중요하니 죽음 또한 그렇긴 하지만 뉴욕시립대에서 학생들을 가르쳤던 레이먼드 스멀리언은 이렇게 말했지요. "죽는 걸 왜 걱정해? 살아 있는 동안엔 죽지 않을 텐데(Why should I worry about dying? It's not going to happen in my lifetime)." 그는 97세까지 즐겁게 살다 죽은 수학과 철학 교수였다지요. 짐은 마음속에 있습니다. 내려놓으면 생을 즐겁게 사는 그 어떤 나만의 뭔가가 보이리라 믿습니다.

北으로 간 문인들

홍명희, 이기영, 임화, 이태준, 김남천, 오장환, 이용악, 정지용, 김기림, 백석, 한설야, 박태원 그 이름만으로도 한국문학사의 '별'인 이들은 한결같이 모두 다 광복 후 전쟁 중에 북으로 간 문인들입니다. 생각하면 참으로 안타까운 일이지요. "알맹이는 다 올라가고 남에는 쭉정이만 남았다."라고 할 정도였다고 합니다. 하지만 그들이 북으로 간 후 역사에 남을 작품을 썼다는 기록이 없는 것을 보면 원통하다 싶을 정도지요. 그들이 어떻게 사회주의에 안주할 수 있었을까 싶지요. 사상을 바꾼다는 것이 어찌 쉽겠는가요. 영화 〈기생충〉의 봉준호 감독이 소설가 박태원(朴泰遠 · 1909~1986)이 외할아버지란 사실이 알려졌지요. 박태원의 둘째 딸 소영 씨가 봉준호의 어머니입니다. 큰딸은 북으로 갔다고 전해집니다. 박태원은 일제강점기 「소설가 구보씨의 일일」, 「홍길동전」, 「천변풍경」 등을 저술한 소설가입니다.

계절의 주인

계절의 주인이 누구일까요. 그런데 답이 너무 쉽게 떠오르네요. 계절을 즐길 줄 아는 사람이 아닐까 싶습니다. 시인 노천명이 처음으로 5월을 '계절의 여왕'이라고 했지요. 신록이 날로 짙어 가는 이 계절이 참 아름답습니다. 사는 것에 치어 계절의 참 멋과 맛을 느끼지 못하고 사는 것처럼 안타까운 일이 또 있을까요. 알지도 느끼지도 즐길 줄도 모른다면 그것은 분명 '자기 손해'입니다. 하나님은 이렇게 내 일생에 몇십 번의 봄을 주셨는데 그것은 바로 당신이 주시는 봄을 제대로 알고 느끼며 즐기라는 것일 겁니다. 시대와 삶은 오늘도 팍팍하지만, 계절은 곱디고운 자태로 자기를 뽐내며 느끼라고 하네요. 올해도 '자기 손해'의 봄을 산다면 너무 억울할 것 같습니다.

돈의 주인

주위에서 보면 돈을 쌓아 놓고 쓰질 않는 어르신들을 많이 봅니다. 쓸 돈이 있음에도 아까워서 쓰질 못하는 것이지요. 먹고 싶은 과일 하나 마음껏 사지 못하는 모습을 볼라치면 이제 연세도 있으신데 그 돈의 주인은 누구일까 싶을 때가 있어요. 무엇을 위해 그렇게 아끼며 사는 걸까요. 특별히 혼자 사시고 가족도 없는 분들일수록 안타까움은 더합니다. 세상을 살면서 돈에서 자유로운 사람은 없음을 모르지 않습니다. 그래도 돈은 써야 진정한 돈의 주인이 되는 것이지요. 이제는 고인이 되신 분 중에 '활짝웃는독서회'에 여러 차례 후원금을 내신 분이 계셨습니다. 본인도 기초수급자로 살면서 모은 돈 일부를 그렇게 선뜻선뜻 내놓으셨던 것이지요. 그 사랑의 실천은 독서회의 초석이 됐고 뿌리가 됐음을 자랑스러워합니다. 그리고 감사합니다. 돈의 주인이 되지 못한다는 것은 안타깝고 슬픈 일입니다.

스승의 날

"아버지로부터는 생명을 받았으나 스승으로부터는 생명을 보람 있게 하기를 배웠다."

_(플루타아크 英雄傳)

"인내심을 안 가지면 안 되게끔 되어서는 교육자로서는 낙제다. 애정과 기쁨을 갖지 않으면 안 된다."

_(J.H.페스탈로치)

"유일하고 참된 교육자는 자신을 스스로 교육한 사람이다."

_(베넷/文化와 自由敎育)

"세 사람이 길을 가면 거기에는 반드시 내 스승 될 만한 사람이 있다."

_(三人行必有我師焉, 孔子/論語)

"사실을 암기만 해서 얻은 지식만 가진 이는 남의 스승이 될 자격이 없느니라."

_(孔子)

"나는 교사가 아니고 길을 가르쳐 주는 동행자에 지나지 않는다."

_(G.B.쇼오/結婚에 대하여)

스승(선생)에 대한 어록(語錄)을 몇 개 찾아보았습니다. 오늘은 스승의 날이네요. 과외선생 45년째, 무료 학습 28년째를 보내는 감회가 새롭습니다.

끝없는 인간의 욕심

어느 날 한 기자가 갑부 록펠러에게 물었습니다. “얼마나 벌어야 만족할 수 있습니까?(How much money is enough?)”라는 질문에 대해 록펠러는 서슴없이 “조금 더(Just a little bit more).”라고 대답했다고 하지요. 돈에 대한 욕망은 한도 끝도 없습니다. 돈으로는 만족을 얻을 수 없다는 것이고 그게 바로 인간의 한계(限界)라는 말이 되겠지요. 그렇기에 얼마를 가져야 행복하냐는 질문도 있을 수 없습니다. 끝이 없기 때문이지요. 사람은 왜 그렇게 욕심이 많을까요. 무엇을 얼마나 더 가지려고 그러나요. 생각해 보면 지금 충분히 갖고 있지 않나요. 집안을 둘러보면 내 삶에 필요한 것들이 거의 다 있습니다. 없는 것이 없어요. 우선 집이 있고 전화도 있고 텔레비전도 있고 쌀독에 쌀도 있습니다. 옷장이나 신발장을 열면 그득그득해요. 너무 많아서 무엇을 입고 신을지 고민합니다. 이제는 떨어지고 헤어지지 않아도 좀 됐다고 버립니다. 그런데도 오늘 내가 진정한 행복의 노래를 부르지 못하는 원인과 이유는 무엇일까요. 그것은 바로 ‘비교’ 때문입니다. 오늘도 하나님은 나와 당신에게 새날을 주셨습니다. 건강의 축복도 주셨습니다. 행복하지 않나요? 표현할 수 있는 감사만 실천한다면 행복의 주인은 바로 내가 될 수 있지 않나요?

오늘 행복하기 위해

어느 분의 글을 읽다 발견한 내용입니다.

"당신이 원하는 것을 얼마큼 소유하는 것(having what you want)"이 아니라 "당신이 이미 소유하고 있는 것을 얼마큼 원하는 것(wanting what you have)"에 달려 있다고. 공감했네요. 맞습니다. 가만 생각해 보면 행복의 조건처럼 까탈스러운 것도 없습니다. 너무 어렵고 힘들어요. 그저 단순무식하게 '만족'하면 행복하다고도 할 수도 있기 때문이지요. 세상의 숱한 사람들이 행복의 정의를 내려 보려 했지만, 그 해답은 여전히 자기의 견해에 그치고 모두에게 딱 맞는 그런 행복론은 아직도 꼭꼭 숨어 있지요. 행복은 절대 자기의 실체를 다 드러내지 않습니다. 그게 행복 자체지요. 그래도 오늘만은 행복해야 하기에 그 실체를 엿보려 하는지도 모르겠습니다. 하여튼 오늘 내가 행복하지 않으면 나만 손해라는 것이군요. 해답은 각자에게 달려 있습니다. 누구도 가르쳐 주지 않는 것이 당신의 가슴속에 숨어 있어요. 찾아보세요. 그게 뭘까요?

한 줄의 글, 그 생명의 호흡

"좋은 가르침 감사드립니다."

지난주 스승의 날이라고 수강생들이 건네준 봉투에 적힌 감사 글귀입니다. 마음이 찡했지요. 감동이었습니다. 단 한 문장인데 그렇게 묵직한 무게로 마음속을 파고드는 것은 오래간만이었습니다. 명색이 글을 쓴다고 하면서 나는 과연 누구의 가슴속을 파고드는 이런 글을 쓸 수 있나 하고 자책을 많이 했지요. 그렇게 많이 썼던 글들이 누군가의 가슴을 적시지 못한다면 그 얼마나 공허한 일인가 싶었고 부끄러워졌습니다. 글이란 길게 쓴다고 오래 남는 것이 아니라는 새로운 깨달음을 얻었지요. 단 한 자 아니면 한 문장이라도 생명이 깃든 그런 글을 쓰고 싶다는 것은 모든 글 쓰는 사람의 욕심일지 모르겠습니다. 하지만 그것이 저절로 그렇게 써지는 것이 아니라는데 글쟁이의 고민이 있지요. 삶으로 증명되지 않는 글은 생명이 없는 것 같습니다.

귀 씻는 최고의 방법

늘 음악을 듣습니다. 생각해 보니 참 오래됐네요. 10대 중반부터 본격적으로 듣기 시작했으니 50년이 넘은 것 같네요. 그동안 참 다양한 음악을 들었습니다. 지금은 거의 고전음악을 듣지만, 통기타와 청바지로 대비됐던 10대에는 거의 포크 음악에 빠져 지냈지요. 기타도 그때 치기 시작했으니 세월이 많이 흘렀습니다. 클래식 음악은 20대 중반부터 본격적으로 듣기 시작했으니 45년쯤 됐는데 지금도 아는 것은 많지 않습니다. 그래도 귀는 좀 열린 탓으로 그것도 감사의 조건이 되네요. 음악을 들으며 귀 청소를 합니다. 세상이 너무 시끄러워요. 솔직히 듣지 않아도 좋을 소음이 너무 많다는 것이지요. 쓸데없이 내 귀만 더러워진 것 같아 한껏 경계합니다. 무엇으로든 씻지 않으면 내 영혼이 혼탁해지고 시류에 그대로 휩쓸려 버리기 때문이지요. 나에게 음악은 친구(벗)의 역할을 톡톡히 한다는 것입니다. 음악(노래)만큼 좋은 벗이 어디 또 있으랴 싶기도 하고요.

삶을 위한 수업

세상에 '나쁜 것'이 무엇일까요.

가만 생각해 보니 단순한 질문이 아니네요. 그 범위가 엄청 넓기 때문입니다. 그렇기에 다양한 정의 또한 가능하고 각인각색의 답 또한 다를 수밖에 없지요. 당신의 해답은 무엇인가요? 어떤 사람은 남의 생명을 빼앗은 것이라 하고 또 어떤 이는 남을 속이는 것, 사기 치는 것이라고도 하겠지요. 그 수많은 물리적인 것 외에 나는 개인적으로 두 가지를 들고 싶습니다. 그 첫째는 타인의 희망을 빼앗는 말(언어)이고 둘째는 자기 자신을 내버려두는 것이라고 생각합니다. 방치(放置)란 그대로 버려둔다는 뜻이지요. 사람의 말은 참으로 무서운 힘을 갖고 있습니다. 한마디 말로 인한 상처는 평생 지워지지 않는 무기가 되기도 합니다. 상처를 주는 말이 그 대표적이지요. 또 하나는 자기 자신을 '방치'하는 것이라고 생각합니다. 사람의 의식은 저절로 그냥 성숙하지 않아요. 노력하지 않으면 곧바로 침체가 찾아오고 그것이 굳으면 그 사람에게서 삶의 신선도는 멀어지지요. 고단함이 끼니인 생일지라도 삶을 위한 수업은 멈출 수 없는 유일한 이유이며 까닭입니다.

달라도 함께라면

날로 짙어진 신록(新綠)이 세상을 아름답게 합니다. 벌써 2년째 온 인류가 고통을 겪는 역병(疫病)의 시대를 지나고 있지만 자연(천연계)의 순환은 어김없이 자기 몫을 하고 있습니다. 세상이 어떻게 돌아가든 자기에게 주어진 몫(使命)을 한다는 것이 참으로 경이롭기까지 하네요. 그래서 생명이 있는 모든 것은 소중하고 아름다운 것 같습니다. 자기의 할 일이 있기 때문이지요. 각자의 그 할 일이 세상을 세상답게 하고 어제와 오늘 그리고 내일을 잇는 끈의 역할을 하지요. 며칠 전 근방에 있는 개화산 정상 부근에서 내려다보니 들녘 풍경이 보였습니다. 한가롭게 보리밭 사잇길을 걸을 수는 없어도 그 모습만으로도 흙냄새가 진동하는 것 같았지요. 아름다웠습니다. 세상은 같은 것(種)만으로 이뤄지지 않았지요. 그 다양성이 참으로 경이로워요. 싸우지 않고 어울려 삽니다. 나무와 꽃, 동물과 식물이 다르지 않으며 사람 또한 마찬가지입니다. 색이 다르듯 다 달라요. 그 다름이 조화롭고 아름다운 어울림의 세상을 만들어 간다는 것이 놀랍기도 합니다. 달라도 함께라면 행복한 세상이라는 것을 천연계가 먼저 만들어 가는데 만물의 영장이라는 사람들이 따라가질 못하는 것 같습니다.

김남조 시인

벌써 오래전 충남 대천에 살 때 이웃집에서 김남조 에세이집을 빌려다 읽은 후 나는 평생 그분의 팬이 되었습니다. 열 권짜리 전집이었는데 마치 마른 솜이 물을 흡수하듯 그렇게 그 올올한 시인의 음성이 가슴에 각인됐었지요. 열 권의 시집을 묶은 「金南祚詩全集」을 몇 번을 읽었는지 모릅니다. 노래로 불리기도 했던 〈가난한 이름에게〉란 작품은 지금도 거의 암송합니다. "이 넓은 세상에서 한 사람도 고독한 남자를 만나지 못해 나 쓰일모 없이 살다 갑니다 이 넓은 세상에서 한 사람도 고독한 여인을 만나지 못해 당신도 쓰일모 없이 살다 갑니까" 이렇게 시작하는 시지요. 간장이 끊어질 듯한 가수 서금옥의 낭송은 지금도 귀에 쟁쟁하네요. 며칠 전 그의 시 〈편지〉를 찾아 읽었습니다. "그대만큼 사랑스러운 사람을 본 일이 없다 그대만큼 나를 외롭게 한 이도 없었다"로 시작하는 시지요. 가슴이 뭉클했습니다. 올해(2021년) 95세의 김남조 시인! 수년 전 영인문학관에서 만나 인사를 드리고 사인을 받고 사진도 함께 찍었었지요. 한국 시단의 찬란한 거목의 건강을 빕니다.

마음

허영자(許英子 · 1938~)

마음이 모나면 세상도 모나고
마음이 둥글면 세상도 둥글단다
오늘은 마음 푸르니 세상 또한 푸르러라.

허영자 시인의 〈마음〉이란 작품입니다. 글을 읽고 나니 마음이 참 편안해집니다. 단 석 줄짜리 작품인데 마음이 착 가라앉는 것 같네요. 마음이 맑아지고 영혼이 고요해집니다. 좋은 글의 힘이지요. 마음이 푸르면 세상의 모든 것이 푸릅니다. 맞아요. 정말 그렇지요. 그렇기에 푸른 마음을 갖는 것이 대단히 중요합니다. 세상의 모든 것은 마음에 달려 있으니까요. 일체유심조(一切唯心造)! "바다는 넓다. 바다보다 넓은 것은 하늘이다. 그러나 하늘보다도 더 넓은 것이 있다. 그것은 사람의 마음이다."라고 프랑스의 대문호 빅토르 위고는 그의 대작 「레 미제라블」에 썼지요. 시인은 1962년 박목월 시인의 추천으로 『현대문학』을 통해 등단했습니다.

읽고 싶은 책이 있다는 것

평생 책과 함께 살아왔습니다. 나에게 책은 유일한 친구였고 벗이었으며 동반자였지요. 책이 있었기에 혼자 사는 외로움과 고독을 견딜 수 있었고 삶의 열정을 꽃피울 수 있었습니다. 나에게는 책처럼 고마운 존재가 없었지요. 사람은 떠났지만(특히 여인), 책은 항상 곁에 있었으니 생각하면 참 고마운 존재가 아닐 수 없습니다. 책을 통해 세상을 보는 안목을 키웠고 지식과 지혜를 얻었으며 오늘까지 할 일이 있는 사람으로 살아올 수 있었던 것은 순전히 책 덕분입니다. 고마운 일이지요. 더 행복한 것은 나이가 들어도 사서 읽고 싶은 책이 많다는 것입니다. 매달 7~8권의 책을 사는데도 그렇습니다. 지금은 10만 원을 갖고 조금 모자라는 시대가 됐어요. 책값이 많이 올랐다는 뜻이지요. 이달에 새로 사고 싶은 책 목록을 적어 보니 20여 권이 되네요. 하루라도 더 빨리 읽고 싶은 책부터 주문합니다. 더 읽고 싶은 책이 없어질 때 생명이 끝나지 않을까 싶어요. 이래저래 책과는 질긴 인연이지만 아름다운 만남이 아닐 수 없네요.

축하를 전하는 마음

벌써 오래전부터 아침을 먹기 전 컴퓨터 앞에서 맨 먼저 하는 일은 친인척은 물론 지인들의 생일 · 결혼기념일 · 집안 제사 그 외 기타 축하를 전하는 것으로 일과를 시작합니다. 언제부터 했는지는 기억도 없지만 퍽 세월이 흐른 것 같습니다. 좋은 날에 축하를 전하는 마음이 행복하기 때문이지요. (내 생일날 축하를 받기 위함은 결코 아닙니다. 그 숫자는 백 분의 일쯤 될까요) 그러다 보니 새달을 맞으면 그달에 전해야 할 축하 일정을 빠짐없이 기록하지요. 그 일이 그냥 일상이 됐습니다. 그런데 좋아요. 생일 축하가 가장 많은데 받는 주인공은 물론 행복해하시지요. 하지만 보내는 청죽도 행복하기에 멈춤 없이 수십 년을 계속할 수 있는 것 같습니다. 사람이 가깝다는 기준이 뭘까요. 친한 사이라고 하면서 상대방의 생일도 모른다면 그게 진정 가까운 사이일까 반문할 때가 있습니다. 영어교실에서 'When is your birthday?(생일이 언젠가요?) 이 문장만은 잊지 않도록 하는 것도 그런 이유 때문입니다.

시간을 잘 쓰는 사람

신(神)은 태어나는 모든 사람에게 공평하게 하루 24시간씩을 주셨습니다. 이것 하나만큼은 정말로 공평하다 싶지요. 하지만 그것을 사용하는 사람은 다 다릅니다. 어떤 사람은 절반도 못 쓰는가 하면 또 어떤 사람은 그 이상으로 시간을 늘려 쓰지요. 나는 과연 그 시간을 제대로 쓰고 있는가 반문할 때가 많습니다.

벌써 오래전 「25시」(1949)라는 책 제목에 갸우뚱하기도 했었던 기억이 나네요. 무슨 뜻일까 싶었기 때문이지요. 그 책은 루마니아의 작가 게오르기우(일명 게오르규)의 대표작인데 나치와 볼셰비키의 압박을 받는 약소민족의 고난을 묘사하며, 현대문명 사회의 그늘에 가려져 있는 또 다른 질곡을 고발한 작품입니다. 그는 1974년 한국을 방문하기도 했지요. 욕심 같지만, 평생 시간을 잘 쓰는 사람이 되고 싶었습니다. 결과를 떠나 오늘 나에게 주어진 24시간을 감사하고 게으르지 않으며 주어진 몫(使命)을 다하는 그런 하루를 살 수 있다면 얼마나 좋을까 싶네요. 오늘도 주어진 시간을 잘 사용하고 있는가 반문하며 그 주인공으로만 살고 싶다는 욕망이 사그라지지 않습니다.

가장 가치 있게 쓴 돈

지금까지 살아오면서 내가 '가장 가치 있게 쓴 돈'이 무엇이었을까 하고 생각해 볼 때가 있어요. 여러 가지가 떠오르지만, 그중에 첫 번째는 어머니와 함께 살 때 어머니 호주머니에 용돈이 떨어지지 않게 했던 일입니다. 1979년 아버지 회갑을 맞아 고향 삽시도 집에 카메라를 교우한테서 빌려 갔는데 플래시를 빼먹는 바람에 사진이 한 장도 나오질 않아 너무 죄송해서 부모님을 대천으로 모셔서 사진을 찍었던 일도 생각나고, 어느 해인가 설 때 고향에 가면서 3만 원 주고 아버지 손목시계를 사드렸던 기억도 납니다. 1981년 63세로 아버지 돌아가신 후 그 시계는 지금까지 보관하고 있지요. 나는 칠순이 넘은 형제는 물론 친인척을 만나면 용돈을 드려야 한다고 생각합니다. 어머니 살아계실 때 십몇 년 어머니 모시고 안면도 고남 외가에 다니면서 많지는 않아도 그곳 친인척들께 용돈을 드렸던 기억도 나네요. 가치 있고 아름답게 쓴 돈은 아무 조건 없이 그냥 준 기억만 떠오르니 답은 너무 쉽게 나왔네요.

책 솎아 내기

인생을 살다 보면 세상엔 생각보다 어려운 일이 참 많습니다. 그래서 '괴로움이 끝이 없는 세상'이란 뜻을 가진 '고해(苦海)'라는 말이 생겨났는지 모르겠어요. 나는 개인적으로 책을 버리는 일 또한 그와 같다 싶지요. 책에 대한 애착과 미련이 너무 많은 탓인지도 모르겠습니다. 손때가 묻고 오랫동안 서가(書架)를 지켜 온 터줏대감을 뽑아낼라치면 그 통증은 예전 사랑하는 사람과 헤어졌을 때만큼의 상실감이 찾아오기도 하지요. 세월에 밀린 책이 대부분이고 나이와 함께 생각이 달라진 탓도 있고 앞으로 더는 읽을 것 같지 않은 책을 대부분 솎아 내지요. 지금도 책장을 둘러보면 그런 책이 수두룩합니다. 그런데도 끼고 있는 것인데 이것도 정(情) 때문일까요. 가차 없이 버리면 삶의 무게도 그만큼 줄어들 텐데 싶다가도 쉽사리 뽑아내질 못하니 이를 어이하리까. 하나같이 나를 키운 고마운 책들! 그 고해의 바다를 함께해 왔기에 미련 또한 이렇게 남다른가 싶다가도 "에이, 나이도 생각해야지." 하면서 마음을 달래 보네요.

버려야 할 두 마리 개

세상을 살면서 버려야 할 것들이 참 많다는 것을 늘 깨닫습니다. 맨 먼저 떠오르는 것은 아집과 독선 그리고 편협이지요. 사람은 자기 생각의 울타리 안에 삽니다. 그것을 벗어난다는 것이 좀처럼 쉽지 않지요. 대부분 사람에겐 자기를 둘러싸고 있는 높은 벽이 있습니다. 그 높이는 사람마다 다 다르지요. 어떤 사람은 세월과 함께 자기의 벽이 자꾸 높아만 가는 이도 있고 반대로 점점 낮아져 세상 밖으로 나오는 경우 또한 흔합니다. 높이 높아 가는 사람은 마음(정신)을 닫고 사는 사람이고 낮아지는 사람은 열린(Open Mind) 마음으로 사는 사람이지요. 공통점이 있다면 모든 사람은 자기의 눈으로 세상을 본다는 것이지요. 이것이 다 옳다면야 얼마나 좋겠습니까만 세상의 이치는 그렇지 않지요. 대부분 사람들은 자신의 허물을 제대로 보지 못합니다. 그것이 한계일 때도 있지요. 인생을 살면서 버려야 할 것이 한두 가지겠습니까만 그중에서 오늘 당장 버려야 할 두 마리 개는 바로 편견과 선입견입니다.

하고 싶은 일을 하는 사람

사람은 누구나 행복을 추구합니다. 행복한 삶을 원하지 않는 사람은 아무도 없지요. 행복은 모든 사람의 소망이며 꿈입니다. 그렇다 보니 행복을 붙잡기 위해 삶의 전부를 걸지요. 문제는 행복의 실체를 정확히 아는 사람이 그다지 많지 않다는 사실입니다. 도대체 행복이 뭐야 하고 물을 때 그 대답이 준비된 사람이 얼마나 될까요. 사람들은 그 뚜렷한 실체조차 모르면서 행복을 추구합니다. 사람마다 추구하는 행복의 기준이 다르다 보니 헷갈릴 때도 많지요. 어떤 사람은 돈과 명예 그리고 미와 건강을 추구하지만, 인간의 욕심은 한도 끝도 없지요. 채워도 채워도 채울 수 없는 것이 인간의 마음밭입니다. 그렇다면 이렇게 단순하지 않은 행복은 어디에 있을까요. 또한, 그 행복을 누리며 사는 사람이 누구일까요. 돈을 한 보따리 싸 가서라도 한 수 배워 올 수 있다면 좋겠습니다. 인생을 살아 보니 행복은 그만큼 단순한 것이 아니라는 것이지요. 하지만 오늘 나는 당신에게 내가 얻은 행복을 하나 선물합니다. 그것은 바로 당신이 '하고 싶은 일'을 하는 것입니다.

줄이는 삶

나이를 먹는다는 것이 무엇일까요. 사람을 포함 만물은 주어진 시간을 쓰면서 자연스레 '나이'라는 연륜이 붙습니다. 늙어 간다는 뜻이지요. 누구나 겪는 생로병사(生老病死)를 이야기하고 싶은 것은 아닙니다. 그것은 자연의 법칙이기 때문이지요. 살다 보니 나이를 먹었다고 모두 어른은 아니라는 것입니다. 어른다운 언행과 그런 삶을 살 때만 어른이라는 것이지요. 나이를 먹는다는 것은 그 나잇값을 해야 한다는 뜻이더라고요. 그렇다 보니 어떻게 나잇값을 해야 할 것인가가 자연스레 숙제처럼 주어졌지요. 그다음부터는 답을 찾기 시작했고요. 문제는 그 나잇값이라는 것도 천차만별이라는 것입니다. 답이 다 달라요. '나이를 잘 먹는다는 것은?' 하고 처음부터 다시 생각해 봅니다. 움켜쥐는 것이 아니라 반대로 '줄이는 삶' '내려놓는 삶'이라는 것이지요. 나이 먹어 욕심이 많으면 인간은 추해집니다. 나이는 쥔 것을 풀라는 뜻이 아닐까요. 오늘도 내 삶의 무게를 줄일 수 있는 것이 무엇일까 하고 고민합니다. 깃털처럼 가벼워지기 위해서지요.

놀면 뭐 하냐

어느 문학평론가 한 분은 한시 · 영시를 포함한 300수의 작품을 외운다고 합니다. 그렇게 외우다 보니 평생 그 외운 작품들이 녹아 생각과 말을 풍성하게 하고 시시때때로 대화 중 작품이 쏟아지니 타인에게는 학문의 깊이를 더하는 사람으로 인식되더라는 것이지요. 부러웠습니다. 나는 과연 몇 편의 작품을 외우고 있을까 싶었지요. 그분의 십 분의 일이라도 외우고 있을까 헤아려 보니 그조차 갸우뚱해지더라고요. 부끄러웠습니다. 명색이 자칭타칭 '詩(문학) 전도사'로 살면서 말이지요. 오래전에 외웠던 작품들은 그래도 기억이 나는데 나이가 들어가면서는 영 외워지질 않습니다. 한계일까요. 그래도 다행인 것이 하나 있습니다. 전에 강의실을 찾아가려면 20분쯤 걸렸는데 십몇 년 그렇게 문장 하나를 생각하며 갔고 돌아올 땐 또 다른 문구(文句)를 암기하고 그랬지요. 그게 쌓이다 보니 큰 효과를 보았습니다. 일상에서도 할 일은 많은데 그중에서 하나가 바로 항문(肛門)을 조이는 운동이지요. 괄약근 운동은 남자들에게 특히 좋다고 해서 생각날 때마다 하는 중입니다. '놀면 뭐 하냐' 싶지요. 좋은 습관이 좋은 삶을 만듭니다.

생의 스승인 나무

어제는 멀지 않은 근린공원에 갔었습니다. 우선 공원에 들어서면 공기가 달라 상쾌해지지요. 그 맛에 찾는 것 같습니다. 공원에 가면 사람보다 나무와 이야기를 하지요. 그곳엔 다양한 나무들이 사이좋게 삽니다. 나무가 다투고 싸우는 모습을 본 적이 있나요. 없지요. 나무는 종(種)이 달라도 싸우지 않습니다. 다름을 인정하기 때문이지요. 나무는 함께 살아가는 공존(共存)의 스승이지요. '이렇게들 모여 사는 멋진 세상에서'라는 김남조 시인의 시구가 저절로 떠올랐습니다. 한 곳을 지나다가 뿌리가 완전히 드러난 나무 앞에 멈춰 한동안 바라봤네요. 이불인 흙이 빗물에 씻겨나간 탓인지 벌거벗은 나신(裸身)으로 자신의 치부(?)를 드러내고 있는 그 모습을 사진에 담기도 했지요. '그걸 왜 찍어요 부끄럽게 시리'라고 하는 것 같았지만 그 벌거벗은 뿌리는 인생사의 스승처럼 다가왔습니다. 하늘로 치솟은 저 웅장한 나무 한 그루는 단 한순간도 쉼이 없는 것 같았지요. 이파리 하나하나에 수분을 끌어들여 생명을 주는 나무는 아름다웠습니다. 뿌리는 생명을 지탱하는 나무의 내공이고요. 오늘도 나무처럼 살고 싶습니다.

아프지 마 안 아픈 게 최고야

"건전한 정신은 건전한 신체에 머문다."

_(유베날리우스/세계문화사 · 로마 편)

"건강한 몸은 정신의 사랑방이며, 병든 몸은 감옥이다."

_(F.베이컨/학문의 진보)

"어리석은 일 중에 가장 어리석은 일은, 어떤 이익을 위하여 건강을 희생하는 것이다."

_(A.쇼펜하우어)

"건강한 육체는 건전한 마음의 생산물이다."

_(G.B.쇼오/혁명주의자를 위한 격언)

"건강은 노동으로부터 생기며 만족은 건강으로부터 생긴다."

_(W.피트)

"즐거움과 절도(節度)와 평온은, 의사를 멀리한다."

_(로오가우/격언시)

“머리는 차고, 다리는 따뜻하게 하라-Keeping the head cool and the feet Warm.”

_(영국 격언 · 속담)

건강에 관한 어록(語錄) 몇 개를 찾아보았습니다. “아프지 마. 안 아픈 게 최고야.” 오늘 청죽이 당신에게 전하는 축복의 말(言)이네요.

첫 키스의 추억처럼

삶에서 무서운 것이 무엇일까 하고 생각할 때가 있습니다. 물론 개인적으로는 여전히 '아무짝에도 쓸모없는 존재(Useless)'가 그 첫째입니다. 그러나 일반적으로는 그건 답이 아닐 수 있지요. 당신은 무엇이 떠오르시나요? 언뜻 떠오르는 것은 바로 '매너리즘(Mannerism)'이 아닐까 싶습니다. '버릇처럼 되풀이되어 독창성이나 신선함을 잃은 상태'라는 뜻이지요. 이런저런 학설(學說)을 떠나 매너리즘은 정말로 무서운 것입니다. 삶이 여기에 빠지면 우선 '신선도(Freshness)'를 잃지요. 삶의 숙제가 주어지는 것 같습니다. 나이가 들어도 삶은 신선해야 하는데, 그것은 그냥 저절로 공짜로 주어지지 않는다는 것이지요. 오늘 내가 내 생을 끌어안고 살 비비며 진한 애무를 계속해야 하는 유일한 이유인지도 모르겠습니다. 내 삶을 뜨겁게 할 때만 매너리즘은 떠나갈 것이고 오늘은 언제나 강렬했던 첫 키스의 추억처럼 그렇게 설레고 신선하지 않을까요.

불광불급(不狂不及)

정민(鄭珉) 교수의 「미쳐야 미친다」라는 책이 처음 나온 것은 2004년 04월 03일이었습니다. 제목이 하도 특이하기도 했고 또 당시 저자의 책은 모두 사서 읽던 때라 이내 구해 읽었지요. '조선 지식인의 내면 읽기'라는 부재가 붙어 있고 그 원문은 바로 불광불급(不狂不及)이지요. '미치지 않고서는 미칠 수 없는'이라는 뜻입니다. 이 책은 조선 시대 지식인의 내면을 사로잡았던 열정과 광기를 탐색한 글이지요. 어떤 분야든 일가(一家)를 이룬다는 것은 열정과 광기가 없이는 가능하지 않지요. 고수(高手)들은 뭔가 달라도 다릅니다. 저자는 그들을 일러 "남들이 다 보면서도 보지 못하는 것들을 단번에 읽어 낸다. 핵심을 찌른다. 사물의 본질을 투시하는 맑고 깊은 눈, 평범한 곳에서 비범한 일깨움을 끌어내는 통찰력이 담겨 있다."라고 정의합니다. 예술은 물론이고 삶에서도 이렇게 뭔가에 몰입할 수 있어야 진정한 뭔가를 얻을 수 있는 것 같습니다.

아버지의 손과 지게

2018년 7월 생애 두 번째 책인 「아버지의 손과 지게」가 출간되었습니다. 꼭 1년 전 나온 「나눔 속에 핀 꽃」의 후속작이라 할 수 있지요. 지난 1년간 준비를 했다고는 해도 이런저런 아쉬움 없는 것은 아니지만, 책을 받아들고 보니 우선 마음이 편안해지네요. 이번에도 제목을 짓는 것이 가장 어려웠습니다. 지인에게 자문하기도 했지만, 마음에 드는 것을 만나기란 참 쉽지 않았지요. 그러다 책의 내용 중 제목 하나를 고르고 보니 바로 이거다 싶더라고요. 나에게 '아버지'란 이름은 남들과 같을 수는 없는 일이었습니다. 더욱이 지난해 첫 책을 내면서 많이 후회했던 것은 '이 책을 부모님(강명산 · 최임열)께 바칩니다.'를 빠뜨렸던 것이지요. 이번에 넣을 수 있어 좋았고 행복했습니다. 저에게 '아버지'란 이름은 보통명사가 될 수 없거든요. 걷지도 못하는 아들을 두고 먼저 눈을 감으신 아버지. 그 아들 앞으로 논 열 마지기만 마련해 놓으면 누군가 평생 아들의 밥은 해 줄 거라 믿으셨던 아버지. 그것을 위해 3년간 외가 근처로 이사 가는 것을 반대하셨던 어머니의 고집을 꺾으셨던 아버지. 하지만 결국, 그 꿈은 현실의 벽 앞에 포말처럼 물거품이 됐고 당신의 육신마저 상한 상태로 그 땅(안면도)을 떠나야 했던 아버지. 무일푼으로 고향에 돌아와서는 모진 모멸과 가난을 다시 겪어야 했던 아버지. 아버지, 사랑합니다.

후회의 부피 줄이기

나는 오늘도 매사 후회하지 않기 위해 노력합니다. 자잘한 일상이 평생의 삶을 만드는 동력임을 모르지 않기에 쓸모없이 새나가는 자투리 시간을 줄이려 하지요. 그런데 생각지도 못한 부분에서 늘 아쉬움과 후회를 남기기도 합니다. 어떻게 생각하면 후회를 남기지 않는 삶은 없을지도 모르지만, 분량과 부피는 결코 같을 수 없다 싶지요. '후회는 언제나 늦다.'란 말도 있고 일반적으로 후회(後悔)란 크게 두 가지로 분류할 수 있다고 합니다. 하나는 '한 일에 대한 후회(regret of action)'와 '하지 않은 일에 대한 후회(regret of inaction)'로 구분된다고 하지요. 그럴듯합니다. 맞는 말이다 싶기도 하고요. 한 일에 대한 후회가 없을 수 없고 하지 않은 일에 대한 후회 또한 없을 수 없기 때문이지요. 문제는 최선입니다. 과연 내가 오늘 내 삶에 주인으로 온전히 최선을 다했는가 싶어 하루를 돌아보게 되네요. 작게는 아주 사소하고 소소한 일에서부터 내가 삶에서 실천해야 했던 부분에 소홀함은 없었는지 자문하게 됩니다. 가만 생각해 보면 내가 먼저 해야 했던 부분이 너무 많다는 것이군요. 엘리베이터 안에서 낯선 사람에게 먼저 인사하지 못한 것부터 길에서 만난 할머니에게 주머니 안 사탕 한 알을 전하지 못한 것까지 오늘도 나는 일상의 후회가 많다는 것을 깨닫고 부끄러워지기도 합니다. 내가 먼저 실천해야 하는 일들은 수없이 많지요.

등단(登壇)

'글을 써야겠다' 마음먹기 시작한 것은 10대 중반이었습니다. 혼자 한글을 터득한 지 불과 몇 년 뒤였지요. 남들은 다 걸어 다니는데 나만 걷지 못하는 현실에 눈떠 가며 시작된 극심한 생 앓이는 삶의 의미를 묻고 찾기 시작했습니다. 하루를 산다는 게 이렇게도 어렵고 힘든데 그냥 되는대로 살 수는 없다는 당찬 마음이 평생을 문청(文靑)으로 살게 했지요. 헤아려 보니 근 50여 년의 긴 여정이었네요. 그 세월에도 나에게 등단의 벽은 높기만 했습니다. 실력이 없는 탓이라 여겼지요. 그런데도 등단에 대한 꿈을 버리지 못하고 지금까지 살아온 것은 무엇 때문이었을까요. 그것은 다름 아닌 좋은 삶을 살고 싶었고, 욕심이겠지만 단 한 편이라도 좋은 글을 쓰고 싶었습니다. 좋은 글이란 도대체 무엇일까 하고 숱한 세월 번민하며 그 해답을 찾으려 했지요. 지인은 책도 몇 권 냈고 등단이 그렇게 중요하냐고 달래기도 했지만, 미련은 사그라지지 않았습니다. 그랬는데 드디어 문이 활짝 열렸네요. 한 문예지(文藝誌)를 통해 등단이 확정됐고 '당선 소감'을 쓰는 중입니다. 아직 겨울호가 나오지 않은 상태여서 나도 궁금합니다. 작가가 돼야겠다고 마음먹은 지 47년 만의 쾌거(?)가 아닐 수 없네요. 그렇게 높기만 했던 등단의 벽을 이제 넘게 됩니다. 자축하며 이 글을 쓰네요. 꿈은 이렇게 이뤄지는가 봅니다.

외로운 사람

외로운 사람이 많은 시대입니다. 현대를 살아가는 사람치고 외롭지 않다는 사람이 많지 않아요. 혼자 사는 사람은 말할 것도 없지만 가정을 이루고 사는 사람조차 그런 말을 할 때면 혼자 사는 사람으로 할 말을 잃게 되지요. 왜 이렇게 외로운 사람이 많을까요. 스마트폰과 같은 문명 시대의 이기(利器) 때문이 아닐까요. 사람을 만나도 대화는 점점 줄어들고 있고 심지어는 밥상머리에서 묻는 말도 사회관계망서비스(SNS)를 통해 답을 하기도 한답니다. 더 놀라운 것은 선을 보는 자리에서조차 말은 안 하고 서로 스마트폰만 쳐다보고 있는 경우도 다 있다고 해요. 사람을 만나면 말(대화)을 해야 할 텐데 현실은 그렇지 않습니다. 점점 말이 줄어들고 있다는 것이지요. 부부 · 부모와 자식은 물론 그 외 인간관계 전반에 걸쳐 대화는 줄어들고 있지요. 「논어」 〈이인편(里仁篇)〉에 '덕불고필유린(德不孤必有隣)'이란 말이 나옵니다. '덕은 외롭지 않으니 반드시 이웃이 있게 마련이다.'라는 뜻이지요. 말(대화)의 덕을 회복할 때만 외로움은 떨어져 나가지 않을까 싶습니다.

아름다움이 세상을 구원할 것이다

우리가 사는 세상은 미추(美醜)가 공존하지요. 마치 인간사에 행복과 불행이 함께하는 것과 같습니다. 문제는 미추의 개념 정의가 대단히 모호하다는 데 있지요. 과연 어느 지점에 놓을 것인가는 사람마다 다르기 때문입니다. 나는 아름답다고 생각하는 것이 다른 사람은 그렇지 않은 경우가 허다하니까요. 사물을 생각하고 보는 기준 또는 관점에 따라 미와 추는 극과 극일 수 있지요. 그래서 개념 정리가 어렵습니다. 하지만 분명한 것은 인간 삶에 미추가 공존한다는 사실이군요. 만물은 변하기에 절대의 기준이란 것이 있을 수 없습니다. 어느 순간 최고로 아름다웠던 것도 시간과 함께 그 반대가 되는 경우도 많으니까요. 어떻게 생각하면 미와 추는 하나에서 출발하는지도 모르겠습니다. 그러나 분명한 건 모든 사람이 아름다움(美)을 추구한다는 사실이군요. '아름다움이 세상을 구원할 것이다.'라고 러시아의 대문호 도스토옙스키가 말했지요. 이병훈이 쓴 책의 이름이기도 합니다. 오늘도 그 마음으로 하루를 시작하네요.

3부

세상에서 제일 신나는 일

'빚'지는 것을 좋아하는 사람이 있을까요. 아마도 그런 사람은 없겠지요. 하지만 사업을 하는 사람들은 좀 다르다는 이야길 들은 것 같습니다. 내 돈만 갖고는 할 수 없다는 것이 정설이라고 하기도 하고요. 사업을 하는 사람이 아니기에 그것은 잘 모르겠습니다. 나는 개인적으로 돈에 대해서는 아주 철저한 사람이지요. 갚을 것은 갚아야 한다는 사고방식을 갖고 있는데 세상을 살다 보니 다 그러진 않더라고요. 갚을 것이 있음에도 자기 쓸 것 다 쓰고 갚지 않는 사람을 주위에서 흔하게 봅니다. 그런 사람하고는 생각의 차이가 너무 커서 솔직히 가까이하고 싶지 않을 때가 많지요. 그러나 현실입니다. 빚을 지면 우선 자유가 없습니다. 잘 입고 잘 먹어도 흉이 되니까요. 내 돈은 갚지 않고 그런다고 생각하기 때문입니다. 적은 돈이라도 빚을 갚고 나면 생이 가벼워집니다. 나는 이것이 너무 좋아요. 마치 내 몸과 마음이 깃털처럼 가벼워지는 것을 느낍니다. 정말로 신나는 일이지요. 빚을 갚는다는 것이 이렇게 좋은 것임을 새삼 깨달으며 오늘 내가 갚아야 할 사랑과 은혜의 빚은 무엇이고 누구일까 헤아려 봅니다.

눈물 섞어 읽은 책

이틀 동안 두 권의 책을 읽었습니다. 가슴이 뭉클하네요. 한 권은 이영미라는 분이 쓴 「누울래? 일어날래? 괜찮아? 밥먹자」라는 책인데 저자가 2016년 1월, 루게릭병 발병 초기부터 그가 글을 쓸 수 있었던 2018년 8월까지 페이스북과 메모장에 기록한 글과 사진 중에서 추려 엮은 것입니다. 1959년생으로 서울대학교 응용미술과를 졸업하고 『샘이깊은물』 편집 디자이너로 일을 했던 저자. 한 야구 선수의 이름에서 따왔다는 루게릭이라는 병(病). 정식 명칭은 근위축성 측삭 경화증이고 '퇴행성 신경 질환'으로 불치이며 아직 원인이 밝혀지지 않았다고 합니다. 몸에서 근육이 점점 빠져나가 나중에는 말은 물론 정말로 아무것도 하지 못하는 상황에 이르고 결국은 사망한다고 합니다. 그 아픈 중에서도 이렇게 맑은 글을 쓸 수 있다는 것에 눈물 섞어 읽지 않을 수 없었네요. 또 한 권은 안도현 시인의 「고백」이란 책인데 저자의 책을 숱하게 읽었는데 이 책만큼 단문(短文)에 시인의 철학이 곁들여진 책은 처음이었습니다. 마치 명언(名言)을 모아 놓은 것 같은 시인의 사유와 성찰이 사진과 함께 활짝 폈네요.

정신건강

가끔 내 마음의 건강을 생각할 때가 있습니다. 어디가 아프거나 입맛이 없는 등 몸의 건강은 금방 알 수 있지만, 마음의 건강은 그렇지 않기 때문이지요. 그런데 살다 보니 그것도 아주 쉽게 확인할 수 있는 지혜를 자연스레 터득하게 되더라고요. 그것도 아주 간단히 말입니다. 나 같은 경우 누구를 만났을 때 얼마나 반가운가로 내 건강 상태를 확인하고 점검합니다. 전화를 받을 때도 마찬가지고요. 누군가의 전화를 반갑게 받는다는 것, 그리고 길에서 우연히 지인을 만났을 때도 확인할 수 있는데, 그 만남이 반갑다면 우선 내 마음의 건강이 괜찮은 상태지요. 오랜만에 지인을 만났는데도 반갑지 않다면 우선 내 정신건강에 문제가 있는 것 아닌가 싶어요. 물론 모든 사람이 다 그렇게 반가울 수는 없겠지요. 하지만 사람도 나름입니다. 서로의 안부를 물어야 할 사람이 있다는 것이지요. 그 사람조차 그렇게 만나지 못한다면 분명 문제가 있는 것이 아닐까요. 사람을 반갑게 만난다는 것은 인간관계에서 대단히 중요합니다. 전화도 그렇고요. 누구 전화를 받으면 내 목소리의 톤이 한껏 올라갈 수 있을까요. 그런 사람이 많으면 많을수록 내 정신건강은 양호하단 뜻이 아닐까요.

시의 첫 줄

매달 시집을 읽습니다. 이해하든 못하든 상관없이 그렇게 시집을 사 읽지요. 가끔은 제대로 이해도 못하면서 왜 시집을 읽을까 싶을 때도 있어요. 그래도 계속 읽습니다. 어떨 땐 편하지 않을 때도 많아요. 읽어도 무슨 말인지 모를 때지요. 느낌이 전혀 없는 시를 읽는 것은 분명 고역(苦役)입니다. 책값이 아까울 때도 있어요. 함에도 시집을 손에서 놓지 못하는 것은 '시 전도사'란 이름값을 해야 해서만은 아닙니다. 뭔가가 있기 때문이지요. 시는 마음의 평안을 줍니다. 존재의 집인 말(언어)을 줄이고 줄여 세상에 단 몇 줄로 자기의 마음을 표현하려 한 것이 바로 시(詩)기 때문이지요. 옛날 시골에 살 때 명절 때나 집안에 큰 일이 있을 때는 꼭 '엿'을 고았지요. 처음엔 그냥 건더기에 멀겋고 말간 물이고 그게 한 솥 가득하였지요. 그것을 며칠 동안 시시때때로 곱니다. 계속 불을 때지요. 그러면 그 솥 안 그득했던 물이 다 마르고 닳아 진액(津液)만 남지요. 그게 바로 엿입니다. '시의 첫 줄은 신이 준다.'라고 프랑스의 시인 폴 발레리가 말했지요. 오늘 당신에게 줄 그 한마디 진액은 무엇일까 생각해 봅니다.

기도하는 사람

신앙(信仰)생활을 한다면 그 사람은 기도하는 사람입니다. 자신이 믿는 사람이라고 하면서 기도하지 않는다면 그는 아마도 신앙의 참 의미와 뜻을 모르는 사람이겠지요. 신앙인은 기도하는 사람이기 때문입니다. 기도는 엄청난 힘(능력)을 갖고 있지요. 신앙인이지만 기도하는 사람과 그렇지 않은 사람의 차이가 큽니다. 진짜 신앙인은 기도하는 사람이지요. 덴마크 철학자 쇠렌 키르케고르는 "기도는 신을 변화시키지 않지만 기도하는 사람을 변화시킨다."라고 했지요. 신앙인 중에도 기도하지 않는 사람은 신앙의 척도를 햇수와 직위로 계산하는 사람입니다. 몇 년을 다녔고 자기가 교회에서 목사, 장로, 집사라는 것이지요. 하지만 그것은 아무짝에도 쓸데없는 기준입니다. 햇수와 직위가 아니라 '기도하는 사람'인가가 중요하기 때문이지요. 기도하지 않는 신앙인은 부끄러운 종교인입니다. 겉으로는 신앙인이지만 속은 아니기 때문이지요. 오늘도 속과 겉이 똑같은 그런 기도하는 사람(Prayer)으로 살고 싶습니다.

나의 생존 증명서

나를 살게 하는 생존 증명서가 무엇일까 싶을 때가 있어요. 그냥 태어났기에 사는 것이라면 이런 질문은 필요 없을지 모릅니다. 오늘도 노력하고 애쓰는 것은 단 한 번뿐인 삶이기에 그 삶에 책임을 지고 이름값을 하려는 것이지요. 누구에게나 삶의 무게는 가볍지 않고, 다 자기 십자가는 무겁고 버겁습니다. 어떻게 하면 그 무게를 좀 줄일 수 있을까 하고 고민도 해 보지만 뾰족한 해답은 쉽사리 내 것이 되어 주지 않는 경우도 많지요. 육신의 장애(障碍)도 마찬가집니다. '왜 하필 나에게 이런 장애가!' 하고 넋두리를 하기도 하지만 그 또한 삶의 무게가 아닐 수 없지요. 나는 평생 책 다섯 권을 세상에 내놓는 것이 목표였습니다. 그것을 위해 평생 책을 읽고 공부하며 지금껏 달려온 것 같네요. 목표가 있었기에 삶은 고됐지만 견딜 수 있었던 것 같습니다. 최승자 시인은 "나의 생존 증명서는 시였고 시 이전에 절대 고독이었다. 고독이 없었더라면 나는 살 수 없었을 것이다."라고 했지요. 목표가 있는 삶은 신선합니다.

훌쩍 떠난다는 것

벌써 오래전 자동차를 간절히 원했던 것은 몸도 불편하지만 가고 싶은 곳이 많아서였습니다. 차만 사면 조선 팔도 어디든 갈 수 있겠다는 설익은 생각을 했던 것이지요. 그렇지만 그것은 처음 혼자 여행을 떠났던 날 보기 좋게 빗나갔지요. 함께 떠날 사람이 없다는 것이 제일 큰 걸림돌(?)이 된다는 것을 그때는 몰랐던 것입니다. 여행의 높은 경지에 이른 사람은 혼자 떠난다고 합니다만, 장애가 있고 전문가가 아닌 입장에서 어디를 훌쩍 떠난다는 것은 쉽지 않았습니다. 1995년 10월 자동차를 처음 산 후 벼르고 별러 떠났던 날, 낯선 곳에서 혼자 식당에 들어가는 것도 외로운 일이었고 특별히 낯선 곳에서 혼자 밤을 보내야 하는 것은 생각보다 훨씬 고통스러운 것이었지요. 그래서 그 이후론 포기했던 것 같네요. 「데미안」을 썼고 독일계 스위스의 시인, 소설가, 화가였던 헤르만 헤세는 "여행을 떠날 각오가 되어 있는 자(者)만이 속박에서 벗어날 수 있다."라고 했지만, 혼자 집을 나선다는 것은 여전히 두렵고 겁나서 떠나질 못하지요. 하지만 세월이 흘러도 마음 한구석에선 늘 훌쩍 떠나라 아우성칩니다. 모처럼 서해안 나들이를 떠나면서 장마도 무섭지 않은 것은 왜일까 싶네요.

충남 大川

짧은 일정이었지만 충남 대천엘 다녀왔습니다. 33년 전 그곳을 떠나오기 전까지 꼬박 10년을 살았던 곳이지요. 그곳에서 과외를 시작했고 군부에 의해 과외가 중단됐으며 처음 휠체어를 샀고 처음 교회에 나갔으며 처음 여자를 사귄 곳이기도 하지요. 과외 기간은 길지 않았고 그곳을 떠나기 전까지 독주로도 달랠 수 없는 생 앓이를 했던 곳이 바로 대천입니다. 어느 뜨겁던 여름날 여인의 절교 편지를 받고 무작정 집을 나선 후 12킬로나 떨어진 대천해수욕장 옆인 어항 부두까지 5시간 걸쳐 휠체어를 굴렸던 기억도 생생히 떠올랐습니다. 가다 불볕더위에 하도 목이 말라 맥주를 한 병 마셨는데, 영혼까지 시원하게 했던 그날의 쌉쌀했던 맛을 잊지 못합니다. 지금처럼 전동휠체어가 아닌 양손으로만 굴려 그 먼 길을 갔었던 것을 어찌 잊힐 수 있을까요. 대천은 많이 변해 있었습니다. 세월의 힘이지요. 구석구석 각인되지 않은 곳이 없는 곳, 10년 동안 함께했던 지인들 생각이 많이 났고 아련한 추억에 훌쩍 떠남은 깊은 치유(힐링)로 보답해 줬습니다.

지란지교(芝蘭之交)는 어디에

"저녁을 먹고 나면 허물없이 찾아가 차 한잔을 마시고 싶다고 말할 수 있는 친구가 있었으면 좋겠다." 유명한 유안진의 〈지란지교를 꿈꾸며〉 도입부입니다. 내가 이 글을 처음 읽은 것은 충남 보령 아산병원에 수술을 위해 입원해 있을 때였습니다. 제자들의 문병이 잦았던 탓으로 담당 간호사의 주목을 받았고 그중 한 분이 전문(全文)이 코팅된 〈지란지교를 꿈꾸며〉를 선물이라며 줬지요. 벌써 근 40여 년 전 이야기입니다. 잠시 후 그 선생님은 다시 오셔서 어떠냐고 물었을 때 나는 참 슬픈 작품이라고 했습니다. 이해를 못한 간호사는 나를 빤히 쳐다보며 자기는 글이 너무 좋아서 선물한 것이라며 말꼬리를 흐렸지요. 그 이유를 차근차근 설명했습니다. 첫 연만 다시 읽어 봐도 현대인은 저녁을 먹고 나도 허물없이 찾아갈 곳이 없다는 뜻이기에 이 작품이 그렇게 선명해지는 것이라고 했지요. 그때야 수긍하는 눈치였습니다. 전문을 읽어 보면 그때 벌써 시인은 시대의 거대한 흐름(時流)을 잘 표현했다 싶지요. 그 선물을 지금도 갖고 있습니다. 얼마 전 시인이 81세에 18번째 시집인 「터무니」를 출간했군요. 시인은 서울대 사범대 2학년에 박목월 시인을 찾아가 시를 배웠고 그의 추천으로 1965년 등단했습니다.

이루어 가는 꿈

거의 10대 중반 열두세 살 무렵 혼자 한글을 배우기 시작하면서 글을 쓰는 사람이 되고 싶었습니다. 그것은 순전히 '삶의 의미' 때문이었지요. 남과 다른 삶을 산다는 것은 정말로 어렵고 힘든 일이었습니다. "기어다니며 하루를 산다는 것이 이렇게도 어려운데 과연 내 삶의 '의미(意味)'가 있는 것일까?"라는 의문으로 사춘기를 맞았었지요. 글을 쓴다는 것은 곧 평생 공부를 해야 한다는 것을 알기까지는 수년의 세월이 필요했습니다. 또한, 좋은 삶을 살지 않으면 결코 좋은 글 한 줄도 쓸 수 없다는 것도 알게 되었지요. 그러다 꿈이 생겼습니다. 책의 가치를 떠나 사는 동안 내 이름으로 '책 다섯 권'만 세상에 내놓을 수 있다면 좋겠다고. 인생을 걸었지요. 아니 목숨을 걸었다는 표현이 더 적절한지 모르겠습니다. 바로 어제(2021. 7. 7) 그 다섯 번째 원고를 출판사에 넘기고 나오면서 "인간은 스스로의 선택에 의해 자신의 모습을 만들어 간다."라는 사르트르의 명언이 생각났습니다.

통(通)하는 순간의 행복

아침에 씻고 나면 맨 먼저 가는 곳이 베란다입니다. 먼저 몇 개의 화분에 분무기로 물을 주지요. 그러면서 '아침 인사'를 합니다. 흙이 마르지는 않았는지 이곳저곳 살피고 색과 크기 등을 살핍니다. 지난봄 난(蘭)의 숱이 너무 많다고 손님이 솎아 냈었는데 그때는 너무 아까워서 혼났지요. 그랬는데 얼마 전 여기저기서 새로운 싹이 올라옵니다. 숫자가 훨씬 많아진 것이지요. 쳐다보는 마음이 감격 그 자체입니다. 예뻐요. 사람과 다른 동식물이 이심전심으로 통하는 순간이 있습니다. "물 먹는 소 목덜미에/할머니 손이 얹혀졌다/이 하루도/함께 지났다고/서로 발잔등이 부었다고/서로 적막하다고"라는 김종삼 시인의 시 〈묵화(墨畫)〉가 대표적이겠지요. 물을 뿌리며 쳐다볼 때 화분과 주인은 서로 통하고 있음을 체감합니다.

오늘부터 코로나19 역병은 극약처방이라는 4단계가 시작됩니다. 시대는 끊어야(단절) 살아남을 수 있다지만 우리 삶은 통(通)해야 살지요. 지혜와 슬기가 가장 필요한 때입니다.

부끄러움과 뻔뻔함(수오지심, 羞惡之心)

명색이 글을 쓰는 문학인입네 하고 살면서 읽은 책이 너무 적다는 자책에 빠질 때가 많습니다. 하루에 100페이지를 읽는다고는 해도 끌적하면 뒤로 밀리고 밀리다 보면 또 자신과의 약속을 어길 때가 많아요. 그래도 그렇지 '지금까지 그 책을?' 하고 반문하다 보면 숨고만 싶을 때가 너무 많습니다. 신앙생활 40년째지만 아직 구약(舊約)을 통독 못한 것이 꼭 죄를 짓는 것 같아 올 초부터 단단히 마음을 먹고 시작했지만, 아직 절반에 조금 못 미치는 것 같네요. 서가를 둘러보면 특히나 전집류에서 더 내 형편없는 독서에 자괴감에 빠집니다. '읽어야 할 텐데….' 하는 마음만 있지, 시작을 못하니 참 부끄럽네요. 1929년생인 불문학자 · 문학평론가인 정명환(鄭明煥) 할아버지가 평생 불문학자로 살았는데 프랑스 문학가 마르셀 프루스트의 자전적 소설 「잃어버린 시간을 찾아서」를 통독(通讀)하지 못한 것을 고백하며 "평생 일종의 부끄러움을 남몰래 간직하면서 살아왔다."라고 고백했군요. 그 고백이 참 신선하게 읽히며 꼭 내 애기구나 했습니다. 참고로 「잃어버린 시간을 찾아서」는 20세기 최고의 소설로 꼽히며 숱한 거장들에게 영향을 끼쳤지만 방대한 분량 때문에 도전이 쉽지 않은 작품입니다.

그해 여름

1957년 그해 여름 어머닌 다섯째를 낳았습니다. 복(伏)중이었고 하필 음력으로는 유월 초닷샛날이었는데 동네 어부들 사이에선 그날은 이미 '손재수(損財數)의 날'이라 해서 날씨가 좋아도 배를 띄우지 않았다고 하네요. 손재수란 '재물을 잃을 운수'를 뜻하지요. 냉장고도 선풍기도 없던 시절에 어머니는 얼마나 힘드셨을까 싶습니다. 어머니는 가끔 '하필 그날에 너를 낳아서 그렇게 됐다.'라는 말씀을 하시곤 했습니다. 청죽을 낳은 후 어머니는 곧 가히 나락(奈落) 속으로 떨어지게 되지요. 아장아장 잘 걷던 아기가 갑자기 고열(高熱)에 시달리더니 결국 주저앉고 말았으니까요. 소아마비였습니다. 고쳐 보겠다고 아기를 들쳐 업고 집을 떠나 객지를 떠돈 지 3년! 그 세월에 흘린 어머니의 눈물을 어찌 다 헤아릴 수 있을까요. 살림은 시누이와 큰딸 그리고 손아랫동서에게 맡기고 말이지요. 집안 살림은 또 얼마나 엉망이 됐을까요. 결국, 아기는 일어서지 못했습니다. 그랬던 그 아기가 처음으로 어머니 앞에 섰던 것은 그로부터 꼭 30년이 지난 후였지요. 1990년 이맘때였습니다. 내가 처음 섰을 때 옆에서 지켜보시던 어머니의 첫 육성은 '야 이야, 네 키가 생각보다 훨씬 작구나.'였습니다.

성찰하는 삶

성찰(省察)이란 반성(反省)과 비슷한 말이지요. '자기의 마음을 반성하여 살핌'을 의미합니다. 삶에서 성찰의 의미는 절대 작지 않습니다. 성찰은 우선 자기 자신을 알게 하는 놀라운 힘과 능력이 있어요. 삶의 현재뿐만 아니라 과거와 미래까지 엿볼 수 있는 슬기와 지혜를 주는 것이 바로 성찰이지요. 늘 성찰하는 삶은 자기 자신을 똑바로 자각하게 하고 돌아보게 합니다. 언행(言行)이 엇박자로 흐르는 것을 막아 주는 역할을 하는 것이 바로 성찰이 하지요. 성찰이 부족하면 자기 위치를 벗어나는 실수를 하게 되지요. 이것은 여러 가지가 있는데 그중 첫 번째가 바로 언행의 이탈입니다. 갑자기 큰돈이 생겼을 때 어찌할 바를 알지 못하는 경우가 그렇습니다. 복권에 당첨된 사람들 대부분이 2년 후에는 그 전보다 못한 상황에 이른다는 사실만 봐도 알 수 있지요. 자기 성찰의 결핍이 나은 결과입니다. 삶에서 '나는 누구인가 — Who am I?'란 질문은 그래서 대단히 중요하지요. "성찰하지 않는 삶은 살아갈 가치가 없다(The unexamined life is not worth living)."라고 소크라테스는 일갈(一喝)합니다.

여름 나기

때 이른 불볕더위가 기승입니다. 2021년 올해는 장마도 이름값을 하지 않고 된더위만 빨리 찾아와 일상을 뒤흔들고 있네요. 세계가 이상기온으로 몸살을 앓는 지는 벌써 오래입니다. 문명사회에 대한 '경고' 같다는 생각도 들고 "자연으로 돌아가라."라는 어느 선각자의 말도 떠오르지만, 이미 단맛을 본 후라 그것은 결단코 쉽지 않지요. 집안에서도 에어컨을 켜지 않으면 견디기 어렵습니다. 하지만 그것도 실외기에서 뿜어져 나오는 열기는 다시 지상의 대기를 덥히는 결과를 초래한다니 내가 바로 지구를 덥히는 주범인 셈이지요. 그래도 어쩔 수 없습니다. 우선 내가 살아야 하니까요. 연일 역병(코로나19)의 숫자는 일상을 꽁꽁 묶어 놓고 그 키를 높이고 있고, 정말로 이 여름을 어떻게 날 것인가 고민이 아닐 수 없네요. 그래도 나름 마음을 달래는 솔루션(해결책)이 하나 있습니다. 그것은 조국의 산하에서 익어 가는 온갖 곡물을 생각하는 것이지요. 나무의 열매는 물론 땅속에서 몸통을 키우는 고구마와 같은 작물 말입니다. 오늘 이 하루의 더위가 그것들을 키운다고 생각하면 그래도 견딜 힘을 얻는 것 같네요. 가을에 웃을 일을 미리 저축하는 마음이라고나 할까요. 마치 장석주의 〈대추 한 알〉의 의미처럼 말입니다. 이 또한 지나갑니다.

사랑할 수 없는 사람

나는 할아버지 할머니를 알지 못합니다. 할머니는 군에 갔던 아들이 돌아오지 못하자 8남매를 낳으셨음에도 상심의 바다를 건너다 일찍 돌아가셨고 할아버지 역시 내가 태어날 무렵 세상을 떠나셨습니다. 옛날이라 사진 한 장 남겨 놓지 않으셨지요. 어머니께서는 막내고모가 할머니를 "꼭 빼닮았다."라고 말씀하시곤 했지요. 대신에 외할아버지와 할머니는 내가 10대 말엽에 돌아가셨기에 기억이 생생합니다. 할아버지는 한학(漢學)에 조예가 깊은 분이셨는데 특히 「사서삼경」에 능통하신 분이셨습니다. 내가 사춘기가 시작됐을 때, 할아버지께서 지나가는 말처럼 간간 주셨던 말씀이 그대로 생의 좌표가 됐는데 그중 하나가 바로 '어느 구름에서 비가 내릴지 모른다(不知何雲終雨其云, 부지하운종우기운).'입니다. 사람을 깔보는 것이 세상에서 제일 나쁘다셨지요. 사람을 얕잡아 보는 것, 즉 하대(下待)가 바로 그것입니다. 경시(輕視), 홀시(忽視), 멸시(蔑視) 등도 같은 말이겠지요. 오늘도 모든 사람을 내가 믿는 '신 그 자체'라고 할 수만 있다면 세상은 얼마나 아름다워질까 싶습니다.

아름다운 사람 김민기

"사람들은 손을 들어 가리키지 높고 뾰족한 봉우리만을 골라서 (…) 난 내가 아는 제일 높은 봉우리를 향해 오르고 있었던 거야. (…) 허나 내가 오른 곳은 그저 고갯마루였을 뿐 길은 다시 다른 봉우리로 (…) 하여 친구여 우리가 오를 봉우리는 바로 지금 여긴지도 몰라." 김민기의 곡 〈봉우리〉라는 노랫말입니다. 10대였을 때부터 김민기의 노래를 좋아했지요. 세월이 퍽 흘렀습니다. 그가 만든 곡을 가수 양희은이 부르기도 했지요. 그의 노랫말은 시대를 온몸으로 아파하는 사람만이 쓸 수 있는 가사가 대부분입니다. 잘 알려진 〈아침 이슬〉, 〈작은 연못〉, 〈상록수〉 외에도 개인적으로 〈아름다운 사람〉, 〈친구〉, 〈봉우리〉 등의 노랫말을 음미해 볼 때가 많습니다. 특히 〈봉우리〉는 올림픽에 출전했다가 예선에서 탈락하고 쓸쓸히 귀국하는 선수들을 위로하기 위해 작곡했다고 하지요. 정상(頂上)은 지금 서 있는 바로 그곳이라고, 그러니 당신은 인생의 패배자가 아니라고. 오늘 내가 서 있는 바로 이 자리가 꽃자리임이 틀림없습니다. 덥습니다. 서로 토닥이는 하루가 됐으면 좋겠어요.

정신적 자유

며칠 전 집 앞 옹기골 공원에 갔을 때 작은 못에 연잎이 그 숫자를 더해 가고 있었습니다. 꽃은 피기 전이었으나 예뻤어요. 원철이라는 분의 글에서 '다산 정약용(丁若鏞 · 1762~1836)은 벼 심는 논을 넓혀서라도 연밭을 만들 수 있을 때 비로소 연꽃을 감상할 자격이 있다고 했다. 쌀 몇 말보다는 연꽃을 즐기며 얻는 정신적 자유를 더 가치 있게 여겼기 때문이다.'란 문장을 가슴으로 읽었습니다. 그는 연이어 '연못의 연잎만으로도 옷은 넉넉하다(一池荷葉衣無盡)'란 충막(沖邈) 선사의 말을 전하고 있네요. 물질적으로는 살 만한 세상이 됐는데 너나없이 마음의 여유 없는 시대를 삽니다. 하루가 다르게 세상이 변하고 있는 것도 원인일 테지만 이 회색빛 도회의 삶이란 것이 공통으로 그 소중한 것을 빼앗아가고 있어요. 아무리 뺏기지 않으려 해도 거대한 시류(時流)는 그것을 끊임없이 요구합니다. 내놓으라는 것이지요. 오늘 하루 고갈돼 가는 마음의 여유를 어떻게 붙들고 증발하지 않도록 할 것인가가 주어진 몫(使命)처럼 느껴지기도 합니다. 정신적 자유만큼은 어떻게 해서라도 뺏기고 싶지 않은 내 안의 가장 소중한 보석입니다.

주돈이의 애련설(愛蓮說)

송나라 주돈이(周敦頤 · 1017~1073)는 연꽃을 엄청나게 사랑했던 모양입니다. 그는 '애련설(愛蓮說)'이라는 불후의 작품까지 남겼는데 내용은 다음과 같습니다.

'진흙 펄에서 나왔지만, 그 더러움에 물들지 않기 때문에(出於泥而不染) 좋아했고 맑은 물에 씻기어도 요염하지 않아(濯淸漣而不妖) 좋아했다. 멀리 있을수록 향기가 더 진한지라(香遠益淸) 좋아했고 거리를 두고 바라볼 수는 있지만(可遠觀而) 함부로 가지고 놀 수 없는(不可褻翫焉) 범접할 수 없는 아름다움 때문에 좋아했다. 군자 같은 꽃(蓮花之君子也)인지라 사랑할 수밖에 없다.'라는 내용입니다. 어떤 한 대상을 보고 이렇게 표현할 수 있다는 것은 아무나 할 수 있는 것이 아니지요. 모르는 것보다는 아는 것이, 아는 것보다는 느끼고 표현할 수 있는 것이 한 수 위겠지요. 너무 덥다 보니 송나라 말기의 학자 황견(黃堅)이 편찬한 시문선집인 「고문진보(古文眞寶)」라는 책을 다시 집어 들고 싶습니다. 이 책은 옛 문인들의 필독서였고 「사서삼경」 다음으로 많이 읽힌 문장의 보고로 전해집니다.

일용할 양식

매달 그달에 읽을 열 권 내외의 책을 삽니다. 수입의 십 분의 일은 어떤 경우에도 책을 산 지 퍽 됐어요. 살아오면서 그것도 부담될 때가 많았지만 그래도 책값만큼은 아끼지 않았습니다. 책을 읽지 않으면 영혼의 갈증을 달랠 수 없다 보니 어쩔 수 없더라고요. 평생 그렇게 살아온 것 같습니다. 어제도 이달에 읽을 책을 쌓아 놓고 흐뭇해했지요. 나에게 책은 매일 먹어야 하는 마음(영)의 양식(Daily Bread)인 셈입니다. 읽어야 할 신문을 제쳐놓고 시집 두 권은 단박에 읽었네요. 시집은 한 번 읽는 책이 아니기에 읽은 후에도 그냥 옆에다 둡니다. 짬이 날 때 다시 읽기 위해서지요. 읽다 보면 처음에 발견하지 못한 보석 같은 시어(詩語)나 명품을 만날 때가 있어요. '내려갈 때 보았네 올라갈 때 못 본 그 꽃'이란 시도 있는 것처럼요. 이런 경우가 참 많습니다. 읽어야 할 책이 쌓여 있기에 모든 책을 정독(精讀)하기는 어렵습니다. 노력은 하지요. 하지만 '하루 100페이지는 읽는다.'라는 나와의 약속을 지키려는 오늘도 행복합니다.

여름날의 소야곡

내가 열 살 무렵 이렇게 더운 날엔 마루에 해가 들어 아침을 먹을 수 없는 날이 많았습니다. 그럴 때면 엊저녁 개켜 놓은 둥근 멍석을 갖다 건장 밑에 깔고 그곳에서 아침을 먹었지요. 나는 형님들이 업어다 자리에 앉혀 주곤 했습니다. 당시는 나무로 불을 때서 밥을 하던 시대였는데, 어머니는 아침상엔 대개 호박을 듬성듬성 썰어 넣고 새우젓으로 간을 맞춘 아침상의 국 맛을 지금도 잊지 못합니다. 참 맛있었어요. 오전에 들일을 하고 오신 아버지와 형님은 집안 장독대 옆 샘가에서 등목하셨는데 그 구릿빛 아버지의 모습이 생생하기만 합니다. 평생 산에서 나무를 해서 지게에 지고 오셔서 부엌문 앞 나뭇간을 채우셨던 아버지셨지요. 저녁때가 되면 모깃불을 방안에 놓고 한동안 있다 양쪽 문을 활짝 열고 옷가지 등으로 모기를 쫓았고 저녁이 되면 아침에 깔았던 멍석을 바깥 참외밭 가장자리 옆에 다시 깔고 모여 앉아 감자를 먹거나 금방 따온 참외를 깎았습니다. 바로 옆에는 모깃불이 쑥 향내를 풍기고 앉아 있는 것이 힘들 땐 그냥 벌러덩 누워 하늘의 별을 세었지요. 부채만으로도 시원했던 그 시절의 여름! 밤이 깊을수록 벌레들의 소야곡(세레나데, Serenade)은 운치를 더했고 오늘도 수고했다고 서로 다독이며 잠을 청했던 그 여름날이 떠오릅니다.

수오지심(羞惡之心)을 모르는 사람

세상엔 자신의 잘못을 부끄럽고 수치스럽게 여기는 수오지심(羞惡之心)이 부족한 사람이 참 많습니다. 물론 인간사에서 가장 어렵고 힘든 것 중 하나가 바로 자신을 제대로 아는 것이지요. 그래서 '너 자신을 알라(Know thyself).'라는 명언이 등장했는지 모르겠습니다. 그게 참 어렵습니다. 본시 사람이 그런 것 같아요. 조금 치켜 주면 자기가 제일인 줄 알고 사방 분간을 못하고 오만방자한 경우가 참으로 많습니다. 사람은 자신이 높아 보일 때가 가장 위험한 순간입니다. 글도 마찬가지지요. 남이 높여 줘야 가치가 있지 내가 쓴 글을 내가 높이면 안 되지요. 그러면 추해집니다. 글은 잘 쓰는데 인성이 뒷받침되지 않은 경우가 바로 그렇지 않나 싶어요. 나는 그런 사람(文人)을 별로 좋아하지 않습니다. 글이 삶과 불일치했을 때 실망은 크지요. 그런 사람과는 정(情)이 붙지 않습니다. 글이 아무리 좋아도 그렇더라고요. 자신이 쓴 원고를 졸고(拙稿)라고 하고 책을 졸저(拙著)라고 하는 사람들은 그 겸손을 배웠기 때문일까요. 성경에도 '누구든지 자기를 높이는 자는 낮아지고 누구든지 자기를 낮추는 자는 높아지리라'(마태복음 23:12)라고 했지요. 영원한 진리가 아닐 수 없습니다.

교정지를 받고

출판사에서 보내온 신간 교정지를 받고 원고를 수정 중입니다. 한 권의 책이 세상에 나오려면 반드시 거쳐야 하는 과정 중 하나지요. 원고는 이상한 성격을 갖고 있어요. 읽을 때마다 수정할 것이 나온다는 것이지요. '완벽한 글은 쓸 수 없는 것일까.' 자책하며 자문하기도 합니다. 1차 교정을 끝낸 후 출판사로 보내면 그것을 고친 후 다시 보내옵니다. 이렇게 세 차례를 반복한 후 인쇄소에 넘기지요. 1~2차 교정지는 필자에게 돌려주지만, 마지막 3차 교정지는 출판사가 보관합니다. 저자의 항의(?)를 대비하기 위함이라고 해요. 책의 오탈자는 치명적입니다. '옥에 티'라고나 할까요. 졸고(拙稿)가 옥(玉)이 될 수 있다면 그래도 다행이겠지만 말입니다. 교정지를 보면서 '보이는 것과 안 보이는 것'이 존재한다는 사실을 새롭게 자각하네요. 내가 쓴 글에서 흠을 발견하기는 좀처럼 어렵습니다. 있어도 보이지 않는다는 것이지요. 세상 이치도 같은 경우가 많지요. 어떤 사람에게는 보이지만 또 다른 어떤 이에겐 보이지 않는다는 사실입니다. 그래도 이 섞여 있음이 이래저래 세상은 살 만하다 싶어요. 모두가 똑같다면 이 한여름처럼 아마 숨이 막히지 않을까요.

잡지(雜誌)에 대한 추억

첫 잡지의 기억은 『새농민』이었습니다. 안면도 창기리라는 곳에 살 때였지요. 그 이후 여러 잡지를 읽었는데 『학생중앙』, 『어깨동무』가 기억나고 1971년에 창간한 『샘터』는 정말 오랫동안 구독했습니다. 『사상계(思想界)』나 『학원(學園)』은 볼 기회가 없었지요. 20대 접어들면서는 각종 여성지를 많이 봤습니다. 그중 『엘레강스』는 창간호부터 읽었던 기억이 납니다. 문예에 관심을 두면서 『소설주니어』를 매달 읽었고 『창비』와 『문지』는 본격적으로 읽으려 할 때 폐간됐지요. 『창비』는 검은색의 합본으로 묶어 나왔을 때 빌려서 열심히 읽었던 기억이 납니다. 이후엔 『문학사상』, 『한국문학』, 『현대문학』 등의 문예지를 주로 봤지요. 1955년 1월 창간한 월간 『현대문학(現代文學)』이 이달(2021년 8월)로 800호를 냈군요. 66년 8개월 동안 발간한 숫자랍니다. 대단합니다. 그동안 소설과 산문 각각 4,000여 편, 시 6,000여 편이 실렸다고 합니다. 참고로 '활짝웃는독서회' 회지는 이달로 192호가 발간됩니다.

시란 무엇인가 1

질문해 놓고 보니 답이 참 쉽지 않습니다. 그래도 '인생(행복)이란 무엇인가'보다는 쉬울 것 같기도 하네요. 우리나라엔 전통적으로 '시'라는 장르가 있었고 서양에서는 'poetry'를 번역한 것이겠지요. 중국에서는 오경(五經)의 하나인 「시경(詩經)」일 테고요. 「시경」은 중국 최고(最古)의 시집으로, 주(周)나라 초부터 춘추 시대까지의 시 305편을 수록한 책이며 공자(孔子)가 편찬하였다고 전하지요. 당시 순(舜)임금은 "시는 뜻(志)을 말하는 것이고 노래(歌)는 말(言)을 읊은 것이다."라고 했답니다. 「시경」에 수록된 시들은 한마디로 말한다면 '생각함에 사악함이 없다.'지요. 참 멋진 표현입니다. 서양에서는 통속적으로 고대 그리스 이래 "시는 자연의 모방이다."라고 했지만 '시'는 문학 일반(나아가 예술 일반)을 가르치는 말이었지요. '시'는 '문학'과 같은 말입니다. 서양에서 '시'라는 말의 어원은 그리스어 'poesis'입니다. 이 말은 원래 '만들다' 또는 '제작한다'라는 뜻을 지닌 동사 'poiein에서 변용된 것이라고 하네요. 시는 '서정시', '서사시', '극시'로 구분합니다.

시에 대한 어록(語錄)을 몇 개 살펴보겠습니다.

"시는 한편으로 유용하며(utile) 한편으로는 즐거워야 한다(dulce)."

_(호레이스, Horace, 「시학, Ars Poetica」)

"시의 목적은 가르치거나 쾌락을 주거나 혹은 이 둘을 겸하는 일이다."

_(부알로, N.Boileau, 「시학, Ars Poetica」)

"시는 가르치고 즐거움을 주려는 의도를 가진 말하는 그림이다."

_(시드니, P. Sidney, 「시의 변호, The Defence of Poesie」)

"시는 상상력의 표현이다 라고 정의를 내릴 수 있다."

_(셸리, P.B.Shelley, 「시의 옹호, Defence of Poetty」)

따뜻한 위로

세상에 상처 없는 영혼은 없습니다. 누구나 상처를 안고 살지요. 아픔 없는 사람이 없어요. 그래서 시인 A.랭보는 「지옥에서 보낸 한철」이라는 책에서 "상처 없는 영혼이 어디 있으랴."라고 했는지 모릅니다. 이어령은 "인간들은 상처를 통해서만 서로를 이해할 수가 있다. 예수가 인간과 결합한 것도 십자가에서 못 박힌 그 상처를 통해서였다."라고 했고 시인 황금찬은 〈문〉이라는 작품에서 "가슴에 박히는 수없는 상처/이것은 너무 심한 장난 같다."라고 표현했지요. "상처는 나아도 흉터는 남는다(Though the sore be healed, yet a scar may remain)."라는 영국 속담도 있습니다. 상처는 슬픔과 동의어(同義語)인지 모르겠습니다. 상처는 박박 긁는 것이 아니지요. 싸매 줘야 합니다. 오늘 내가 만나는 바로 당신도 삶의 상처를 안고 있기에 마음으로 이렇게 읊조려 보네요. "당신도 상처받은 거 알아(I know yours is broken, too)."라고요. 산다는 것은 그 상처를 어루만지며 위로하는 것인지도 모르겠어요. "모든 이에겐 세상이 모르는 비밀스러운 슬픔이 있다. 우리가 차갑다고 말하는 사람은 그저 슬픈 사람일 수도 있다(Every man has his secret sorrows which the world knows not; and often times we call a man cold when he is only sad)." 미국의 시인 헨리 롱펠로의 말입니다.

말의 힘

말은 생각보다 훨씬 힘이 셉니다. 말은 생명을 살리기도 하지만 반대가 되기도 하지요. 정호승 시인처럼 "너는 시인이 되겠다."란 말 한마디에 정말로 시인이 된 사람이 적지 않습니다. '말의 힘(The Power of Words)'은 정말로 놀라워요. 물도 칭찬의 말을 할 때와 그렇지 않을 때 파장(Wave)이 다르답니다. 꽃이나 나무도 마찬가지라고 해요. 가축은 물론 짐승들도 같은 반응을 보인다고 합니다. 일화(逸話)가 있지요.

'1920년대 어느 날, 뉴욕 거리에서 한 시각장애인이 구걸하고 있었다. 그는 "나는 시각장애인입니다(I am blind)."라고 적힌 팻말을 들고 있었지만, 행인들은 시각장애인에게 관심을 주지 않고 그저 지나칠 뿐이었다. 그때 행인 한 명이 다가와 그가 들고 있는 팻말의 글귀를 "봄은 곧 오는데 나는 봄을 볼 수가 없답니다(Spring is coming soon, but I can't see it)."로 바꾸어 놓고 사라졌다. 그러자 놀랍게도, 냉담했던 행인들의 적선이 이어졌다.' 실화(實話)지요. 시각장애인이 들고 있던 팻말의 문구를 바꿔 준 사람은 앙드레 불톤(Andre Breton)이라는 프랑스 시인이었습니다. '자살'을 거꾸로 하면 '살자'가 되고, '내 힘들다'를 거꾸로 하면 '다들 힘내'가 되지요.

아프면 보이는 것들

서울에서 몸이 불편한 사람을 만날 수 없다는 얘기를 종종 듣고 놀랄 때가 있습니다. 아마 그 사람은 강서구나 노원구 주민이 아닐 수 있겠다 싶지만, 사실은 그게 아니지요. 부유한 구(區)라고 해서 몸이 불편한 사람이 없지 않을 텐데 그렇다면 어떻게 그들의 눈에 그렇게 띄지 않았을까요. 답은 간단합니다. 관심 또는 관련이 없기 때문이지요. 가족은 물론 친인척 중에 몸이 불편한 사람이 있는 경우엔 그래도 그들의 눈에 보입니다. 그렇지 않은 경우엔 장애인이 거의 없는 것으로 인식하지요. 세상 이치란 것이 다 그런 것 같더라고요. 관심이 있으면 보이지만 그렇지 않으면 절대 보이지 않습니다. 이런저런 사정으로 일시적이지만 목발이나 휠체어를 타 본 경험이 있는 사람은 보이지만 그런 경험조차 없는 사람은 아예 옆을 지나가도 인식하지 못하는 것이지요. 만물이 다 그렇지만 관심이 있으면 보이나 그렇지 않으면 절대 보이지 않는 세상의 이치와 조금도 다르지 않습니다. 약초(藥草)꾼이 그렇다지요. 아는 사람은 풀잎만 보고도 진가를 알아보지만 그렇지 않은 사람은 손에 쥐여 줄 때까지 모릅니다. 관심이 있어야 보이는 세상살이! 아프고 낮아지고 또 겸손하면 보이는 것들이 세상엔 참 많습니다.

계절의 순환과 지구 살리기

입추가 지난 지 며칠밖에 안 됐는데 다르네요. 계절의 순환이 참 고맙습니다. 우리는 예부터 일 년을 24절기로 구분해서 살아온 민족이지요. 절기마다 하늘(자연)에 순응하며 주어지고 맡겨진 일을 감당해 왔습니다. 지금도 그렇지만 특별히 농사를 짓는 농부들은 계절의 주기에 민감할 수밖에 없었지요. 하늘의 이치(天理)는 인간이 범접할 수 없는 순응 그 자체였습니다. 그 하늘을 절대적으로 따르는 인간 삶도 아름다웠고요. 하늘은 인간의 힘과 의지로 움직이는 존재가 아니었습니다. 그랬는데 한갓 티끌 같고 미물일 수밖에 없는 인간이 거만하게 온 인류 생명의 터전인 사는 집(지구)을 돌보지 않고 인간들 편한 대로 그럴듯한 문명의 이기 운운하며 온갖 것을 인위적으로 만들어 쓰다 보니 집이 허물어지기 직전까지 이르고 말았습니다. 지구가 앓고 있어요. 어느새 어느 한 곳 성한 곳이 없는 상황에까지 이르렀습니다. 지구가 죽겠다고 아우성치니 이제야 잘못을 깨닫고 부랴부랴 임시방편으로 이런저런 대안을 내놓고 실천하려 하지만 중병의 치유는 요원하기만 합니다. 범인은 우리 인간입니다. 우선 나부터 물수건 하나 덜 쓰는 작은 실천부터 시작해야겠습니다.

시인의 최고 경지

"사람은 누구나 시인이다. 그 시를 내가 대신해서 쓸 뿐이다." 정호승 시인의 말입니다. 모든 사람을 시인으로 보는 그 마음이 시인으로서는 바로 최고의 경지에 이른 것이 아닌가 싶네요. 삶과 시의 일치라고나 할까요. 연세가 드신 분 중에 그냥 말을 받아적기만 하면 절창의 시가 되는 그런 분이 계시지요. 시인들은 그 말을 참 잘 받아 적습니다. 그게 부러워요. 김용택 시인의 표현처럼 시를 쥐어짜서 쓰는 사람을 이해할 수 없다고 하지요. 삶이 곧 시인 경지에 이른 사람만이 할 수 있는 표현이 아닌가 싶기도 합니다. 시 짓는 일에만 몰두하여 세상일을 잊은 사람을 흔히 '시선(詩仙)'이라고 합니다. 그 말은 두보(杜甫)를 시성(詩聖)이라 일컫는 데 대하여, 이백(李白)을 일컫는 말이기도 하지요. 시의 최고 경지에 이른 두 사람이 아닐 수 없는데 정호승 시인의 일침(一針)이 감동이네요.

깔끔한 정리

어제는 컴퓨터 모니터를 새로 산 김에 책장 8칸을 정리했습니다. 십분의 일을 한 셈이지요. 전체가 아닌데도 마음이 참 맑아집니다. 정리(整理)란 ① 흐트러진 것을 가지런히 바로잡음. ② 문제가 되거나 불필요한 것을 줄이거나 없애서 바로잡음. ③ 복잡한 관계나 일 따위를 끝맺는 것 등을 일컫는 말이지요. 정리는 마음을 참 가볍게 하고 개운하게 합니다. 작은 집은 시시때때로 정리를 요구하지요. 할 때는 힘들어도 정리를 하고 나면 마음이 어찌나 그렇게 개운한지요. 작은 것 하나 옮기고 치웠는데도 집안이 완전히 바뀐 경우가 많습니다. 삶도 인간관계도 마찬가진 것 같아요. 정리하며 사는 삶은 우선 깔끔합니다. 정리의 ①②③이 다 삶을 신선하게 하는 요체(要諦)임을 실감합니다. 삶(생활)이 개운해지는 것은 정리를 통해서네요.

신문 스크랩

오랫동안 신문을 구독했습니다. 아마 10대 말엽부터가 아닌가 싶어요. 꼼꼼히 읽고 도움이 될 만한 것은 지금도 그렇지만 옆에 30cm 자와 칼을 준비했다가 잘 오려서 보관하는 습관을 들이기 시작했지요. 재미난 소설을 스크랩하기도 했습니다. 중앙일보에 지난해 타계한 조해일이 〈겨울 여자〉를 연재할 때도, 한국일보에 한수산의 〈해빙기의 아침〉이 연재될 때도 그랬지요. 읽고 또 읽고. 문단사에 얽힌 이런저런 이야기는 물론 지금은 없어졌지만, 소설이나 시의 월평(月評)에 소개된 작품도 거의 다 스크랩을 했지요. 문제는 그다음이었습니다. 스크랩양이 늘어나면서 이사 다닐 때마다 큰 짐이 됐다는 것이지요. 꺼내 놓고 보면 거의 다 밑줄이 쳐진 것들이긴 해도 버릴 수밖에 없었다는 것입니다. 그랬는데 세상이 변했네요. 그 신문 기사들이 지금은 인터넷에 거의 다 뜨고 있다는 것입니다. 아주 옛날 것들도요. 격세지감(隔世之感)이란 말이 실감나네요.

상패를 치우며

1994년부터 이웃들에게 무료교육을 시작했으니 세월이 많이 흘렀습니다. 처음에는 수술실에서의 서원(誓願)대로 100명에게만 하겠다고 했지만 나눔의 참 의미를 깨닫게 되면서 지금껏 이어지고 있지요. 나눔은 자발적입니다. 억지로는 할 수 없지요. 그중에서도 교육 봉사는 남다른 의미가 있습니다. 학습의 성취는 물론 인문학적 인성(人性)과 안목(眼目)을 키우는 일이기 때문이지요. 시간이 길어지다 보니 어찌어찌 소문이 나기 시작했고 대통령상(賞)을 비롯하여 여러 곳에서 상을 받았지요. 그때마다 상패(賞牌)가 쌓였는데 좁은 공간에 이 또한 작은 일이 아니었습니다. 이번에 그것들을 치우면서 오디오 기기 주변이 비게 됐는데 생각 끝에 CD를 올려놓을 자리를 새로 마련하고 흩어졌던 CD를 한자리에 모으고 보니 좋군요. 그동안 오디오와 CD가 따로 떨어져 있었는데 주인 잘못으로 생이별 속에 살게 했구나 싶더라고요. 몸과 마음이 따로일 수 없듯이 하드웨어와 소프트웨어는 하나입니다. 그 둘을 합쳐 놓고 보니 주인의 행복이 큽니다.

결점을 고백할 수 있는 용기

해마다 가을이 되면 미당 서정주의 〈국화 옆에서〉가 생각납니다. 낙엽을 보며 '초록이 지쳐 단풍 드는데'라고 읊었던 시인은 그가 처음이었지요. 백 번을 생각해 봐도 절창이 아닐 수 없습니다. 미당이 아니면 세상 누가 그런 멋진 표현을 할 수 있었을까요. 그랬던 그에게도 씻을 수 없는 오명(汚名) 있으니 바로 우리가 잘 아는 그의 친일 행적이지요. 그는 살아생전 자기의 허물을 뉘우치지 않았습니다. '내가 잘못했다(It was my fault).'라고 한마디만 했더라면 얼마나 좋았을까 싶지요. 춘원 이광수는 물론 운보 김기창이 그렇고 각 분야에서 친일 행적이 나타납니다. 하지만 그들 모두는 자기의 잘못을 뉘우치지 않았지요. 다시 생각해 봅니다. '그것은 나의 잘못이야, 혹은 잘못이었어.'라고 한마디만 하면 될 텐데 왜 그렇게 고백하기가 어려운 것일까요. 사람은 누구에게나 잘못이 있을 수 있습니다. 완벽하지 않으니까요. 실수를 할 수 있고 허물이 없을 수 없지요. 아내에게 제왕처럼 군림한 남편이 그렇고 온갖 갑질로 타인을 아프게 하는 사람들이 그렇습니다. 자기의 허물을 모르는 것이지요. 단적인 예로 지금껏 설거지를 '여자의 몫'이라 여기는 남자라면 이제는 반성하고 시대의 흐름을 읽어야 할 때입니다. 남자는 높고 여자는 그 밑에 있는 하수인처럼 취급하는 사람이 있다면 이제는 그 벽을 허물어야 할 때가 됐다는 것이지요. 사람

위에 사람 없고 사람 밑에 사람 없습니다. 부부는 똑같고 평등하며 특히 집안일은 남녀의 구별이 있을 수 없지요. 이것이 작은 평등입니다. 몸이 불편한 사람을 아직도 미개한 저개발국가의 사람처럼 취급한다면 진정한 평등은 언제쯤 찾아올까요.

가을을 맞으며

내 인생에서 가장 부끄러운 일이 무엇이었을까 하고 생각해 볼 때가 있습니다. 맨 먼저 떠오르는 것은 사랑해야 할 사람을 사랑하지 못했다는 것입니다. 그 자책이 제일 크네요. 이런저런 이유와 원인이야 왜 없었겠습니까 만 세월이 흐르고 나니 그 이유와 원인이란 것이 별것이 아니었다는 것이지요. 가치관이란 변하기 마련인데 잘못된 의식은 생을 얼마나 어렵게 만드는지요. 보석을 보석으로 알아보지 못한 잘못이 저에겐 가장 큰 것 같습니다. 세월은 생명처럼 소중한 것도 변하게 하고 가치관 또한 변하게 하지요. 또 하나 내 생의 치부는 매사 더 열심히 하지 못했다는 것입니다. 그중엔 공부가 그렇고 독서가 그러하며 믿음 없이 허둥대기만 한 신앙 또한 마찬가집니다. 중심을 잡지 못하고 아무짝에도 쓸모없는 것에의 집착은 또 얼마였으며 그 세월은 보석을 주고도 바꿀 수 없는 것이었음에도 그땐 그것을 몰랐었네요. 후회막급입니다. 회한이 없을 수 없지요. 하지만 이제라도 자각했다는 것에 감사하며 다가오는 가을을 맞네요. 모든 것이 내일이면 늦어진다는 것을 이제는 압니다. 그래서 건강 타령은 하지 않으려고 해요. 1급 장애인의 몸이 이 나이에 어디 건강하려고요. 그러려니 하고 건강에 대해서는 일희일비하지 않고 주어진 몫만 생각하려고 합니다. 시가 찾아오면 시를 쓰고 칼럼이 찾아오면 칼럼을 씁니다.

영시(英詩)를 외운다는 것

이번 달 두 곳의 영어교실에서는 영국의 계관시인 알프레드 로드 테니슨(Alfred, Lord Tennyson · 1809∽1892)의 〈모래톱을 건너며(Crossing the Bar)〉를 강의했습니다. 김동길 교수가 강연할 때면 늘 암송하시곤 하는 대표적인 시지요. 저도 대학 학부 때 그 시를 공부했던 탓에 수강생들과 함께 나누고 싶어 선택했고 강의를 진행했습니다. 총 4연 16행의 abab 각운으로 돼 있는 이 시는 깊은 뜻을 함축하고 있는데 암송하기에 그다지 어려운 작품은 아닙니다. 조금만 노력하면 충분히 암송할 수 있는 작품이지요. 하지만 제 강의를 듣는 두 곳의 수강생 20여 명 중 어느 한 분도 암송하는 분이 안 계셨어요. 4연 중 첫 연을 암송하기도 쉽지 않았지요. 원인이 뭣일까 곰곰 생각을 했습니다. 그러나 선뜻 해답을 찾기는 좀처럼 쉽지 않았네요. 지난 수요일 다시 다른 강의를 미루고 첫 연 4행에 도전장을 던졌습니다. 준비한 종이를 전하며 써 가면서 암기해 보도록 했더니 거의 수강생 대부분이 통과하네요. 옳다. 바로 이거구나 했지요. 공부할 때 그냥 암송하는 것보다 써 가면서 암송하면 훨씬 효과적이란 것입니다. 특히 시(詩)가 그렇습니다. 강의 끝 무렵에 16행 전부를 암송하는 분이 강의실을 환희와 탄성의 도가니로 몰아넣은 것은 참 행복한 일이었습니다. 세상에 안 될 것은 없더라고요.

'활짝웃는독서회'

'활짝웃는독서회'가 이달로 창립 16주년이 되었습니다. 2005년도 8월 창립했지요. '독서를 통한 자기계발과 내적 성숙의 실현'이라는 목적으로 책(문학)을 사랑하는 장애인과 비장애인의 모임이지요. 초창기부터 지난해 1월 코로나가 발생하기 전까지는 매월 마지막 주 금요일에 정규모임으로 진행했습니다. 이달로 독서회 회지는 192호째를 발간하게 되네요. 아득하지만 여기까지 왔습니다. 내년 봄이면 대망의 200호를 세상에 내놓게 되네요. 40여 쪽이라고는 해도 매달 만들어 나누고 전국에 발송한다는 것은 품이 참 많이 듭니다. 그래도 지금껏 할 수 있었던 것은 독서회를 아끼고 사랑하는 분들의 성원과 격려 그리고 귀한 물질로 곳간 창고를 채워 주시는 손길 덕이 아닐 수 없습니다. 나 또한 독서회를 이끌면서 참 많은 것을 배울 수 있었음 또한 감사하지 않을 수 없네요. 단 한 사람에게라도 문학의 향기를 전할 수 있다면 시간의 헌신은 의미가 있다 싶습니다. '활짝웃는독서회'는 청죽의 영과 혼이며 생명이 담긴 작은 모임이고 책자입니다.

생각이 삶을 만든다

생각해 보니 언제부터 나는 긍정적인 사람이 되었나 싶네요. 지금도 그렇지만 매사 부정보다는 긍정으로 생각하려고 노력합니다. 안 되는 쪽보다 되는 쪽에 비중을 훨씬 더 두는 삶이라 할 수 있지요. 그렇다 보니 좋은 점이 많았습니다. 우선 속으로 끓이는 일이 적어요. 술병에 술이 반병 남았을 때 어떤 사람은 '에게게 겨우 이것 남았어?' 하는 사람과 '아직도 이렇게 많이 남았어?'라고 생각하는 부류가 있습니다. 나는 당연히 후자 쪽이지요. 그렇다 보니 좋은 점이 참 많은 것 같습니다. 우선 이마의 주름이 나이에 비해 훨씬 적어요. '긍정의 효과(Effect of Positive)'라고나 할까요. 그래선지는 모르지만 나는 매사 부정적인 시각을 가진 사람을 그다지 좋아하지 않습니다. 인생은 짧은데 그렇게 삐딱하게 세상을 바라볼 짬이 과연 있는가 싶기 때문이지요. 부정은 자기 학대의 출발선입니다. 긍정만 하기에도 생은 너무 짧지요. 2019년 올해 63번째 봄을 맞으며 이 찬란한 봄을 앞으로 과연 몇 번이나 더 맞을 수 있을까 싶으니 정신이 번쩍 드네요. 그러면서 감사가 절로 나옵니다. 생각해 보면 가장 열악한 삶을 살면서도 긍정의 마음을 갖고 오늘 웃을 수 있다는 것은 분명 축복이 아닐 수 없네요. 오늘도 주어진 몫과 생을 사랑합니다.

시인은 얼마나 아플까

내 글이 혹은 시가 인터넷에 회자한다는 것은 행복이 아닐 수 없습니다. 누군가가 내 글을 인용하는 것 또한 그럴 것 같지요. 나는 유명한 사람이 아니므로 그런 경험은 없습니다. 그렇지만 이번에 「삶을 나르는 시」를 엮으면서 시인들은 인터넷에 떠도는 자기의 시를 거의 포기하고 있음을 확인했네요. 퍼 나르면서 시는 자연스레 훼손되고 시어(詩語)의 변형은 물론 오탈자가 속출하고 어떤 시는 마음대로 연을 붙였다 떼는 경우는 너무 흔하다고 해요. 이사를 여러 번 다니다 보면 살림이 남아나질 않는 이치처럼 말입니다. 지난 3월 한 시인께 허락을 구하는 연락을 했고 이번에 그 시를 봐주십사 했더니 제목부터 바뀐 것은 고사하고 본래는 장시로 쓴 것인데 그중에 몇 줄만 짜깁기해서 나돌아다닌다는 것이었습니다. 그러면서 그것을 그냥 실으면 책임을 묻겠다는 연락이 왔고 메일주소를 알려 주면 전문을 보내겠으니 그것을 실어 달라고 하셨습니다. 자신의 작품이 훼손된 채로 떠돌아다닌다는 것처럼 시인을 아프게 하는 일이 세상에 또 있을까요. 전에도 같은 제목으로 글을 썼지만, 남의 작품을 인용하거나 전할 땐 꼭 책에서 확인하는 것은 저자에 대한 가장 기본적인 예의이고 의당 그래야 한다는 것을 다시 배웠습니다. 유명 시인들 대부분이 이 아픔을 겪고 있다고 생각하니 마음이 찡하네요.

책을 사는 일

나는 남의 책을 거의 빌려 보지 않습니다. 멀지 않은 곳에 도서관이 있지만, 책을 빌리지 않는 것은 책을 읽다 밑줄을 긋고 싶기 때문이지요. 남의 책은 그것을 못하니 어쩌겠습니까. 그렇다 보니 자연스레 매달 책을 사게 되고 세월이 흐르면서 책을 솎아 내는 어려운 작업(?)을 반복하게 됩니다. 그런데 감사한 것은 책을 골라내다 보면 공짜로 들어온 책은 읽지 않은 경우가 많다는 사실이군요. 나만 그런지는 모르지만, 확률은 꽤 높은 것 같습니다. 다른 사람에게 책을 권할 때도 될 수 있는 대로 책은 사서 읽으라고 권합니다. 사서 읽다 보면 우선 책값이 아깝고 본전을 뽑고 싶은 마음에 거의 다 읽게 되는 것 같기도 하지요. 지난달에도 벼르고 별러 버지니아 울프 전집(전 13권)을 샀는데 우선 마음이 든든합니다. 부자가 된 것 같네요. 겨울 양식을 준비한 것처럼 혹은 해마다 형수님이 해 주시는 김장을 한 차 가득 싣고 돌아올 때의 그 넉넉한 마음이라고나 할까요. 부모님 세대엔 겨울 양식으로 고구마를 한 통가리 방안에 쌓아 놓았던 것과 땔감으로 장작을 빼곡히 준비하는 것도 이와 같지 않았을까요. 마음의 양식을 준비하는 것처럼 행복한 것도 없네요. 그래서 나는 못 입고 못 먹어도 매달 책을 삽니다. 내 행복이 바로 거기 있기 때문이지요. 선물로 받은 카프카 전집도 주인을 쳐다보며 맑게 웃습니다.

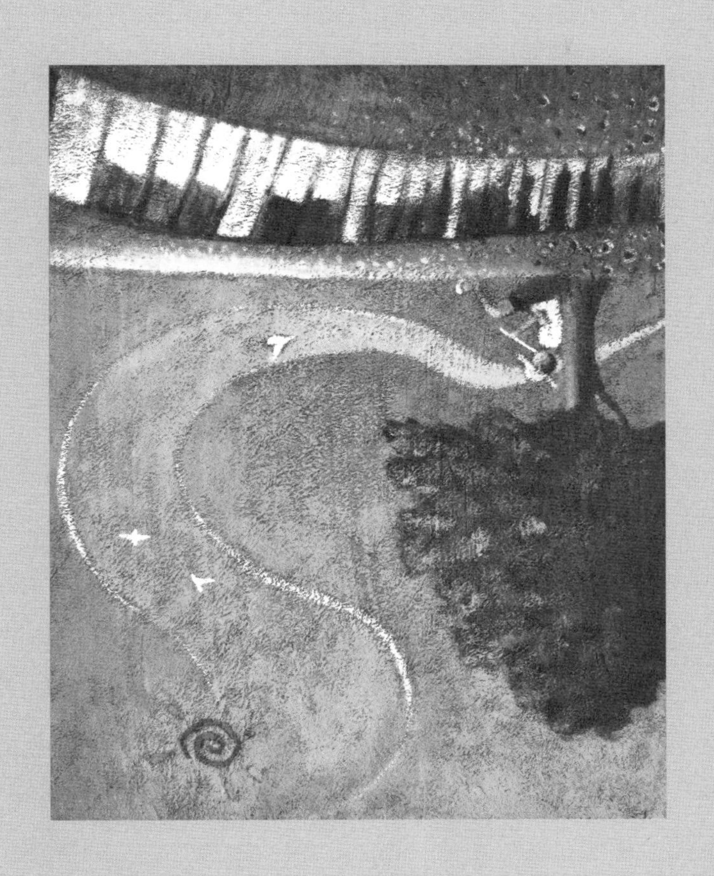

날마다 덕을 쌓는 일

나에게 있어 날마다 덕을 쌓는 일(?)은 그렇게 거창하거나 화려하지 않습니다. 그것은 다름 아닌 친인척은 물론 지인들의 생일을 챙기는 일이지요. 물론 각종 기념일도 포함됩니다. 결혼기념일, 돌, 그리고 추도식이나 제삿날도 해당하지요. 심지어는 교회 교우님들의 생일날도 사회관계망서비스(SNS)를 통해 알립니다. 벌써 오래전부터 이 일을 거의 날마다 하다 보니 이젠 자연스레 일상이 됐어요. 절대 쉽지만은 않습니다. 매월 새달을 맞을 때마다 이달에 챙겨야 할 모두를 기록해야 하니 당연히 일이 많지요. 그런데도 즐겁게 합니다. 왜 그럴까 싶을 때가 있어요. 그런데 행복하니까 합니다. 바꿔 놓고 생각해 보면 답은 아주 간단히 나와요. 누군가 내 생일을 기억해 주면 좋잖아요. 바로 그거지요. 그 행복을 놓치고 싶지 않기 때문에 벌써 수십 년 거의 하루도 빠짐없이 이 일을 하는 것 같습니다. 남을 헐뜯고 비방하는 악성 댓글이 사회적 문제가 되는 시대지요. 안타까운 일입니다. 격려 댓글은 덕을 쌓는 일이지만 악성댓글은 자신은 물론 사회를 병들게 하지요. 내 작은 관심 하나로 누군가의 하루를 조금이라도 행복하게 할 수 있다면 나 쓸모없이 사는 것 아닐 테지요. (I shall not live in vain)

다시 만나는 행복

최근 카뮈를 다시 만났습니다. 잘 알려진 대로 그는 47세에 불의의 교통사고 사망했지요. 「최초의 인간」이란 작품을 쓰던 중이었다고 합니다. 그가 쓴 「작가 수첩」에서 자신이 좋아했던 단어 10개를 밝힌 적이 있지요. '세계, 고통, 대지, 어머니, 사람들, 사막, 명예, 바람, 여름, 바다'가 바로 그것입니다. 이 책을 읽고 나도 좋아하는 낱말을 꼽아봤던 기억이 있네요. 그러다가 그것이 아닌 내 "인생의 책"에 한동안 마음을 빼겼었지요. 올해는 다시 그것을 정리하며 다시 만나는 행복을 맛보려고 합니다. 그 애서(愛書)가 많으면 많을수록 내 삶의 지평은 그만큼 넓어질 테지요. 과연 무슨 기준으로 선별할까 고민 중이네요.

스트리밍(Streaming) 시대

며칠 전 베란다에 미닫이 수납장을 새로 들이고 그동안 상자 안에 담아 뒀던 강의 및 노래 테이프를 꺼내 가지런히 정리했습니다. 버리자니 아깝고 그렇다고 테이프를 다시 들을 수 있을 것 같지도 않은 것들이지요. 숫자도 엄청 많아서 골칫덩어리입니다. 몇 장 안 되지만 LP판도 마찬가지입니다. CD는 그래도 좀 나은 편이지요. 하지만 냉정히 생각해 보면 지금은 다 쓸모가 없어졌다고 해야 할 것 같습니다. 스마트폰만 있으면 언제 어디서든 음악을 들을 수 있는 시대가 됐기 때문이지요. 그것은 음원사이트에 접속해 음악을 찾아 감상할 수 있기 때문입니다. '흐른다'란 뜻을 가진 스트리밍의 발전 덕분이지요. 그냥 인터넷에 접속해 음악은 물론 드라마, 영화, 소설 등 온갖 것을 듣고 볼 수 있습니다. 전에는 음악을 듣기 위해서는 테이프, LP 레코드, CD 등을 '소유'를 해야 했습니다. 또 저장했다가 듣고 그랬지요. 시대는 그 모든 것을 옛날얘기로 돌려놓고 있다는 것이지요. '소유의 종말'을 의미한다고 할까요. 서가에 있는 제러미 리프킨의 「소유의 종말」이란 책이 어쩌면 이렇게 급변하는 시대를 잘 읽었을까 싶습니다. 확실한 건 소유의 시대가 가고 접속의 시대가 왔다는 것이지요. 요즘에는 휴대전화기의 성능이 좋아져서 음악을 듣는 것도 괜찮지요. 시대가 참 빠르게 변하고 있습니다.

내 인생의 책 100권

지난해부터 평생 나에게 영향을 주었고 나를 만든 '내 인생의 책'을 정리하기 시작했습니다. 우선 1차로 100권을 선정해 글을 쓰고 있네요. 지금은 서가에 없어 자료를 찾아가며 쓰고 있는 경우도 퍽 됩니다. 책 읽기를 시작한 후부터 지금까지 내 생애에 가장 큰 영향을 준 책을 뽑는다는 것도 쉽지는 않네요. 우선은 내가 감동한 것이고 수십 년 세월을 두고 다시 읽고 싶은 책을 골자로 하고 있습니다. 가장 어려운 것은 100권 속에 넣느냐 아니면 제외하느냐군요. 한 권을 넣기 위해서는 최소 열 권 이상은 제쳐 놔야 한다는 냉혹함도 있습니다. 분명한 것은 책도 이렇게 생존경쟁이 치열하다는 것이군요. 그래도 선정하고 느낀 소감의 글을 쓰는 것이 참 좋습니다. 평생 이런 책을 읽으며 살아왔다는 것을 반추하는 행복은 덤이네요. 책을 골라내야 하는 선자(選者)의 고충도 훨씬 더 이해할 수 있어 작업의 기쁨도 큽니다. "읽고 있는 책(책장)을 보면 그 사람을 알 수 있다."라는 말도 있지요. 단 한 권의 책으로도 가늠할 수 있는 얘기라 여겨집니다. 골라내는 책은 내 한계를 벗어난 그런 경우는 있을 수 없겠지요. 정독한 책 중에서 고르는 것은 당연하고 개인적인 시각이 없지 않겠지만 세월을 타지 않는 책이 될 것 같습니다. 독후감 쓰는 행복도 큽니다.

글을 잘 쓰려면

화두처럼 평생을 붙들고 씨름한 제목입니다. 어떻게 하면 글을 잘 쓸 수 있을까요. 고민도 많이 했고 나 자신의 답을 찾아 구만 장천을 떠돈 것 같기도 합니다. 그런 삶을 살아야 한다고 여기며 살아온 세월이기도 했네요. 지난달까지 4권의 책을 세상에 냈지만 그중 몇 줄이나 만족했을까 싶을 때가 많았지요. 문재(文才)가 없음을 잘 알기에 더 그랬던 것 같습니다. 그랬는데 얼마 전부터 생각을 바꿨네요. 이제부터는 글을 잘 쓰려고 하지 않으려고 합니다. '글을 잘 쓰려면 잘 쓰려 하지 않아야 한다.'라는 것을 알았기 때문이지요. 생각하면 참으로 뒤늦은 깨달음이 아닐 수 없지만, 이제라도 그 생각을 했다는 것이 좋군요. 글은 질이 아니고 양(?)이고 그 양이 질을 만든다는 사실을 알았기 때문입니다. 글을 잘 쓰려고 하면 양이 늘지 않는다는 것이지요. 글은 편안하게 써야 함을 이제는 알겠습니다. 잘 쓰려는 욕심을 내려놓고 우선 그냥 쓴다는 마음으로만 쓰려고 합니다. 평가는 나중이니까요. 그동안 너무 '잘'이란 벽과 감옥에 갇혀 있었던 자신을 발견하고 한껏 부끄러워집니다. 글이 곧 사람인 시대. 지금은 누구나 글을 씁니다. 부지런하지 않으면 어찌 글쟁이라 할까요. 우선 쓰는 것이 중요하군요. 오늘도 무언가를 쓴다는 것으로 몫을 더하고자 합니다.

나이를 어떻게 먹을 것인가

며칠 후면 또 한 살을 더 먹습니다. 나이를 먹는다는 것이 무엇일까요. 시간만 흐르면 저절로 먹는 것이 나이일까요. 물론 그렇습니다. 나이는 시간만 흐르면 자동으로 먹게 되는 것이기도 하지요. 이것이 참 무섭다는 것을 발견한 것은 그리 오래되지 않았습니다. 분명한 것은 세월이 흐르면 나이를 먹는다는 것이지만 그냥 그렇게 허투루 나이를 먹을 수는 없다는 것이 오늘 발등에 떨어진 불이기도 하네요. 새해 2021년이 되면 65세가 됩니다. 벌써 이렇게 먹었어요. 인생의 모든 순간을 '의미' 운운하며 살 수는 없을지 모릅니다. 그런데도 순간마다 그렇게 살려 노력했던 것도 또한 사실이네요. 오늘 고민이 깊은 것은 시대가 변하고 있다는 것이군요. 나이를 먹는 것이 소유에 밀린 존재, 그중에서도 '늙은 존재'로 전락해서는 안 될 터인데 그 방법이 무엇일까를 내내 고민합니다. 이달에 문화심리학자 김정운의 책을 읽으면서 자기 내면의 성숙과 성찰을 위해 저자가 얼마나 치열하게 하루를 살고 있는가를 엿볼 수 있었지요. 닮고 싶었습니다. 단 한 줄의 글을 쓰기 위해 시대를 읽는 그 치열함이 정말 부러웠기 때문이지요. 그동안 게으름이 많았습니다. 생각해 보니 그것이 참으로 부끄러운 것이었음을 자문하게 되네요. 새해는 나이를 한 살 더 선물할 테지만 더 치열하게 생과 씨름하겠습니다.

뭔 수가 난다

2021년 올해는 어머니께서 89세로 지상의 소풍을 떠나신 지 11주년이 되는 해입니다. 그동안 쓴 글 중에서 어머니에 대한 글만 모아 책을 한 권 내고 싶어 여기저기 흩어져 있는 자료를 모으고 원고를 새로 쓰고 있네요. 새롭게 어머니를 만나는 행복도 있어 좋습니다. 어머니 서른다섯에 나를 낳고 내가 54세 때 돌아가셨으니 그 역사를 한 권의 책으로 쓴다는 것이 어찌 가당키나 할까만 그래도 켜켜이 쌓인 어머니와의 추억과 기억을 새롭게 들춰 가며 날마다 어머니와 동행하는 새해를 보내고 있습니다. 나는 평생 어머니가 누구와 말다툼하는 것조차 본 일이 없습니다. 어머닌 그렇게 순하고 또 덕을 지닌 분이셨지요. 사리는 밝으셨고 인생의 이치는 밝았습니다. 당신의 아들 둘이 장애로 인해 다리가 불편했지만, 어머니는 평생 긍정하는 마음으로 인생을 사신 분이지요. 그만큼 강하셨다는 뜻일 듯합니다. 독일 작가 에크하르트 툴레는 "삶이 너에게 해답을 가져다 줄 것이다."라고 했지만, 어머닌 늘 "살다가 보면 뭔 수가 난다."라고 하셨지요. 그게 그 말씀이셨습니다. 아무리 어렵고 힘들어도 생이란 다 길이 있다는 뜻이겠지요. 어머니에 대한 글을 쓰면서 종종 눈물을 짓게 되네요. 그립고 또 그립습니다. 며칠 전 신문에서 정채봉의 「엄마가 휴가를 나온다면」을 읽다 또 울었습니다.

오늘의 기원

퇴고(推敲)란 '시문을 지을 때 자구를 여러 번 생각하여 고침'이란 뜻이지요. 신간 「책 아저씨, 강남국 2」의 교정(校訂)을 마무리하며 퇴고의 의미를 다시 생각하게 됩니다. 처음에 쓴 원고를 초고(草稿, 礎稿)라고 하는데 草稿는 '시문의 초벌 원고'를 뜻하고 礎稿는 '퇴고의 바탕이 된 원고'를 뜻하지요. 초고라고 했을 때 일반적으로는 '처음 초(初)' 자를 생각하지만 그렇게는 쓰지 않는 것 같습니다. 출판사에 원고를 넘기기 전 몇 차례 읽고 나름 검토를 했어도 교정지를 받고 나면 한심할 정도로 수정할 부분이 눈에 띈다는 것이지요. 문맥은 물론 심지어는 오탈자까지 보일 때면 할 말을 잃게 됩니다. 이것을 퇴고라고 했을까 싶어서지요. 치부라도 들킨 듯 숨고만 싶어지는 것은 나만일까 싶기도 합니다. 오늘도 나의 언행이 삶 속에서 걸러지고 솎아 낸 퇴고의 꽃으로만 당신에게 다가갔으면 좋겠습니다.

외연도 누님

내가 어렸을 때 집 가까운 동네는 나의 안방이었습니다. 물론 기어서지요. 아이는 밥만 먹으면 밖으로 나가려 했고 그럴 때마다 식구들은 붙잡아 놓느라 정신이 없었다고 하지요. 천지사방 분간 못하는 어린것이 그냥 집에만 얌전히 있으려고 했을까 싶긴 합니다. 그런데 나는 유난했던 모양으로 식구들 눈만 피하면 쏜살같이 강아지처럼 밖으로 기어나갔다고 해요. 하루에도 몇 번씩 옷을 벗겨 빨아야 했으니 세탁기도 없던 시절 어머니의 고충이 얼마였을까 싶지요. 당시 바로 옆집에 십여 살 위인 누님이 계셨는데 그 누님은 어디서든 나를 만나면 흙투성이의 나를 업어다 마루 위에 내려놓고 가셨다는 말을 어머니 통해 여러 차례 들었지요. 기어다니는 아이가 깨끗했을 리 없음에도 누님은 서슴없이 그러셨다고 해요. 오직 그 누님만이. 일찍이 서해안의 끝 섬 외연도에 사신다는 소식은 들었지만 이번에 정확한 이름과 연락처를 확인하면서 '사랑 빚'을 전할 마음이 행복하면서도 자꾸 눈가가 적셔지네요. 그 사랑을 받았던 청죽. 누님의 이름은 이영예. 평생 잊지 못할 '외연도 누님'입니다.

모든 것을 사랑하라

표도르 도스토옙스키(1821~1881)는 톨스토이와 함께 19세기 러시아 문학을 대표하는 세계적인 소설가입니다. 대표작으로 「지하생활자의 수기」, 「죄와 벌」, 「백치」, 「악령」, 「카라마조프가의 형제들」 등이 있지요. 나는 이 중에서 「죄와 벌」의 영향을 참 많이 받았습니다. 의식의 변화까지는 아니더라도 충격이 컸었지요. 최근에 그가 쓴 〈모든 것을 사랑하라〉라는 시 한 편이 가슴을 파고드네요.

하느님의 모든 창조물을, 그 전체를, 모래알까지도 사랑하라
잎사귀 하나, 햇살 하나까지도 사랑하라
동물을 사랑하고 식물을 사랑하고 모든 사물을 사랑하라
모든 사물을 사랑하면 사물 속에 깃든
하느님의 비밀을 깨닫게 될 것이다
한번 깨닫게 되면 그때는 앞으로 매일매일 끊임없이
그것을 더욱더 많이 인식하게 될 것이다
결국엔 그때부터 전일적이고 전 세계적인 사랑으로
전 세계를 사랑하게 될 것이다.

가장 위대한 선물

두말이 필요할까요. 없을 것 같습니다. 〈멋진 인생(It's a Wonderful Life)〉'이란 고전 명작 영화가 있지요. 가끔 봐도 언제나 새롭습니다. 그 영화의 주제는 '가장 위대한 선물은 생명이다(The greatest gift of all is the gift of life).'지요. 맞습니다. 생명이지요. 생명보다 더 소중한 것이 이 세상엔 없기 때문입니다. 하찮아 보이는 동식물 하나도 인간의 힘으로는 만들 수 없다는 단순한 이치(理致)만 깨달아도 생명의 가치가 얼마나 큰가를 알 수 있지요. 생명처럼 소중한 것이 없음에도 시대의 흐름(時流)은 그 가치를 자꾸 떨어뜨리게 합니다. 있을 수 없는 일들이 버젓이 일어나고 있다는 것은 생명을 가볍게 여기는 마음이 바닥에 깔렸다는 뜻일 테지요. 모든 사람을 '하나님(God)'으로 섬길 때 종교의 본질은 회복될 것이고 세상은 더 아름다워지겠지요. 그게 바로 나의 몫(使命)이며 신앙의 본질임을 깨닫습니다.

읽고 쓰는 행복

"써야 할 때 쓰지 않으면 쓰고 싶을 때 쓸 수 없다."

8월 마지막 주 '활짝웃는독서회' 창립 16주년 기념 문학강연에서 시인 허형만 선생님의 말씀이 계속 떠나질 않습니다. 소설가 홍성원은 문학가의 삶은 '즐거운 지옥'이라셨지요. 나도 날마다 책을 읽고, 조금씩이지만 글을 씁니다. 책은 '정신세계의 밥'이지요. 먹지 않으면 허기가 찾아옵니다. 지독한 갈증입니다. 어떤 사람은 1년에 책 한 권을 읽지 않고도 사는 사람이 있다지만, 하루라도 책을 읽지 않고도 헛산 것 같은 사람도 있습니다. 열여섯 살이 된 독서회를 이끌면서 이제는 좀 더 독해져야겠다 싶어요. 독서회는 친목 모임이 아닙니다. 책을 읽고 와야만 생존한다는 사실이지요. 이제부터는 모이고 참여하는 숫자에 연연하지 않으려고 합니다. 몸이 불편한 사람도 한 달에 책을 한 권 읽지 않으면 참여를 할 수 없도록 할 예정입니다. 책을 읽고 발표할 기회를 반드시 제공할 장소도 또한 그렇고요. 시대의 첨병인 줌(Zoom)이라는 것이 있어 장소의 필요성 또한 절대적이지 않습니다.

인생에서 제일 중요한 두 날

「톰 소여의 모험」과 「허클베리 핀의 모험」은 성인이 되기 위해서는 꼭 읽어야 하는, 일종의 통과의례와도 같은 작품입니다. 미국 문학의 아버지, 본명은 새뮤얼 클레멘스(Samuel Langhorne Clemens)이고 미주리주에서 가난한 개척민의 아들로 태어났습니다. 인쇄소의 견습공, 미시시피강의 수로 안내인, 신문기자 등의 직업을 전전했지요. 그는 문학의 힘을 발견한 작가였습니다. 헤밍웨이가 "모든 미국 문학은 마크 트웨인의 「허클베리 핀의 모험」에서부터 나온다."라고 주장하기도 했습니다. '인생에서 제일 중요한 두 날은 태어난 날과 태어난 이유를 깨닫는 날이다(The two most important days in your life are the day you are born and the day you find out why).' '친구가 있는 한 누구도 실패한 인생이 아니다(No man is a failure who has friends).' 등의 기막힌 어록(語錄)을 남겼지요. 마크 트웨인(Mark Twain · 1835~1910), 그는 참 멋진 사람이었어요.

미소

'소리 없이 빙긋이 웃는 웃음' 미소(微笑)의 사전적 의미입니다. 그런데 '아양을 떨며 아첨하듯이 웃는 웃음'을 의미하는 미소일 때는 한자로 '媚笑'라고 쓰니 음은 같으나 쓰기는 다르지요. 작가 박경리는 「土地」에서 "드물게, 어쩌다가 싱긋이 웃는데 그것이 감정 표시의 전부인 듯, 그러나 미소는 따스하고 다정스러웠으며 때론 진정한 동심이 상기도 남아 있는 것처럼 보이기도 했다."라고 했고 G.W. 칼라한은 〈미소〉에서 "미소는 우리를 행복하게 한다. 미소는 우리를 푸르게 한다. 아침 햇살이 이슬을 말리듯 미소는 우리의 눈물방울을 없애 준다. 여기 사랑의 눈길만이 볼 수 있는 부드러운 의미를 가진 미소가 있다. 그러나 나의 삶을 햇빛으로 가득 채우는 미소는 네가 나에게 준 것이다."라고 했고, 김춘수는 〈꽃의 素描〉에서 "네 미소의 가장자리를 어떤 사랑스런 꿈도 침범할 수 없다."라고 했지요. 오늘도 웃는 당신이 아름답습니다.

괴테

독일 고전주의를 대표하는 대문호 괴테(Goethe · 1749~1932)는 '세계 삼대 문호' 중의 한 사람이며 「젊은 베르테르의 슬픔」, 「파우스트」, 「빌헬름 마이스터의 수업 시대」 등의 작품으로 유명하지요. 「젊은 베르테르의 슬픔」의 영어 원제는 'The Sorrows of Young Werther'입니다. 「파우스트」는 인간의 욕망과 이상을 그린 대작인데 괴테가 자신의 삶 중 60여 년을 바쳐 완성한 작품이라고 알려졌지요. 한 작품에 그렇게 숱한 세월을 몰두할 수 있다는 것은 아무나 하지 못합니다. '생각하는 건 쉽고 행동하는 건 어렵다. 하지만 세상에서 제일 어려운 건 생각대로 행동하는 것이다(To think is easy. To act is hard. But the most hardest thing in the world is to act in accordance with your thinking).'라는 그의 명구(名句)가 참 좋습니다. 그가 죽을 때 "더 많은 빛을(Mehr Licht)!" 하고 말했다고 전하기도 하지요.

시몬 드 보부아르

「제2의 성」이란 작품으로 유명한 프랑스의 작가이자 철학자인 시몬 드 보부아르는 "여자는 태어나는 것이 아니라 만들어진다!"라는 어록(語錄)으로 유명하지요. 그녀는 이 책이 출간된 1949년 이후 여성해방 혁명을 일으킨 페미니즘 선구자가 되었습니다. 「제2의 성」은 20세기 가장 영향력 있는 페미니즘의 경전이라 하지 않을 수 없지요. 장 폴 사르트르와의 계약 결혼으로 유명하고 두 사람은 평생을 연인이자 사상을 공유하는 지적 동반자로 살았습니다. 그녀가 본격적인 작가 생활을 시작한 것은 「초대받은 여자」를 출간한 후부터였지요. 저항을 그린 「타인의 피」 죽음과 개인의 문제를 취급한 「인간은 모두 죽는다」를 연달아 발표했고, 1954년에 출간한 「레 망다랭」으로 프랑스 최고 권위의 문학상인 공쿠르상을 받았습니다. '오직 하나의 선(善)이 있으니 그것은 양심을 따르는 행동이다(There is only one good. And that is to act according to one's conscience).'라는 그녀의 말에 퍽 공감했던 기억이 납니다.

나는 학생입니다

늦은 나이에 공부를 계속합니다. 전에 대학에서 영어영문 · 국어국문학과를 졸업하는데도 시간이 엄청나게 걸렸지요. 이후 학교를 옮겨 지금은 문예창작을 배우고 있는데 8월 말부터 2학기가 시작됐습니다. 학기가 시작되면 느슨했던 삶에 변화가 찾아오지요. 강의를 듣고 내용을 숙지하지 않으면 안 된다는 것. 발등의 불입니다. 그 주에 해야 할 강의가 한번 밀리기 시작하면 대책이 없는 경우가 많기에 될 수 있는 대로 한 주의 강의는 그 주에 끝내려고 노력하지요. 늦은 나이에 공부한다는 것이 쉽진 않네요. 그래도 내년보다는 올해가 낫다는 생각으로 합니다. 어제도 저녁상을 차리면서 TV를 잠깐 켰는데 낯익은 가수가 노래하고 있었습니다. 그런데 그 가수의 이름이 기억나지 않는 거예요. 그가 부른 노래 제목은 몇 개가 떠오르는데도 말입니다. '이크, 큰일났구나' 싶어지면서 마음이 급해졌습니다. 더는 미뤄서는 안 되지 싶더라고요. 늦었지만 학생으로 살아가는 오늘이 행복합니다. 높아 가는 가을 하늘이 아름답네요.

그룹 아바(ABBA)

1972년에 결성된 스웨덴 4인조 그룹 아바(ABBA)가 돌아온다고 합니다. 40년 만이지요. 'Waterloo, Chiquitita, Dancing Queen, Honey, Honey, Mamma Mia, Fernando, I Have a Dream, Knowing Me, Knowing You, The Winner Takes It All' 등 귀에 익은 몇 곡만 헤아려 봐도 그들이 얼마나 유명한 그룹이었는지 짐작하기 어렵지 않습니다. 이 노래들은 지금도 귀에 쟁쟁하지요. 특히나 두 여가수 애니 프리드 린스태드와 앙네타 펠트스코그의 맑고 투명한 목소리를 무척 좋아했습니다. 지금도 가끔 유튜브로 영상을 보다 보면 시간 가는 줄 모르고 몇 곡을 시청하게 됩니다. 40년 세월이 정말 금방 지났다는 것을 느끼게 되네요. 실로 대단한 그룹이었습니다. 특히 리더이며 모든 노래의 작곡을 담당했던 벤뉘 안데르손의 키보드 두드리는 모습과 작사를 담당했던 비에른 울바에우스의 앞가슴 훤히 드러낸 모습이 지금도 보이는 것 같군요. 짬 나는 대로 신곡 〈아직도 당신을 믿어요(I Still Have Faith in You)〉와 〈나를 닫지 말아요(Don't Shut Me Down)〉를 들어봐야겠네요.

이현주 목사

오랫동안 이현주(李賢周 · 1944~) 목사의 책을 읽어 왔습니다. 그는 목사이자 동화작가, 번역가이지요. 동서양의 고전을 넘나드는 글을 쓰고 있습니다. 「사람의 길 예수의 길」, 「이 아무개의 장자 산책」, 「대학 중용 읽기」, 「무위당 장일순의 노자 이야기」, 「길에서 주운 생각들」, 「이 아무개 목사의 금강경 읽기」, 「이 아무개의 마음공부」, 「예수의 죽음」, 「지금도 쓸쓸하냐」 등을 읽었지요. 관옥(觀玉)이라는 호를 쓰는 그는 성경을 소설처럼 유려하게 읽히는 일상의 언어로 번역 작업을 끊임없이 하는 목사입니다. 지난 6월에 나온 「관옥 이현주의 신약 읽기」도 그런 작업의 결과물이지요. 그는 장일순을 일러 "이 지상에서 경험한 마지막 선생이었다. 그 뒤론 스승이 없었고, 예수만이 남았다."라고 했습니다. 지금은 순천사랑어린학교 '마음공부 교사'이고요.

세계문학전집

우리나라에서 세계문학전집은 1930년대 처음 나왔고 60년대는 문학전집의 시대였다고 해요. 좀 살 만한 집은 우선 장식용으로 문학전집을 장만하기 시작했고 출판사는 그 덕에 호황을 누리기도 했지요. 내가 기억하기로 신구문화사, 을유문화사, 삼성출판사, 범우사, 학원사, 금성출판사, 동서문화사 등이 있었고 그중에 최고는 을유문화사 판이 아니었나 싶습니다. 당시는 낱권판매가 안 됐었지요. 지금은 표지도 모두 다르게 나와서 훨씬 좋습니다. 문학과지성사, 창비, 민음사, 문학동네 등이 문학전집이란 이름으로 시대에 발맞춘 번역으로 독자들을 끌어들이고 있지요. 하지만 전집(全集)이란 '한 사람 또는 같은 종류나 시대의 저작을 한데 모아서 한 질로 펴낸 책'을 뜻하는데 그것은 올바른 표현은 아니라고 생각됩니다. 죽은 사람의 전작(全作)을 뜻할 때는 맞지만 '선집(選集)'이 더 정확한 표현이 아닐까요.

저자 서명(署名)

며칠째 신간 「책 아저씨, 강남국 2」에 서명하고 있습니다. 그런데 생각보다 이게 보통 일이 아니네요. 품도 품이지만 필체에 자신이 없다 보니 아주 조심스럽고 신경이 쓰이네요. 저자 서명을 하지 않고 책을 전하는 것은 예의가 아니라는 지인의 충고에 찔끔 반성했던 때가 바로 지난해였습니다. 그래서 올해는 특별한 경우를 제외하고는 모두 사인을 하기로 했지요. 사인에 만년필을 사용하는 것이야 익히 알고 있었지만, 잉크는 청색을 쓰는 것이 맞는다는 말도 읽은 터라 검정과 반반씩 하고 있습니다. 책을 전한다는 것은 어떤 의미일까요. 책이 남아돌아서는 분명 아닐 겁니다. 나 같은 경우 '이분만은 책을 읽어 주겠지.' 하는 혼자만의 마음이 있어 받는 분의 이름을 쓰고 책에 서명합니다. 생애 다섯 번째 경험이지만 행복하네요. 자기 책을 내야만 맛볼 수 있는 경험이기에 이 또한 소중하기만 합니다.

다시 시(詩)를 쓰기 시작하며

몇십 년 만에 다시 시를 쓰기 시작했습니다. 1988년 서울로 이사 오기 전까지는 종종 시를 썼는데 그 이후론 펜을 놓았었지요. 시는 세상의 언어를 압축하지요. 그런데 나는 그 압축에 아주 서툴다는 것을 깨달았지요. 한(恨)이 많아서냐고 누군가 묻기도 했습니다. 그렇게 생각은 안 하지만 하여튼 나는 시를 잘 쓸 줄 모른다는 생각에 접어 뒀었지요. 그러나 마음 한가운데는 늘 시를 쓰고 싶다는 욕망이 사그라지지를 않았습니다. 시를 너무 어렵게 생각했던 탓이 가장 큰 이유였고 원인이었다 싶네요. 물이 위에서 아래로 흐르듯 그냥 내가 사는 세상의 얘기를 써 나갈 참입니다. 명색이 '詩(문학) 전도사'로 살면서 시를 쓰지 않는다는 것이 그동안 부끄러웠거든요. 내 시의 형식은 '일 · 행 · 시' 혹은 '한 · 줄 · 시'라고도 하는 독특한 형식으로 출발했습니다. '활짝웃는독서회' 회지 9월호부터 몇 편씩 싣습니다.

말썽꾸러기 오디오

10대 후반부터 고전음악을 들은 것 같습니다. 아는 것은 별로 없지만, 세월이 많이 흘렀네요. 클래식 음악을 좋아하는 마니아 중엔 오디오 기기에 관한 관심이 실로 대단합니다. 값도 상상을 초월하는 경우가 많아 나 같은 경우는 엄두를 낼 수 없기에 기기(器機)에 대한 유혹은 그리 많지 않습니다. 솔직히 형편이 따라 주지 않으니 자연스레 그 욕심이 없지 않나 싶기도 해요. 평소에도 듣는 음악이 중요하지 무슨 기기가 그렇게 중요한가 하는 마음도 없지 않습니다. 육십 평생에 오디오 기기를 세 번 샀는데 두 번은 인켈이었고 세 번째 산 것이 일본의 마란츠 M-CR610이란 기종에 영국제 큐 어쿠스틱 북쉘프 스피커를 사용하고 있는데 마란츠가 계속 말썽을 피워 올해만도 몇 차례 수리를 받았네요. 지금은 USB가 말을 듣지 않네요. 천상 바꿔야겠다 싶습니다. 사람도 그렇지만 기기 또한 좋은 인연을 만나야 탈이 없습니다.

가을날

"귀가 멍해지는 소음 속에도 완전히 정지된 내면의 시간이 있다. 그리고 나는 뼛속까지 내가 혼자인 것을 느낀다. 정말로 가을은 모든 것의 정리의 달인 것 같다. 옷에 달린 레이스 장식을 떼듯이 생활과 마음에서 불필요한 것을 모두 떼어 버려야겠다."(전혜린「그리고 아무 말도 하지 않았다」)

"좋은 날씨가 계속되는 가을이거니 오랫동안 마음에 살고 있던 행복된 생각도 서러움도 이제 먼 곳 향기에 녹아 사라졌다. 잔디 풀 태우는 연기 들에 나부끼고 그 부근에서 노는 마을 애들 지금은 나도 끼어 노래 부른다 노래하는 애들을 따라 소리를 맞춰." (H.헤세 〈가을날〉)

"가을바람에 나무는 흔들리고 촉촉이 밤은 야기(夜氣)에 젖고 있다 바람은 나뭇잎에 떠들썩대고 전나무는 가만히 속삭이며 말한다." (하이네 〈가을바람에〉)

"주여, 어느덧 가을입니다 지나간 여름은 위대하였습니다"라는 (R.M.릴케 〈가을날〉)이 자꾸 떠오르고, "들판의 꽃들과 잎과 열매와 모든 생명의 푸른 색채가 쫓긴다"(이어령의 〈하나의 나뭇잎이 흔들릴 때〉)라는 글이 맴돕니다. 가을입니다.

추석을 지낸 후

발안 형님 댁에서 추석을 잘 쇠고 왔습니다. 형님네 삼 남매도 하룻밤만 자고 가는 시대지만 혼자 사시는 대전 큰형님께서 올라오셨기에 죄송한 마음 없지 않으나 하룻밤 더 묵었지요. 시대의 역병으로 인해 아래 동생네 식구들은 오지도 못했지만 두 형님과 많은 이야기를 나눴습니다. 주로 지난 세월에 얽힌 자잘한 단상들이지만 지나간 삶의 자취들은 어찌 그리 아련하고 그립던지요. 사람은 추억을 먹고 산다 싶기도 했네요. 장성한 조카들이 모두 가정을 이뤘고 이제 친인척 손주뻘 되는 손(孫)들의 결혼 소식도 간간 들려옵니다. 이게 세월이구나 싶더라고요. 흙냄새 맡으며 고향 집 주변을 걷고 싶은 마음 또한 없지 않았으나 이번 추석에도 그 모든 마음을 접을 수밖에 없었네요. 부모 · 형제와의 재회가 설까지 또 몇 개월을 견딜 힘임이 틀림없습니다.

앞으로 5년 만 더 살 수 있다면

흔히 수명은 천명(天命)이라고 하지만 평균적으로 장애인의 수명은 일반인에 비해 짧습니다. 여러 가지 원인이 있겠지만, 첫 번째로는 활동량이 적기 때문이지요. 수년 전만 하더라도 나 같은 중증장애인들의 평균 수명은 63세였습니다. 그보다 두 해를 더 사는 2021년 이 가을, 나름 생의 설계를 변경합니다. 생각하면 엄청난 욕심이 아닐 수 없는데 그것은 바로 책 다섯 권을 세상에 더 내놓고 싶다는 생의 2차 목표입니다. 하나님 보시기에 '누구 마음대로(?)' 하실 것 같지만 그러기 위해 기도하네요. 시간은 딱 5년! 그렇다면 앞으로 1년에 한 권씩을 내야 한다는 것이군요. 발등의 불이 아닐 수 없습니다. 갑자기 마음이 바빠지네요. 생명은 철저히 신의 영역이기에 가능 여부는 하나님께 믿고 맡기며 지금부터는 '내가 할 일만' 하려고 합니다. 앞으로 5년 만 더 살 수 있다면 책 다섯 권을 당신 앞에 감사하며 내놓겠습니다.

오늘도 시마(詩魔)를 기다리며

시인이 되려면

새벽하늘의 견명성(見明星)같이

밤에도 자지 않는 새같이

잘 때에도 눈뜨고 자는 물고기같이

몸 안에 얼음세포를 가진 나무같이

첫 꽃을 피우려고 25년 기다리는 사막만년청풀같이

1kg의 꿀을 위해 560만 송이의 꽃을 찾아가는 벌같이

성충이 되려고 25번 허물 벗는 하루살이같이

얼음구멍을 찾는 돌고래같이

하루에도 70만번씩 철썩이는 파도같이

제 스스로를 부르며 울어야 한다

자신이 가장 쓸쓸하고 가난하고 높고 외로울 때*

시인이 되는 것이다

천양희 시인의 〈시인이 되려면〉이라는 작품입니다. 시를 쓰기 시작했어요. 늦었지만 기다리는 대상이 새로 생겨 삶의 신선도가 높아졌네요. * 백석의 시 〈흰 바람벽이 있어〉 중에서.

사랑을 포기할 때 생기는 일

나는 사춘기 이후 지금까지 한 번도 결혼을 포기한 적이 없었습니다. 몸이 불편하기에 결혼은 더욱더 해야 한다고 생각하며 살아왔지요. 생각해 보면 20대 초반부터 한 명의 여인을 평생 찾았고 그 세월이 지금껏 이어지고 있으니 지지리도 처복이 없는 남자임이 틀림없습니다. 근 50여 년의 세월! 이젠 포기하고 비우라는 조언을 듣기도 합니다만 그게 참 쉽지 않네요. 지난날 이런저런 인연이 전혀 없진 않았고 그중엔 보석 같은 여인도 있었지만, 결혼에 이르진 못했으니 어머니 말씀처럼 정말로 여자 복이 없다 싶기도 하지요. 남들은 참 쉽게 가정을 이루는 것 같은데 나는 왜 이렇게 어려울까 싶습니다. 가정은 글을 쓰는 사람에겐 절대적이라는 생각도 들어요. 그게 참 아쉬워요. 문제는 지난여름 이후 아예 '포기' 쪽으로 마음을 바꾼 후 지내다 보니 영육이 마지막 잎새를 떨군 나무 같네요. 연애와 사랑의 불씨는 죽을 때까지 꺼트려서는 안 되는 모양입니다.

만년필 예찬

나는 만년필 글씨가 좋습니다. 컴퓨터를 사용하기 전까지는 주로 만년필을 썼는데 한동안은 볼펜을 쓰기도 했지만, 신간 「책 아저씨, 강남국 2」 몇백 권에 사인하면서 완전히 제자리로 돌아온 것 같습니다. 글을 처음 배우던 10대 시절에는 펜글씨(잉크를 찍어 쓰던)도 많이 썼는데 볼펜의 편리성에 몇십 년 만년필이 매우 서운했겠다 싶어지네요. 만년필 글씨는 우선 깔끔합니다. 그리고 잉크 냄새가 참 좋아요. 볼펜에서는 맛볼 수 없는 그런 향이 있지요. 만년필은 다섯 자루를 갖고 번갈아 쓰고 있는데 비싼 것은 하나도 없지만 그래도 좋습니다. 가장 아끼는 것은 독일제 '슈퍼 로텍스'라는 기종으로 40년쯤 쓰고 있고 '파카'가 두 자루 '워터맨'이 한 자루입니다. 비싼 '몽블랑'이나 '펠리컨'은 가져 보지도 써 보지 못했어요. 몽블랑보다 펠리컨은 훨씬 저렴한데 하나쯤 욕심을 내보기도 합니다. 펠리컨 M1000 같은 기종은 100만원이 조금 넘는군요.

만년필의 영원한 짝 잉크

잉크 하면 떠오르는 추억 하나쯤 없는 이가 있을까요. 나는 오랫동안 형님들이 쓰시던 책상을 물려받아 사용했는데 그 위에는 온통 잉크 자국으로 얼룩져 있었지요. 내 지식의 절반은 그 책상과 함께였지요. 펜으로 글씨를 쓰다 보면 잉크를 엎는 사고(?)를 자주 쳤기 때문입니다. 지금은 펜글씨를 쓰지 않는 시대여서 만년필을 사용하지 않는 한 잉크가 거의 필요하지 않기에 아마 없는 집이 많지 않을까 싶기도 하네요. 잉크 하면 검정색과 청색뿐이었지요. 지금은 완전 옛말입니다. 전설적인 잉크가 많아요. 필기의 감촉을 위한 좋은 잉크의 선택은 이제 필수가 됐지요. 그라폰 파버카스텔 잉크가 그 대표적이라 할 수 있습니다. 이 잉크는 캘리그래피나 일러스트 용도로 확장시키고 있고 필기감은 미끄러질 듯 매끄럽습니다. 화학 염료에 윤활제를 섞어 만든 일반 잉크 대신 천연 화합물로 바꾼 변화가 잉크의 역사를 바꾸고 있는 것이지요. 청색 잉크만 하더라도 깊은 밤의 블루, 황실의 블루, 코발트 블루 등등으로 구분할 정도입니다.

몹시 나쁜 습성

물론 다 그렇지는 않지만, 몸이 불편한 사람 중에는 몹시 나쁜 습성을 가진 경우가 많습니다. 받는 것에 익숙해 있다는 것이지요. 몸이 불편하기에 자기는 받아야 한다는 그런 생각으로 세상을 사는 경우입니다. 무서운 타성(惰性)이 아닐 수 없지요. 이런 예는 또 있습니다. 조건으로 얽힌 관계에서도 이런 경우가 많지요. 자기도 모르는 사이에 거기에 젖어 굳어진 경우입니다. 하지만 세상에 공짜가 어딨겠습니까. 공짜는 없지요. 인류가 끊임없는 편리성만 추구하다가 앓고 있는 지구와 무엇이 다른가 싶기도 하고요. 대가 없는 것은 세상사에 없습니다. 공짜를 바라는 마음을 버릴 때 내 삶은 한층 성숙하지요. 받았으면 줄 줄도 알아야 합니다. 가장 기본적인 삶의 원칙인데도 이것을 모르고 받기만 하려는 사람들을 볼라치면 답답할 때가 많지요. 아주 작은 것일지라도 받았으면 갚을 줄도 알 때 그 영혼은 얼마나 자유스러워질까요. 덕(德)의 빚을 갚고 실천할 때만 내 삶은 반짝반짝 빛납니다.

만나면 반가운 얼굴들

어제(2021. 10. 13) 복지관의 영어교실 문이 다시 열렸습니다. 지난해 초 코로나19가 시작되면서 자연스레 중단됐던 강의는 몇 번의 부침 끝에 개강하게 된 것인데 반가웠습니다. 이제는 끊김 없이 계속 이어지길 기원해 보네요. 시대는 '위드 코로나'로 가는 길목입니다. 감기처럼 함께 간다는 뜻이겠지요. 전 국민의 약 70%가 1~2차 접종 완료 자가 나오는 게 목표인 듯합니다. 수강생들과는 그동안 카톡방에서 서로 연락은 주고받았지만, 사람이 사람을 만날 수 없다는 것은 일상적인 삶이 아니지요. 시대의 역병이 마음을 짓누르는 억압의 무게는 상상을 초월합니다. 사람을 가까이할 수 없는 시대! 지금도 전 세계인이 그렇게 코로나 시대를 보내고 있습니다. 찾아가 봐야 할 곳을 못 가고 오라고도 할 수 없는 억압된 시대의 아픔을 겪으면서 이 고난의 시대를 넘고 있네요. 훗날 전쟁을 회상하듯 그런 날이 올지 모르겠습니다. 하지만 이 시대의 역병은 인간 삶의 많은 것을 바꿔 놓고 있음 또한 사실입니다. 결코, 예전과는 같을 수 없다는 뜻도 될 것 같네요. 시대의 꽃인 인문학을 버무린 강의가 수강생 모두에게 작은 활력이 될 수 있다면 좋겠습니다.

외삼촌

어제(2021. 10. 28)는 멀리 충북 괴산의 한 장례식장엘 다녀왔습니다. 포천과 김포에 사시는 누님 두 분을 먼저 태우고 발안으로 가서 작은형님 내외를 모시고 함께 출발했는데 발안에서 거기까지도 약 100킬로가 넘는 거리였습니다. 그제 큰 외숙께서 96세를 일기로 세상을 떠나셨지요. 어머니 형제는 5남매셨는데 정과 사랑이 남다르셨습니다. 10년 넘게 해마다 어머니를 모시고 안면도 고남 외가에 가면 둘러앉아 한껏 이야기꽃을 피우시고 잠을 자다가도 두런두런 이야기를 나누는 모습이 정말 대단하다 싶을 만큼이었지요. 어머니께서는 돌아가시기 2년 전인 87세까지 친정에를 다니셨습니다. 친정에 가기 전날엔 거의 잠을 못 이루셨는데 그것은 바로 그곳 식구들을 만날 들뜬 마음에서였지요. 어머니는 친정에 가는 것을 그렇게 좋아하셨습니다. 1년을 준비해 떠날 때마다 행복해하셨으니까요. 오늘 삼촌의 발인 날, 예수님이 다시 오시면(재림) 삼촌은 먼저 가신 두 누님과 얼싸안고 재회하지 않을까 싶군요. 지상 소풍을 끝내신 삼촌의 명복을 빕니다.

운(運)

사람에게는 분명코 운(運)이 있습니다. 살다 보면 운이라고밖에는 달리 설명할 길이 없는 것이 너무 많지요. 운명(運命)이 정해져 있다고는 믿지 않습니다. 운명이란 어떻게 사느냐에 따라 분명 달라지는 것이니까요. 하지만 사람에겐 운이 있어요. 크고 작은 일들이 다 그렇습니다. 수개월 전부터 큰외삼촌께서 편찮으셨는데 얼마 전부터는 급박한 상황에 이르셨지요. 그런데 하필이면 사촌동생네 딸의 결혼 날짜가 부득부득 다가오는 겁니다. 삼촌네는 신앙생활을 하는 집이고 사촌네는 지금도 미신을 철저히 신봉하는 집이어서 우리 7남매는 염려와 걱정이 많았지요. 조카의 결혼 전에 삼촌이 돌아가시면 아무도 못 가는 데 하고요. 장례식장에 갔던 사람은 결혼식장엘 못 간다는 미신은 이제 접어야 할 때지만 아직도 그것을 철통같이 믿는 상황에서는 이야기가 달라지기에 말입니다. 지난 주말 조카는 결혼했고 불과 며칠 후 삼촌은 수요일 날 세상을 떠나셨습니다.

시인(詩人)

늦은 나이에 '시인'이란 이름을 얻었습니다. 프랑스의 삼대 시인 중 한 명인 랭보는 10대 말까지 시를 끝냈지요. 20대 들어서부터는 아예 시를 쓰지 않았습니다. 이상은 27세에 끝냈고 윤동주와 기형도는 29세에 끝냈으며 박인환은 31세에 끝냈고 김소월도 35세에 생을 마감했으니 시는 전부 그전에 쓴 것들이지요. 평생 문청(文靑)으로 살면서 지난 16년 동안 자칭타칭 '시(문학) 전도사'로 활동해 왔습니다. 500권이 넘는 시집을 읽었고 3만 편에 이르는 시를 만났으나 나에게 시는 요원하기만 했습니다. 그렇다고 시와 소설을 읽고 논하는 평론가도 되질 못했으니 인연은 참 멀다 싶기도 했지요. 남과 같은 시를 써서는 안 된다는 생각 하나가 바로 '일 · 행 · 시 혹은 한 · 줄 · 시(詩)'의 시작이었습니다. 아직 우리 문단에 그런 예가 없어 정착까지는 많은 시간이 필요하겠지만, 개의치 않고 계속 나만의 시를 써 나갈 참입니다. 이번 주에 쓴 한 편을 올립니다.

〈맑은 소망〉

지식인이 아닌 지성인으로 사는 것

중고 도서 기증

'활짝웃는독서회'는 책(문학)을 사랑하는 장애인과 비장애인의 모임이지요. '독서를 통한 자기계발과 내적 성숙의 실현'이라는 목적으로 새해 2022년이면 17주년이 됩니다. 특별히 장애가 있는 회원은 매달 책 한 권을 사는 것도 빠듯한 실정이지요. 대부분 경제적으로 어렵기 때문입니다. 매달 추천 도서를 안내하지만, 그것도 부담되는 경우가 많아 읽지 않고 그냥 독서회 모임에 참석하는 때도 있고요. 독서회 회원이 한 달에 한 권 권장 도서도 읽지 않으면 어떡하냐고 질책하기도 하지만 이해 못하는 것은 아니기에 그냥 넘어가는 경우가 많습니다. 이런 사정을 잘 아는 막냇동생이 열 번 넘게 중고 책을 독서회에 기증해 주었는데, 그때마다 소중히 나누고 있습니다. 독서회 특성상 책은 시집, 소설, 산문집 등 인문학과 관련된 책을 기증받고 있지요. 책을 아끼는 사람은 기증도 쉽지 않지요. 손때가 묻은 경우는 더합니다. 하지만 중고 책이 새로운 주인을 만나 이렇게 소중히 읽힐 수 있다는 것은 엄청난 일이지요. 형이 이끄는 독서회를 아끼고 사랑하는 마음으로 매번 책을 모아 싣고 오는 동생도 고맙습니다.

대하소설 읽기

흔히 '대하소설(大河小說)' 하면 장편소설의 한 형식으로 '언제 그칠지 모르는 큰 강과 같은 느낌을 주는 데서 이르는 말'이란 뜻이지요. 사람들의 생애나 가족의 역사 등을 사회적 · 시대적 배경과 함께 넓은 시야로 그리는 소설을 말합니다. 벽초 홍명희의 「임꺽정」, 박경리의 「토지(土地)」, 최명희의 「혼불」, 황석영의 「장길산」, 김주영의 「객주」, 이문열의 「삼국지」, 조정래의 「태백산맥」, 「한강」, 「아리랑」 등이 여기에 속하지요. 이런 작품들은 가히 대하(大河)라는 말이 참 잘 맞다 싶지요. 밤이 긴 겨울에 읽기에 최적의 책들입니다. 오랫동안 벼르던 최인호의 네 권짜리 「길 없는 길」이란 전집을 마중물처럼 읽었네요. 물꼬를 트기 위한 전초전 같다는 생각이 듭니다. 짬을 내 최명희의 「혼불」을 재독할 예정이네요.

대중가요의 품격

'사랑해요 사랑해요 세상의 말 다 지우니 이 말 하나 남네요 늦었지만 미안해요 미안해요 더 아껴 주지 못해서' 어느 가수가 부른 노랫말이지요. 가슴을 파고드는 노랫말의 함축이 아닐 수 없습니다. 어떤 사람들은 대중가요를 아주 질 낮은 것쯤으로 폄하(貶下)하는 사람도 있지만, 전혀 그렇지 않지요. 대중가요의 노랫말은 바로 시(詩)인 경우가 많습니다. 실지로 시를 그대로 노랫말로 부른 경우가 흔하지요. 박인희가 부른 〈목마와 숙녀〉, 〈세월이 가면〉은 박인환의 시이고 〈엄마야 누나야〉, 〈초혼〉, 〈나는 세상모르고 살았노라〉 등은 김소월의 시이며 〈어디서 무엇이 되어 다시 만나랴〉는 김광섭의 작품이며 〈그리운 바다 성산포〉는 이생진의 시집을 노래한 것이고 이동원 · 박인수가 부른 〈향수〉는 정지용의 작품이고 이동원의 〈이별 노래〉나 장사익의 〈허허바다〉 또한 정호승의 시지요. 이렇듯 노랫말의 상당수는 시를 노래한 것입니다. 삶을 압축한 최고의 문학은 역시 시(詩)라는 생각이네요.

늦가을(晩秋)

가을은 많은 것을 생각하게 하는 사색의 계절이지요. 뚝뚝 떨어지는 한 장의 이파리에서 세상의 이치를 봅니다. 나무는 겨울을 나기 위해 옷을 벗지요. 자신을 알몸으로 만드는 일은 나무엔들 쉬울까 싶기도 해요. 생명을 줬고 맺었던 정과 사랑을 매정하게 끊어 버리는 비정함마저 없지 않지만, 거기까지라는 듯 나무는 주저하지 않습니다. 자신을 나목(裸木)으로 만듦은 나무가 살기 위함이기도 하지요. 지금 뚝뚝 떨어져 뒹구는 낙엽 또한 잘 살은 생의 표본이 아닐 수 없습니다. 이파리 하나가 잘 살지 않고는 홍엽(紅葉)으로 지상에 떨어질 수 없으니까요. 한 장의 낙엽에서 오늘 겸손해지는 것은 나도 그렇게 살고 싶다는 욕심 때문인지도 모르겠습니다. 한 잎의 나뭇잎이 회자정리(會者定離)의 인간사 이치는 물론 우주의 질서라는 생각도 해 보네요. 가을이 슬프지만은 않은 것은 나무조차 자연사 섭리에 순응(順應)하는 미학 때문이기도 하고 혹독한 겨울 추위를 벗은 몸으로 견뎌야 하는 인고(忍苦)가 새봄을 잉태하고 있기 때문이지요. 찬란한 봄은 그것 없이는 오지 않음을 다시 배웁니다.

칠 남매의 아버지

아버지는 겨우 63세에 세상을 떠나셨습니다. 꼭 40년 전인 1981년도였지요. 그래도 다행인 것은 돌아가시기 이태 전에 고향 삽시도에서 회갑 잔치를 했던 것이 큰 위안이었습니다. 그날 아버지는 평생 당신의 삶의 철학을 노래(창)에 담아 들려주셨는데 지금도 가끔 듣습니다. “돈이 먼저 생겼느냐 사람이 먼저 생겼느냐 돈이라 하는 것은 만금(萬金)을 갖고서도 동기간은 못 사느니 살아생전 있을 동안 살아생전 살 동안에 일가 간에 화목하고 동기간 우애 있이 살아 보세.” 아버지의 생철학이 이 노래 한 곡에 모두 담겼다 싶지요. 지금도 그렇지만 나는 평생 아버지를 닮으려 했습니다. 그래서 지금도 형제간은 물론 동기간의 불화(不和)를 가장 아파하지요. 아버지의 생철학은 정견정사(正見正思)의 올곧음으로 일관된 삶이셨습니다. 고향에서 유일하게 큰아들과 셋째가 장애를 입었던 탓으로 남다른 아픔을 치르셨고 평생 가난의 굴레를 벗어나진 못했지만, 아버지의 생애는 부끄러움이 없었습니다. 가난했지만 떳떳하고 아름다웠던 칠 남매의 아버지셨습니다.

5부

내게 행복을 주는 사람

사람의 가치관은 모두 다릅니다. 사람이 산다는 것은 그 가치를 추구함이며 그 속에서 삶의 의미와 행복을 찾아가지요. 그러나 중요한 것은 인간은 사회적 동물이라는 것입니다. 혼자는 살아갈 수 없다는 것이지요. 여기에 인간 삶의 보편적인 어려움이 있습니다. 내 생각이 나름 옳다 싶은데 사회학적 관점에는 틀릴 때가 많다는 것이지요. 시대를 훨씬 앞서가는 예술가들이 때론 질타를 받는 이유이기도 합니다. 하지만 사람은 누구나 '일반적인 상식(Common Sense)' 속에 살아가기 마련이지요. 그것에서 벗어나면 질타를 받게 됩니다. 아주 특출한 예술가가 아닌 다음에야 우리는 그 시대의 흐름을 수용하고 편승해 가는 수밖에 없지요. 이것이 가장 일반적인 삶의 형태입니다. 욕심 같지만, 오늘도 누군가에게 행복을 주는 사람으로 살았으면 좋겠습니다. 그 사람 생각만 하면 절로 무장이 해제되면서 삶의 환희가 용솟음치는 그런 삶을 꿈꿔 봅니다.

정독(精讀)의 맛

기말시험이 다가왔네요. 이미 두 과목은 리포트를 제출했지만 네 과목이 남아 있는 상황입니다. 제출한 두 과목 다 교수가 지정한 책을 읽고 A4용지로 9장은 내용을 요약하고 한 장은 독후감을 쓰는 과제라 일이 만만치가 않습니다. 읽고 요약한다는 것도 쉽지 않지만, 하다 보니 공부는 이렇게 하는 것이란 생각도 드네요. 내용을 이해해야 글을 쓸 수 있다는 것인데 그렇게 책을 대하다 보니 자연스레 정독(精讀)하게 되더라고요. 정독이란 '뜻을 새겨 가며 자세히 살피어 읽음'이란 뜻이지요. 세상의 모든 책을 이렇게 읽을 수는 없지만, 정독의 맛도 짭짤합니다. 특히 고전(古典)과의 만남일 때는 그 영양분이 평생 가는 것이기에 더 좋습니다. 대학을 졸업하기 위해서는 인류의 고전 100권을 이렇게 읽고 리포트를 써내야 하는 대학이 있다고 들었는데 좋은 발상의 전환이 아닌가 싶기도 합니다. 어렵긴 해도 늦은 나이에도 공부하는 맛도 괜찮아요.

내 문학의 모태

어제는 내가 안면도 집을 떠난 지 꼭 50년이 되는 날이었습니다. 당시 열다섯 살이었지요. 1971년 11월 21일 오후에 안면도 백사장에서 배가 출발했는데 날씨는 흐렸고, 작은형님이 나를 업고 배 위에 내려줬던 것 같은데 기억이 가물거립니다. 산약골(삼봉마을) 집에서 고향 삽시도로 돌아갈 배를 타기 위해 난생처음 집을 떠난 것이지요. 해마다 가을이 되면 고향에서 작은아버지들이 배를 빌려 다녀가셨는데 당시 막내 작은집이 작은 가게(하꼬방)를 운영했던 관계로 집에만 있던 나를 데리러 온 것이지요. 앉아서 가게나 보라고요. 내가 탔던 그 배는 5일마다 삽시도에서 대천장엘 다니는 배라서 일명 '장배'라 불렀습니다. 배가 출발하기에 앞서 함께 왔던 작은누나가 배에서 내리며 눈물을 훔쳤고 마음이 뭉클했지요. 백사장을 떠난 후 곧 날이 저물었고 나는 배를 탄 경험이 적었던 터라 심하게 멀미를 했는데 소변까지 나오지 않아 무척 애를 먹었던 기억이 납니다. 밤이 깊어 가도 바다를 가르는 물소리만 들렸을 뿐 배는 항해를 멈추지 않았고 삽시도에 도착한 22일부터 나는 일기를 쓰기 시작했습니다. 그것은 내 문학의 뿌리가 됐고요.

사랑 담긴 김장에선 향기가 난다

인간사 모든 것은 거기에 사랑이 담길 때 외엔 공허한 법이지요. 오래전 배가 아플 때 할머니나 어머니가 손으로 배를 문지르면 이상할 만큼 배 아픔이 곧 가셨던 기억이 있으신가요. 또 있네요. 오늘날처럼 낯익은 신앙을 갖지 못한 할머니의 냉수 한 사발에 장독대나 부엌에서의 간절한 기도의 의미를 다시 생각해 봅니다. 할머니는 하나님, 하느님, 하늘님을 모르셨지만, 할머니가 부르신 천지신명(天地神明)이 오늘날의 그 이름과 무엇이 달랐을까요. 그때 그 할머니의 기도가 세상에서 가장 맑은 소원이었다는 생각을 해 볼 때가 많습니다. 거기엔 사랑 담긴 할머니의 간절함이 배어 있었기 때문이지요. 최고의 기도셨습니다. 올해도 발안 사시는 형님 내외께서 김장을 해 주셔서 어제 싣고 왔습니다. 내내 행복했지요. 사랑 담긴 김장에선 향기가 납니다. 세상에서 가장 아름다운 향기지요. 영육이 건강해지는 것 같습니다.

신춘문예

한국에서 문단(文壇)에 오르는 최고 권위의 등용문(登龍門)은 뭐니 뭐니 해도 신춘문예지요. 글을 쓰는 사람치고 이 몸살을 앓지 않는 이는 아마 없으리라 생각합니다. 유명한 문인들 대부분은 이 신춘문예를 통해 등단한 분들이 많지요. 일반적으로 신춘문예를 통해 등단했다고 하면 우선 그 문재(文才)를 인정하는 경우가 많습니다. 예비작가들은 1년을 준비해서 오늘 12월 1일 마감날을 지켜 원고를 신문사로 보내게 되지요. 나는 어제 첫 경험을 했습니다. 평생 문학을 사랑하는 문학청년(文靑)으로 살았으나 신춘문예에 도전할 자격이 안 된다 생각해 출품조차 못하고 살았지요. 돌이켜보니 후회됩니다. 진작 해 보기라도 할 것을 하는 아쉬움이 없지 않네요. 그래도 네 곳의 신문사에 각각 다른 작품 다섯 편씩을 보냈는데 하늘의 별임을 모르지 않지만, 나도 참여했다는 마음만은 좋군요. 첫 경험의 짜릿함입니다.

삶의 가치

한 여론조사 기관의 조사 결과가 한동안 눈길을 붙잡네요. 전 세계 17개국 성인을 대상으로 삶의 가치가 무엇인가란 조사인데 우리나라만 '물질적 행복(material well-being)'을 1위로 꼽았다고 합니다. (2위는 건강, 3위는 가족) 돈이 삶의 가치라는 것이지요. 행복 순위 1위라는 뜻입니다. 외국의 결과는 가족, 직업, 물질적 행복 순위였으니 차이가 납니다. 삶의 가치를 물질에 둔다는 것은 안타까운 현실이 아닐 수 없습니다. 살면서 물질의 가치를 부정하는 것은 아닙니다. 절대적일 수 있지요. 하지만 삶의 가치를 거기에 두고 산다는 것은 아무리 생각해 봐도 마음이 아립니다. 삶의 존재가 그렇게 가벼웠나 싶기 때문이지요. 소유한 것이 적다고 삶의 가치가 떨어진다면 나를 포함한 이 땅의 수많은 가난한 사람들의 삶은 어떻게 설명할 수 있을까요. 삶의 가치를 소유로 판단하는 것은 너무 현실적인 삶이 아닐까 싶습니다. 오늘도 사람 냄새 풀풀 나는 생각으로 삶을 생각하고 어제처럼 또 그런 하루를 살았으면 좋겠습니다.

겨울

불이 없이는 한순간도 살 수 없는 겨울이 깊어 가고 있습니다. 당신에게 겨울은 어떤 계절인가요. 겨울은 만물이 치유하는 회복의 시간입니다. 나무들은 벌거벗은 나목(裸木)으로 겨울을 나지요. 겨울나무처럼 많은 것을 생각하게 하는 계절도 없습니다. 겨울은 쉼과 잉태의 계절이기도 합니다. 대지는 휴경(休耕)에 들고 사람들은 모처럼 몸과 마음을 쉬었던 계절이기도 했지요. 그것이 자연의 이치이며 섭리였습니다. 하지만 세상은 변했고 이제 계절의 의미는 날씨와 바깥 풍경 그리고 옷차림 외엔 별반 차이가 없는 시대를 사네요. 얼어붙은 마음을 훈훈히 녹여 주는 정과 사랑이 있을 때만 한겨울은 춥지 않습니다. 이어령은 「하나의 나뭇잎이 흔들릴 때」란 책에서 "바깥세상이 폐쇄되면 내부의 세계가 넓어진다. 겨울은 내면(內面)의 계절이다."라고 했습니다. 모두 외롭지 않은 겨울을 보냈으면 좋겠습니다.

행사 준비

2022년 7월 30일(목) '강서구장애인문인협회' 창립과 회장 취임을 앞두고 이런저런 행사 준비를 하고 있습니다. 강서구는 전국에서 몸이 불편한 사람이 가장 많이 사는 곳이지요. 그들 중엔 글을 쓰고자 하는 장애인들이 왜 없을까 싶어 오랫동안 꿈꿔 왔던 협회 설립입니다. 그들에게 인문학의 향기는 물론 문학 강의를 통해 지평을 넓히고 나아가 문인의 길을 걷도록 인도하는 길잡이 역할이 협회의 설립 목적이 되겠습니다. 평생 문학청년(文靑)으로 살아오면서 누구보다 책 읽기의 소중함과 평생교육의 하나로 공부의 필요성을 절감하며 살아온 탓으로 다리를 놓는 심정으로 협회를 설립하게 되었습니다. 매달 열린 강좌를 통해 문학의 향기를 전하고 회보를 통해 문학의 지평을 한껏 넓혀 나갈 참이네요. 시대의 역병이 그날 차(茶)조차 마실 수 없게 하는 것은 아닌지 걱정도 되지만 최소한의 인원으로 '강서구장애인문인협회'의 첫 장을 열까 합니다.

보령해저터널

2021년 12월 1일 개통한 보령해저터널은 국내에서 6.927㎞로 가장 길고 전 세계에서는 다섯 번째라고 하네요. 충남 보령 대천항과 원산도를 잇는 해저터널입니다. 2010년 12월 착공한 보령해저터널에는 4,881억 원이 투입됐다고 하며 완공까지 약 4,000일(11년)의 시간이 소요됐다고 합니다. 터널 중간의 가장 깊다는 곳은 해수면 아래 80m 구간이라고 하니 놀라울 뿐입니다. 보령해저터널 개통으로 충남 대천해수욕장에서 안면도 영목항까지 운행 거리는 95㎞에서 14㎞로 줄었고 소요 시간은 90분에서 10분으로 80분이나 단축됐습니다. 서해안의 역사를 새로 썼다고 하지 않을 수 없네요. 특히 원산도 바로 옆 섬인 삽시도가 내 고향이고 안면도 고남은 외가(外家)가 있는 곳이기에 처음부터 관심을 두고 기다려 왔지요. 기회를 만들어 한 번 가 볼 참입니다. 미리 개통한 안면도와 원산도는 지난해 여름 다녀왔네요.

삶의 흔적들

며칠째 수십 년 써 온 가계부를 정리하고 있습니다. 오래된 것은 색이 누렇게 바래고 여기저기 너덜너덜한 것이 많군요. 속을 펼치니 역사가 드러납니다. 가계부는 돈을 어디에 얼마를 썼다는 것보다는 내 삶의 흔적이라는 생각이 들어요. 누구를 만났고 또 인간사 대소사나 기념일에 돈을 썼으니까요. 생필품을 구매한 것은 그리 중요하지 않지요. 누구나 다 지출하는 부분이니까요. 그것을 뺀 기념될 만한 기록을 새 노트에 옮겨 적으며 새록새록 기억이 나는 것도 있고 아예 깜깜한 것도 있더라고요. 그리고 잊힌 이름도 떠올랐고요. 지금은 고인이 된 분도 많았습니다. 그분들과 내가 그렇게 지냈구나 싶고 삶의 역사였습니다. 내용을 훑어보며 한 가지 다행인 것은 작지만 물질을 나만을 위해 쓰지 않았다는 사실이군요. 아이들을 만나면 늘 과잣값을 쥐여 줬고 70이 넘은 친인척을 만나면 나는 못 써도 용돈을 드리려 했다는 것이 위안이 되었습니다. 어디를 갈 땐 그냥 가지 않으려 했고 내가 먼저 값을 치르려 했다는 사실이 흐뭇하기도 했습니다.

추억의 부재(不在)

'추억이 가난한 사람' 졸시 〈장애인〉의 전문입니다. 물론 다 그렇지는 않겠지만 몸이 불편한 사람은 추억이 많지 않습니다. 나만 하더라도 군대를 갔다 오지 못했으니 군에 관한 이야기는 단 한마디도 할 것이 없어요. 남자들은 평생 군대 이야기를 하는데 말입니다. 요 며칠 동안 서랍을 정리하다 보니 병역 수첩이 나왔네요. 겉을 가만히 들여다보니 대천에 살 때 한해 수해를 만나 흙탕물에서 건져 냈던 탓으로 그 흔적이 아직도 묻어 있네요. 장애가 있다고 사진까지 찍어 보냈지만 받아들여지지 않아 결국 형님의 등에 업혀 배를 타고 대천 고모님 댁에서 하룻밤을 자고 엄청난 빗속에 검사 장소까지 찾아갔던 기억이 납니다. 1977년도 7월달이었지요. 세월이 흘러도 그날 생각을 하면 아련해지고 형님 생각이 나곤 하지요. 일부러 군엘 가지 않으려는 사람들이 있다고 들었습니다. 가지 못해 추억이 가난한 사람도 있음을 기억했으면 좋겠군요.

등단작이 실린 문예지를 바라보며

생각하면 길고 긴 문학청년(文靑)의 삶이었습니다. 한번 발을 들여놓으면 평생 빼도 박도 못하는 삶, 아마도 그것이 문학의 길이 아닌가 싶기도 하네요. 시인 랭보처럼 중간에 끝낼 수 있는 독한 마음도 없으니 끝 또한 그러하리라 여겨집니다. 수필에 이어 두 번째로 등단작이 실린 책을 한동안 바라봤네요. "한 줄 시를 완성하려면 얼마나 많은 불면의 밤을 지새야 하며 촌철살인의 번뜩임에 다가가려면 또 얼마나 많은 고통의 강을 건너야 할 것인가. 또 그 고통의 순간순간들을 건넌다 하더라도 한 줄의 짧은 시로서 무수한 사람들의 공감을 얻고 영혼을 맑게 그리고 밝게 비춰 줄 수 있을 것인가."라는 심사평을 여러 번 읽었습니다. 참 공들여 쓰셨구나 싶었고, 감사했네요. 일반적으로는 등단작은 한두 편이 실리는 법인데 작품이 짧은 탓인지 여덟 편이 실렸습니다. 검증의 잣대구나 싶었지요. 열심히 쓰는 시인이 되겠습니다.

국민가수 박창근

어제는 모처럼 국민가수를 뽑는 날이어서 늦은 시간에 작은방에서 텔레비전을 보았습니다. 처음이었지요. 지난 몇 개월 박창근의 노래가 각인된 탓에 결승에 오른 그의 노래를 듣고 싶었거든요. 그가 부른 김광석의 〈그날들〉과 장현의 〈미련〉이라는 노래는 모처럼 만에 가슴속을 파고드는 놀라운 전율이었고 아름다운 재탄생(리메이크) 곡이었지요. 지난 수년 동안 박강수의 노래를 좋아했는데 함께 부른 몇 곡의 주인공이 바로 그였다는 것을 알지 못했습니다. 솔직히 어제는 중간 집게 결과가 맞다 싶었는데 어제의 승리는 순전히 시청자(국민)가 뽑은 1등이었습니다. 나도 한몫했네요. 이제 그는 한국의 K포크를 짊어지고 나갈 대표 선수가 되었습니다. TOP7 모두 훌륭한 가수였고 한국의 케이팝은 펄펄 살아 있었습니다. 그가 앞으로 진정한 국민가수로 더 멋진 노래와 삶으로 팬들에게 보답했으면 좋겠군요.

성탄절의 아쉬움

불과 몇십 년 전만 해도 성탄절은 대단했지요. 카드를 주고받고 가게엔 대부분 트리를 만들고 번쩍거리는 전구 불빛이 장관이었지요. 집에 트리를 장식하는 가정도 많았고요. 라디오나 텔레비전은 물론 시내에 나가면 여기저기 온통 캐럴이 넘쳐났습니다. 유명 가수들도 캐럴 테이프 한두 개쯤은 거의 있었던 것 같기도 하고요. 교회에선 학생들을 주축으로 선물교환을 했고 청년들은 새벽에 성도의 집을 찾아 노래를 불렀습니다. 불을 켜 놓고 기다리던 주인은 준비한 선물을 주며 그들의 방문을 반기며 성탄의 의미와 기쁨을 나눴지요. 말 그대로 성탄은 믿는 사람이거나 그렇지 않거나를 떠나 모든 사람의 마음을 들뜨게 하는 연례 행사였고 축제였습니다. 하지만 세상이 변했네요. 우선 밖에 나가도 캐럴을 들을 수 없고 방송도 마찬가지입니다. 자필로 쓰던 카드가 없어진 지는 오래고 대신 SNS를 통해 남이 만들어 놓은 그림이나 사진으로 마음을 전하는 시대가 되었습니다. 그런데 그게 고맙기는 하면서도 받았던 그림을 또 받을 때는 더욱 뭔가 조금은 부족한 느낌이며 마음을 가득 채워 주지 못하는 것은 나만일까요.

성적

2학기 성적이 나왔습니다. 우선 과락(科落) 없이 통과했다는 것이 좋군요. 전에 영문 · 국문과에 다닐 때 쓴맛을 너무 많이 본 탓으로 '시험' 하면 노이로제에 걸릴 지경이었지요. 한 문제를 맞히지 못해 미끄러지는 경험을 수없이 했던 터라 기쁨은 작지 않았습니다. 늦은 나이의 공부가 힘든 것은 기억력이 자꾸 떨어져 간다는 것입니다. 누락 없이 강의를 듣고 과제물을 제출해야 한다는 것은 차라리 낫습니다. 시험 때 네 개 중에서 하나를 골라야 한다는 것이 참 쉽지 않았는데 그전 과정을 어떻게 통과했는가 싶기도 하네요. 생의 목표는 나이와 상관없이 아름답습니다. 살아 보니 목표가 얼마나 소중한 것인가를 다시 배우게 되네요. 내년에도 책 한 권을 세상에 내놓기 위해 계속 자료를 모으고 글을 씁니다. 내가 아니면 쓸 수 없는 글이란 과욕이겠지만, 나만의 언어의 샘을 파려는 노력만은 삶을 참 싱싱하게 하는 에너지인 것 같기도 합니다.

폭풍의 언덕

에밀리 브론테(Emily Bronte · 1818~48)는 19세기 영국을 대표하는 소설가이자 시인입니다. 우리나라에는 「폭풍의 언덕(Wuthering Heights)」이라는 소설로 잘 알려졌지만, 영미권 대학의 영문학과에서는 중요한 시인으로서 인정받고 있지요. 언니 샬럿이 쓴 「제인 에어」가 출간 즉시 큰 인기를 얻으며 성공을 거둔 것과 달리 「폭풍의 언덕」은 출간 당시 작품 내용이 지나치게 야만적이고 잔인하며 비윤리적이라는 비판을 많이 받았습니다. 자신이 폭풍을 맞은 듯 이 책을 출간한 이듬해에 폐결핵에 걸려 30세의 짧은 생을 마감합니다. 흔히 그를 일러 평생 혼자서 황량하고 고독한 삶을 살다가 서른 살에 병으로 죽었다고 요약되곤 하는데 그가 창조한 두 인물 캐서린과 히스클리프의 삶을 생각하곤 합니다. 폭풍의 언덕에 있는 저택의 주인은 빈민가의 부랑아인 히스클리프를 주워다 키웠지요. 이 긴 겨울 한 권의 '세계명작' 속으로 빠져 보는 것은 어떨까요.

가장 아름다운 심부름

아우는 1974년 초등학교를 졸업하자 중학교가 있는 고남 외가로 떠났습니다. 3년 동안 큰삼촌네 집에서 학교엘 다녔지요. 부모님께서 한 달에 쌀 몇 말 주기로 했지만, 그 약속은 얼마 가지 못했습니다. 안면도 창기리에 있던 집이 여름 수해를 만나 겨우 목숨만 건진 후 고향(삽시도)으로 삶터를 옮겼기 때문이지요. 거기다 큰 울타리였던 외할머니께서 돌아가시자 아우의 외로움은 극에 달했습니다. 그랬겠지요. 그래도 삼촌 내외는 물론 사촌들의 성숙하고 따뜻한 인성 덕에 1977년 1월 14일 졸업식을 할 수 있었지요. 아우는 평생 그 시절을 회상할 때마다 외가 식구들이 고맙다고 회상합니다. 세상에 그런 인격을 소유한 형제들은 없다는 것이지요. 폭삭 망한 작은고모네 아들을 그것도 자기 먹을 양식조차 보내 주지 않는 그 상황에서 차별 없이 대할 수 있다는 것은 쉽지 않다는 것을 아우는 알고 있는 것이지요. 그 아우가 올해 6월이면 정년퇴직을 하게 됩니다. 홀로되신 숙모님한테 금일봉을 전해 달라며 봉투를 갖고 왔는데 세상에 이렇게 행복한 심부름이 또 있을까 싶네요. 그 아우가 지금 병마와 사투를 벌이고 있습니다.

책을 읽는 행복

책의 마지막 장을 넘길 때의 짜릿함을 맛보셨는지요. 그 기쁨이 너무 커 평생 책을 읽어 왔는지 모르겠습니다. 어느 책은 대강 건성건성 읽는 것도 있지만, 밑줄을 긋지 않을 수 없는 책도 많지요. 그런 경우는 시간이 더 걸리지만 나름 책 읽기의 맛이 있습니다. 나는 하루에 백 페이지 읽는 것을 원칙으로 삼은 지 꽤 되었습니다. 쭉 잡고 사흘에 한 권, 한 달이면 열 권의 책을 읽는다는 계획이지요. 올해도 100~120권의 책을 읽을 계획을 세웠고 책값으로는 150~200만 원 내외로 예상합니다. 책 읽기에도 정독(精讀)과 완독(玩讀)이 있지요. 정독이란 '뜻을 새겨 가며 자세히 살피어 읽음'이란 뜻이고 완독이란 '① 글의 뜻을 깊이 생각하면서 읽음. ② 비판 없이 오로지 읽기만 함'이란 뜻이 있습니다. 빨리 읽는다는 속독(速讀)과 소리를 내지 않고 속으로 읽는다는 묵독(默讀)도 있습니다. 책을 읽는 당신은 참 아름다운 사람입니다.

조지 버나드 쇼의 묘비명

잘 알려진 대로 조지 버나드 쇼(George Bernard Shaw · 1856~1950)는 1925년 노벨 문학상을 받은 아일랜드의 극작가, 문학비평가입니다. 대표작으로 1905년 공연된 〈인간과 초인〉, 1913년에 공연된 〈피그말리온〉 등이 있지요. '우물쭈물하다가 내 이럴 줄 알았지'라는 그의 묘비명은 오늘날 세계에서 가장 유명한 묘비명 중 하나이기도 합니다. 열심히 산다고는 해도 온전할 수 없는 것이 인간의 삶인데 오늘도 하루를 살면서 우물쭈물하는 것이 얼마나 많은가 싶기도 해요. 시작할 땐 정말로 단호하게 해야 하고 끝맺음 또한 그러해야 한다는 것을 모르지 않지만, 미적미적하는 부분이 그렇게 많다는 것이지요. 작게는 누군가에게 안부부터 전하는 것이 오늘 내가 꼭 해야 할 일인지도 모릅니다. 내일이면 늦는 경우가 세상엔 너무 많다는 사실이지요. 이웃에 어머니하고 친하게 지냈던 할머니들이 몇 분 계신 데 뭣이라도 좀 사 들고 찾아뵈어야겠습니다.

이생진 시인

시인의 이름을 떠올리면 자연스레 〈그리운 바다 성산포〉가 떠오릅니다. 제주도 성산포에서 일출의 감동을 표현한 시지요. 1978년에 나왔는데 나는 그로부터 꼭 10년 후에야 이 시집을 읽게 되었지요. 바로 윤설희라는 분이 부른 〈그리운 바다 성산포〉라는 노래를 통해서였습니다. '섬' 시인으로 유명한 그는 전국의 섬을 찾아 시를 낚았지요. 등단 이후 52년이 흘렀는데 이번에 40번째 시집 「나도 피카소처럼」을 펴냈군요. 대단합니다. 충남 서산에서 1929년에 태어났으니 2021년 올해 94세. 이번 시집은 입체파 화가 파블로 피카소(1881~1973)를 주제로 써 온 시들이 수록됐습니다. 시인은 수십 년간 피카소의 그림과 시를 읽고 그 감상을 기록하면서도 그가 사망한 나이 92세가 돼서야 이를 엮어 냈다고 하지요. "아흔 넘으니 나를 색칠한 모든 것 벗기고 싶어져!"라고 하네요. 생의 황혼에 이르면 나도 그렇게 세상의 때를 벗을 수 있을지 모르겠습니다. 놀라울 뿐입니다. 노시인의 건강을 빕니다.

전화번호부 정리

지금은 전화번호를 휴대전화에 저장하지만 불과 몇십 년 전만 해도 노트에 적어 놓았지요. 거기엔 간혹 주소도 적혀 있고 만났던 날과 통화를 했던 기록도 첨부돼 있곤 했습니다. 1988년 4월에 충남 대천에서 서울로 삶터를 옮긴 후 그렇게 기록했던 노트가 세 권이나 됐었는데 그것을 꺼내 정리하기 시작했네요. 때론 잊힌 이름도 바로 어제처럼 생생히 기억나는 이름도 있지만, 세월이 흘렀다는 것이군요. 처음 몇 페이지는 색이 누렇게 바래고 얼마나 넘겼던지 쪼가리가 사라진 흔적도 보이네요. 세월과 함께 지금은 세상을 떠난 분도 있고 애증의 역사는 물론 번호도 다 바뀌어 연락조차 할 수 없는 이름들. 그중엔 전혀 기억이 나지 않는 이름도 있지만 아련한 추억으로 빠져들게 하는 이름도 보였습니다. 생생하게 떠오르는 그 추억의 순간들을 그들도 나만큼 기억하고 있을까요. 시구(詩句)처럼 우리는 어디서 무엇이 되어 다시 만날까 싶습니다. 모두 잘 살기를!

마음을 읽지 못하는 것

사람 간(間)에 도달하는데 가장 긴 강(江)이 무엇일까요. 일견 소통의 부재가 아닌가 싶기도 한데 진짜 원인은 서로의 마음을 읽지 못하는 데 있지요. '머리에서 가슴까지 가는 길이 가장 멀다(The longest distance is between your head and heart).'라는 말이 있듯 자기중심주의가 바로 현대인의 특징이며 세월이 흐를수록 타인에 대한 관심도가 줄어드는 것은 시대의 아픔이 아닐 수 없습니다. 그러다 보니 자연스레 소통(疏通)의 부재(不在)가 찾아왔지요. '소통에서 가장 중요한 건 상대가 말하지 않은 걸 듣는 것이다(The most important thing in communication is hearing what isn't said).'라는 말이 가슴을 칩니다. 진리지요. 맞습니다. 들을 귀가 줄어들다 보니 소통은 자연스레 부재를 낳고 마음을 읽지 못하는 단절을 가져왔지요. 막힌 대화! 인간관계는 물론 사물과의 불통은 삶을 참 삭막하게 합니다. 소통의 물꼬를 트지 않는 한 관계의 혈류는 계속 막힐 텐데 '뚫어뻥'이라도 하나 사고 싶어집니다.

문인 칼럼을 기획하며

평생 문학을 사랑하는 문청(文靑)으로 살다 보니 자연스레 많은 문인의 이름과 작품을 알고 있지요. 이것을 글로 써 볼 수는 없을까 하고 고민 중에 어느 시인처럼 「만인보」는 아니더라도 천 명쯤은 쓸 수 있지 않을까 싶어 도전해 보기로 하였습니다. 그동안에도 간간 쓰긴 했지만 새로운 마음으로 시작하려고 하네요. 별도 파일에 저장하면서 우선 3년 동안의 대장정에 돌입합니다. 요 며칠 지난 반년 사이에 쓴 '일 · 행 · 시' 모두를 파일로 옮기며 좀 더 부지런한 시인이 되어야겠다고 다짐했습니다. 세상의 누가 게으른 사람을 좋아할까요. 글쟁이는 하여튼 써야 합니다. 좋고 나쁘고는 나중 일이고 평가 또한 그렇지요. 그리고 작품의 질을 논한다는 것은 어차피 내 몫이 아님을 압니다. 사람 냄새 풀풀 나는 좋은 글(작품)을 쓰려는 노력은 하겠지만 그것에 연연할 필요 또한 없지요. 하여튼 부지런히 쓰는 문인이 되겠습니다.

에밀리 디킨슨

미국의 서정시인. 외국 시인 중 나에게 가장 큰 영향을 준 한 사람을 뽑으라면 단연 에밀리 디킨슨(Emily Elizabeth Dickinson · 1830~1886)을 맨 먼저 떠올리지 않을 수 없네요. 흔히 '새벽의 시인'이라고 부르기도 하는 시인은 평생 1,800여 편의 시와 1,100통의 편지를 썼다고 하지요. 집안은 유복했으나 신학교에서 신앙고백을 거부했지요. 평생 독신으로 살았고 40여 년의 칩거 생활 중에 그녀는 계속 시를 썼습니다. 살아 있을 때 단 일곱 편의 시를 지역신문에 발표했다고 하지요. 시인이 죽은 후 4년 만에 첫 시선집이 출간되었습니다. 전집이 나온 것은 1955년이었습니다. 퍽 늦었지요. 그 후에야 그녀는 19세기와 20세기를 연결하는 시인으로 온당한 평가를 받기 시작했지요. 그녀의 삶은 은둔이나 칩거와는 거리가 멀었습니다. 후대의 독자들을 만나는 시작(詩作)을 계속했던 것이지요. 개인적으로 그녀의 〈If I can…(만약 내가…)〉이라는 작품을 가장 좋아합니다.

장영희

영문학자이자 수필가였던 장영희(張英姬 · 1952~2009) 교수는 나의 멘토였습니다. 평생 그녀를 닮으려 했고 그녀가 번역한 책은 물론 모든 저서를 빠짐없이 읽었고 소장하고 있지요. 영문학자였던 아버지(장왕록)와 함께 번역한 펄 벅의 「살아 있는 갈대」를 처음 읽었던 것이 시작이 아니었나 싶습니다. 장애가 나보다 더 심했던 장 교수! 하지만 그녀의 삶은 그 자체로 기적이었습니다. 신문에 연재했던 '문학의 숲, 고전의 바다', '영미시(英美詩) 산책', '아침논단' 등은 감동이었지요. 그녀의 글은 참 매끄럽고 아름다웠습니다. 수필집 「내 생애 단 한번」은 문장상을 받기도 했지요. 특별히 그녀는 몸이 불편한 사람들에게 꺼지지 않을 '희망의 불씨'를 피운 분이셨습니다. 끝내 이기지 못한 암(癌)과의 싸움 중에도 끊임없이 썼고 전했던 장영희 교수! 서가 한 칸을 차지하고 있는 「문학의 숲을 거닐다」 등 책들이 환하게 웃고 있습니다.

랭보

19세기 후반 프랑스 상징주의 시의 선구자 중 한 명으로 일컬어지는 아르튀르 랭보(Rimbaud · 1854~1891)만큼 독특한 시인을 알지 못합니다. 말라르메와 더불어 프랑스 상징주의의 대표적 시인으로, 조숙한 반역아로 16세에 벌써 그렇게 훌륭한 시를 지었다고 하지요. 그는 37세에 죽었습니다. 20세 전후에 세계문학사에 남을 작품을 썼는데 그 이후엔 전혀 글을 쓰지 않은 것으로 유명합니다. 천재였던 탓으로 어려서 라틴어로 시를 쓰기도 했지요. 프랑스 3대 시인 중의 한 명이지만 25세 이후엔 문학 세계를 완전히 버리고 다른 일을 했지요. 참 특이하고 독특한 사람입니다. 내가 그의 책 「지옥에서 보낸 한철」을 만난 것은 축복이었습니다. 평론가 김현이 번역했지요. 작가 한수산의 작품에서 처음 읽게 됐는데 '오 성이여 계절이여, 상처없는 영혼이 어디 있으랴' 라는 짧은 한 줄이 내 영혼을 뒤흔들어 놓았지요.

허수경

허수경(許秀卿 · 1964~2018)의 작품을 좋아하기 시작한 것은 시집 「슬픔만한 거름이 어디 있으랴」 때문이었지요. 제목을 보는 순간 숨이 멎는 것 같았고 그날부터 나는 허 시인을 좋아하기 시작했습니다. 제목만으로 이렇게 큰 울림을 주는 시인을 나는 알지 못했습니다. "뼈를 세우고 살점을 키워 준 고향 진주와 어머니 아버지에게 이 시집을 바친다."란 글 또한 감동을 줬지요. 경남 진주 출신으로 1992년 독일로 가서 그곳에서 암으로 생을 마감했습니다. 뮌스터대학에서 고고학을 공부하고 박사학위를 받았지요. 그녀는 참 부지런한 문인이었습니다. 서울에서 살 때 두 권의 시집 「슬픔만한 거름이 어디 있으랴」, 「혼자 가는 먼 집」을 발표했고, 이후 세 번째 시집 「내 영혼은 오래되었으나」를 출간했습니다. 그 후 몇 권의 시집과 산문집 「모래도시를 찾아서」, 「너 없이 걸었다」 등 6권과 소설 동화집 번역서 등을 냈습니다. 조금만 더 살았더라면 한국 문단은 그녀로 인해 얼마나 더 풍요로워졌을까 싶어 아쉽습니다.

‘열린 사회’로 가는 행복

2박 3일 일정으로 제주도엘 다녀왔습니다. 오랜만에 찾은 제주도는 여전히 아름다웠네요. 이국적인 풍경은 물론 우선 사흘 동안 날씨가 좋았습니다. 빠듯한 일정을 소화하며 몇몇 곳을 둘러봤는데 연고가 전혀 없는 곳임에도 벌써 오래전 내가 처음으로 바닷물에 몸을 담갔던 곳이어서 그런지 情이 가더라고요. 파란 하늘과 맑은 공기가 제일 좋았습니다. ‘이렇게들 모여 사는 멋진 제주’라는 생각이 내내 떠나질 않더군요. 개인용 휠체어를 그대로 갖고 가서 이용할 수 있었다는 것이 세상이 변했다는 것을 증명했고 몸이 불편한 사람들의 삶이 평등의 수면에 한껏 접근하고 있구나 싶어 행복했습니다. 세상이 장애(인)를 수용하기 시작했다는 것은 ‘열린 사회’로 가는 첫걸음을 떼었다는 의미이기에 희망적이었지요. 역사 이래 이런 세상을 위해 외친 고독한 함성이 들리는 듯하여 감사했으며 이렇듯 편안한 나들이가 저절로 이루어진 것이 아니기에 한껏 마음이 벅차오르기도 했습니다.

니코스 카잔차키스

「그리스인 조르바」, 「영혼의 자서전」 등은 '20세기 문학의 구도자'로 불리는 니코스 카잔차키스((Nikos Kazantzakis · 1883~1957)의 명저입니다. 그는 그리스의 크레타 이라클리온에서 태어났지요. 그의 오랜 영혼의 편력과 투쟁은 그리스 정교회와 교황청으로부터 노여움을 사게 되었고 「그리스도 최후의 유혹」, 「그리스인 조르바」가 신성을 모독했다는 이유로 파문당하는 수난을 겪기도 했습니다. 그는 절대 자유를 추구했고 헤밍웨이 못잖게 여행을 즐겼습니다. 「그리스인 조르바」가 우리나라에 알려지기 시작한 것은 70년대 중반인데 저자의 자전적인 성격이 강한 작품이지요. 그에게 가장 깊은 흔적을 남긴 인물로는 니체, 앙리 베르그송, 호메로스, 요르기오스 조르바스 등 네 사람입니다. 그는 크레타 해변에서 조르바와 함께 일 년 남짓 지내면서 영혼의 개안(開眼)을 경험하게 되지요. 이 책의 첫머리에서 화자는 「신곡」의 저자 단테 알리기에리와 불교의 붓다가 인생의 길동무라고 밝히기도 했습니다. 삶의 좌우명으로는 '인간은 어떻게 자신을 구원하는가'였다고 하지요. 레프 톨스토이의 작품에 심취하기도 했고 종교가 문학보다 훨씬 더 중요하다고 생각했습니다. 노벨 문학상 대결에서 상(賞)이 카뮈에게 주어졌을 때 카뮈는 자기보다는 카잔차키스가 받아야 마땅했다고 했습니다.

설

서설이 내린 설날 아침입니다. 집안 어른 몇 분에게 전화를 드렸네요. 형수님의 전화와 삼촌의 부재가 크다는 조카들의 안부를 받으면서 계산해 보니 명절 때 가지 못한 것이 46년 만에 처음인 것 같네요. 어떻게 생각하면 지난 세월 기를 쓰고 다닌 것 같기도 합니다. 충남 대천에 살 때도 빠짐없이 고향 삽시도를 찾았었지요. 그때는 정말 고향 나들이가 쉽지 않았습니다. 누군가가 업어 주지 않으면 갈 수 없었던 때, 그래도 명절엔 가야만 했습니다. 장애가 심한 셋째 아들이 오지 않는 명절이 행복할 리 없는 어머니를 생각하면 가지 않을 수 없었지요. 당시는 배에 오르고 내리는 것이 대단히 위험했습니다. 배가 갯바위에 닿으면 기다란 사다리 같은 정반이라는 것을 내리고 그 위를 오르내렸으니까요. 시대의 역병은 명절 때마다 형님과 '맑은 물' 몇 잔의 행복이 얼마나 컸던가를 절감케 하네요. 야속한 코로나19입니다.

성경 필사(筆寫)

난생처음으로 성경 필사를 시작했습니다. 우선 신약(新約)을 시작했는데 꼬박 반년은 걸릴 것 같네요. 전에 몇 장(章)을 써 보긴 했지만, 신약 전체 도전은 처음입니다. 성경을 필사한다는 것 자체가 워낙 긴 장정의 레이스이다 보니 엄두가 나지 않았는데 올해 들어 교회에서 추진하는 바람에 명색이 수석집사가 못한다고 할 수도 없어 시작했는데 장점이 많은 것 같습니다. 시작하기 전에 기도하니 우선 마음이 고요해지고 말씀이 새롭다는 것이군요. 다 쓴 후 이 책을 받을 사람의 영혼을 위해서도 기도를 잊지 말라는 장로님의 당부 말씀도 잊지 않고 있습니다. 필사는 말씀에 몰입할 수 있다는 것은 물론이고 읽기만 할 때와는 또 다른 은혜가 있어 좋군요. 처음이라 허둥대긴 하지만 습관이 되면 훨씬 더 편안하고 넉넉한 마음으로 은혜의 바다에 풍덩 빠질 수도 있을 것 같습니다.

내 인생의 블랙박스

50년 넘게 써 온 30여 권의 일기장을 정리하기 시작했습니다. 보통 일이 아니네요. 지금은 거의 안 쓰지만 1971년 11월 열다섯 나이로 집을 떠났을 때부터 쓰기 시작한 글은 물먹은 솜처럼 축축합니다. 언젠가 졸시 〈일기〉에서 '과감한 자기 폭로'라는 표현을 했던 적이 있었지요. 맞습니다. 일기는 남에게 보이기 위해 쓴 글이 아니기에, 낯간지러운 내면의 치부 같은 내용이 많습니다. 세월과 함께 누렇게 색이 변한 것은 그렇다 쳐도 몇 권은 어느 해 충남 대천에서 여름 수해를 만난 흔적이 그대로 배인 상흔은 내 젊은 날의 축축한 음영이 그대로 담겨 있습니다. 이것을 어쩌나 싶지요. 그렇다고 전부를 선뜻 버리기도 쉽지 않네요. 때로 젊은 날의 예지가 칼날처럼 번뜩이는 아름다운 문장(美文)이 없지도 않아 몇 권은 당분간 더 보관해야 할 것 같습니다.

봄을 기다리며

멀리서 봄이 오는 소리를 듣습니다. 아파트 앞 목련은 벌써 봉우리를 한껏 키우고 있더라고요. 나무에 수액이 오르고 얼었던 대지가 풀리는 날 세상은 또 얼마나 아름다워질까 싶습니다. 봄을 생각하는 것만으로도 벅차고 삶의 희열이 한껏 느껴지는 것 같네요. 버들강아지가 윤기를 더해 가는 것을 보며 봄이 멀지 않았음을 체감합니다. 어두운 시대가 계속되고 있고 아직은 끝이 보이지 않지만, 봄을 잉태한 겨울이 짧아진다는 것은 희망이 아닐 수 없지요. 모든 것이 멈춘 시간이 길어지고 있으나 이 또한 지나갑니다. 희망의 끈은 놓지 말고 찬란한 봄을 맞을 준비를 해야겠어요. 사람만이 희망입니다. 언행으로 진실을 증명하며 오늘도 힘차게 살아 보자고요. 살아 있는 한 희망은 있고 고통도 삶의 일부분(一部分)입니다. 시대의 아픔을 선뜻 받아들일 수는 없지만, 이 또한 인생의 여정이기도 하네요.

나의 애장품

동거동락(同居同樂)이란 '괴로움과 즐거움을 함께한다는 뜻으로, 같이 고생(苦生)하고 같이 즐김'이란 뜻이지요. 흔히 사람을 지칭하는 표현이지만 나는 맨 먼저 애장품인 만년필 한 자루가 떠오릅니다. 1982년도에 선물 받은 것이니 세월이 퍽 흘렀네요. 독일제 '슈퍼 로텍스'라는 기종인데 무려 40년이 넘었네요. 나는 개인적으로 만년필 외에 볼펜이나 젤리 펜 등 다른 것을 잘 사용하지 않습니다. 글씨를 쓸 때는 만년필로만 썼고 다른 기종이 몇 개 있지만, 글을 쓸 때마다 자연스레 손이 가는 것은 죽마고우(竹馬故友) 같은 '슈퍼 로텍스'군요. 얼마 전부터 일기장을 정리하면서 다시 혹사시키고 있는데 세월과 함께 이제는 펜의 촉(심)인 닙이 닳고 닳아서 글씨가 정상적으로 써지지 않는 단계에 이르렀습니다. 교환을 해 줘야 할 때가 넘었는데 수리점은 어디에 있을까요.

고독한 현대인

지난주 휴대전화기를 초기화(포맷)하면서 보니 등록된 전화번호의 숫자는 1,554명이었습니다. 그중엔 중복된 숫자가 없지 않겠지만 평균치보다는 많은 숫자다 싶었지요. 사업을 하는 사람도 아니면서 말입니다. 그 번호를 모두 옮기면서 도대체 이 숫자가 나에게 무슨 의미가 있을까 싶기도 했네요. 한두 사람이면 될 상황에서도 그 사람이 없는 판에 이 엄청난(?) 숫자의 의미는 과연 무엇일까 싶었지요. 그렇다면 상대방 또한 다를 것이 무엇일까 싶었고요. 살면서 '인간관계'처럼 소중한 것도 없습니다. 소통 속에서 정과 사랑을 나누며 살아가는 것이 우리네 삶일진대 오늘 대부분은 그렇게 살지 못합니다. 관계에서 소통하기보다는 유튜브 등 관계없음 속에 외로움과 고독이 활짝 핀 시대지요. 생각하면 서로의 전화번호가 찍혀 있다는 사실만으로도 귀한 인연인데 바로 오늘 그중 단 한 사람에게라도 내 목소리를 들려줘야겠다 싶습니다.

신학기

신학기가 시작되었습니다. 마지막 학기인데 과목이 일곱 개에다 공부까지 쉽지 않아 시간 투자를 많이 해야 할 것 같습니다. 신학기가 되면 언제나 그렇지만 새로운 교수님에 대한 기대가 있지요. 더군다나 평소 내가 좋아하는 교수님일 때의 기쁨 또한 큽니다. 예나 지금이나 선생님이 마음에 들면 점수도 잘 나오지요. 인지상정(人之常情)이란 말이 생각납니다. 사람이 보통 가질 수 있는 마음이란 뜻이지요. 공부하는 마음은 언제나 새롭습니다. 그리고 자세를 한껏 낮춰 주지요. 하심(下心)까지는 아니더라도 나를 겸허하게 하는 것 중의 하나가 바로 늦은 나이에 배운다는 자세가 아닌가 싶기도 합니다. 다행인 것은 문학이나 철학사에 등장하는 이름들이 낯설지 않다는 것이군요. 꾸준히 해 온 덕을 보고 있다 싶습니다. '공부의 끈'이라는 말을 참 많이 생각해요. 나에게 있어 공부란 지식의 탐구를 넘어 생을 푸르게 하는 산소입니다.

저절로 되는 것은 없다

벌써 수십 년째 '장애인이동권'을 주장하며 시위를 벌이고 있는 단체가 있습니다. 그들의 주장은 우리 휠체어를 탄 사람들도 버스를 타고 지하철을 타고 싶다는 것이지요. 그것을 요구하는 것인데 그 과정이 순탄할 리 없습니다. 러시아워 시간에 수십 대의 휠체어부대가 지하철을 타고 내리기를 반복하는 과정에서 그들은 우리가 생각하는 것보다 훨씬 더 엄청난 질타의 소리를 듣고 있다는 사실입니다. 그들의 30년 외침으로 인해 이제 서울 시내에 스무 개가 조금 넘는 지하철역만 제외하면 대부분 승강기(엘리베이터)가 설치됐고 버스의 약 30%가 저상버스로 바뀌는 중이며 앞으로 몇 년 내에 휠체어를 타고 어디든 다닐 수 있는 열린 세상이 올 것 같습니다. 그들의 외침에 한 번도 동참하지 못한 오늘이 정말로 미안하고 감사합니다. 불편한 사람들을 대신해 그들의 피맺힌 외침이 있었기에 세상은 관심을 보이고 해법을 찾고 있다는 것이지요. 서울 지하철역만 하더라도 몇 곳에서 리프트가 추락해 목숨을 잃었지요. 가까운 발산역에서도 그런 사고가 있었습니다. 턱없는 무장애 길을 만드는데 우리는 5천 년의 세월을 써야 했고 그 혜택은 모두가 누리고 있지요. 몸이 불편한 사람들이 마음대로 대중교통을 이용할 수 있는 열린 세상을 고대합니다.

민음사 세계문학전집

우리나라에서 문학전집이 본격적으로 간행되기 시작한 것은 지난 5~60년대였습니다. 당시 문학전집은 을유문화사를 비롯한 몇 곳에서 나왔는데 인기가 대단했지요. 어떤 집은 거실의 장식용으로 전집을 장만하기도 했다고 합니다. 그러다가 민음사에서 2천년대를 앞두고 전집을 내기 시작하더니 얼마 전 400권의 고지를 밟았군요. 25년 만의 역사라고 합니다. 우선 민음사 판은 겉표지가 모두 다르게 편집됐고 신세대를 겨냥한 참신한 번역이 인기의 요인이라고 할 수 있지요. 옛날 번역본은 솔직히 형편없는 책들이 많았습니다. 읽고 나도 뜻을 알 수 없는 경우도 흔했으니까요. 지금도 그런 사례가 있는지 모르지만, 번역은 대학원생들이 나눠서 하고 역자 이름은 자기 이름을 버젓이 올리는 예도 있었다고 합니다. 출판사를 믿고 읽을 수 있는 문학전집이 있다는 것이 자랑이 아닐 수 없군요. 나는 100권짜리 을유판「세계문학전집」이 그렇게 갖고 싶었지만, 형편이 따라 주지 못해 결국 사지 못했던 아픈 기억이 있습니다.

그 어떤 경우에도

인류사를 보면 전쟁이 없던 시절은 그리 많지 않았습니다. 우리나라만 해도 지난 5천 년의 역사 이래 700회가 넘는 침략을 받았으니 말해 무엇할까요. 어떻게 생각하면 세계문명사는 바로 전쟁의 역사라는 생각도 듭니다. 그런데 전쟁은 왜 일어날까요. 바로 인간의 욕심 때문입니다. 이 세상의 그 다양한 종(種) 중에서 인간만큼 욕심이 많은 동물도 없지요. 채워도 채워도 채울 수 없는 그런 존재니 말해 무엇하겠습니까. 참 어처구니없는 사실이지요. 하지만 그 어떤 경우에도 전쟁은 안 됩니다. 전쟁만은 합리화가 될 수 없지요. 전쟁처럼 인간성을 파괴하는 것이 없기 때문입니다. 한 사람의 잘못된 판단으로 무고한 생명이 아침 햇살의 이슬처럼 스러진다는 현실은 아프지 않을 수 없네요. 또한 침략을 받은 국민이 치러야 하는 아픔과 고통은 또 얼마일까요. 그것은 범죄 중의 범죄입니다. 우크라이나의 평화를 기원합니다.

악필(惡筆)의 정의

언제나 그렇지만 글씨를 잘 쓰는 사람을 보면 부럽지요. 나는 왜 저렇게 못 쓸까 싶은 마음도 있어 그렇습니다. 그러다 컴퓨터 시대가 되면서 글씨에 관한 관심은 상당 희석됐던 것도 사실이지만, 세월이 흐르면서 그 사람만의 글씨체가 얼마나 소중한가 새삼 깨닫게 되네요. 지난달부터 시작한 성경 필사를 통해 글씨에 관한 생각을 다시 하게 되었습니다. 살아오면서 글씨는 그런대로 쓴다 생각했는데 웬걸요. 작은 공간에 작은 글씨로 글자를 채워 넣어야 하는 상황에 직면하고 보니 내 필체가 형편없다는 것을 발견한 것이지요. 특히나 만년필 외엔 더 못 쓰는 탓에 이게 글씬가 싶네요. 그러다가 나를 다독입니다. 악필이란 글자 판독을 못하는 경우를 뜻한다고 하는데 내 필체는 그 정도는 아니지 않은가 하고요. 고 최인호 작가는 최악의 악필로 유명했습니다. 타인이 글씨를 알아볼 수 있다면 악필이 아니라는 정의를 되새겨 보며 위안으로 삼네요. 이래 봬도 내 글씨는 이 세상에 유일한 필체라는 생각으로 나를 달래 봅니다.

6부

평안의 꽃

삶에서 마음의 평안(平安)처럼 소중한 것도 없습니다. 삶의 여유와 행복의 뿌리가 바로 평안이기 때문이지요. 평안함이 없으면 당연히 행복도 없습니다. 사람은 누구나 평안을 희구하고 갈망합니다. 하지만 그것은 저절로 그냥 찾아오지 않지요. 현대인은 욕심이 너무 많습니다. 과욕은 평안을 빼앗아가는 최대의 적입니다. 아침에 일어나 몇 개의 화분에 물을 뿌리며 '잘 잤니?' 하고 인사를 건넵니다. 그게 그렇게 좋아요. 흙을 밟고 살던 시절엔 집은 물론 산과 들이 온통 다 훌륭한 평안의 뿌리였지요. 현대는 그것을 잃고 삽니다. 옛날엔 집안에 화분이 없었습니다. 그럴 필요가 없었으니까요. 오늘도 내 평안의 평형을 유지할 수 있는 방법을 찾습니다. 좋은 음악을 듣고 책을 읽고 좋은 시 한 편을 흥얼거리며 아침에 한 사람을 기쁘게 하고 저녁에 한 사람의 슬픔을 덜어 줄 수 있는 그런 삶이면 평안의 꽃은 저절로 피겠다 싶은데 당신의 생각은요?

봄

하루가 다르게 풀들이 돋아나고 있습니다. 수액이 오른 나무엔 겨우내 잉태한 봉오리가 터질 듯 부풀어 오르고 있네요. 생각만 해도 아름답습니다. 바라보고 있노라면 이 '천연계'의 신비가 황홀하기까지 합니다. 이렇게 아름다운 계절에 시대의 역병 숫자를 헤아리는 오늘이지만 봄이 왔네요. 생각하면 고맙기만 합니다. 폭등한 물가는 물론 모든 것이 힘들 때 찾아온 봄! 2022년의 봄을 환영합니다. 가슴으로 안아 한껏 애무하고 싶은 봄이 아닐 수 없네요. 봄을 영어로는 스프링(Spring)이라고 하지요. 외에도 '도약', '용수철', '뛰어오르다' 등의 뜻이 있지요. 작가 이효석은 〈들〉에서 "봄은 옷 입고 치장한 여인이다."라고 했고 안병욱은 「행복의 미학」에서 "봄은 특히 생명의 경이와 신비감을 일으키게 하는 계절이다."라고 했으며 김진섭은 「생활인의 철학」에서 "봄빛은 참으로 어머니의 품속 모양으로 따스하고 보니 누가 그 속에 안기기를 싫어하리오."라고 했지요. "혼돈과 깨어남과 감미한 비애와 도취… 이런 것이 나의 봄이었다."라고 한 전혜린의 어록도 생각납니다.

‘인생’이란 가장 화려한 꽃

며칠 전 모처럼 만에 ‘이어령의 내가 없는 세상’이란 프로를 한 시간 동안 봤습니다. 삼촌이 관심 있겠다 싶어 연락한다는 조카의 연락을 받고 알았지요. 한 방송국에서 몇 년 전 이어령 교수님께서 암이라는 소식을 듣고 연락을 해서 성사된 프로였는데 제목이 기막하게 좋았습니다. 제목에 맞게 영상을 촬영했기 때문에 화면은 평소와는 다른 느낌이었고 시청하는 마음 또한 그랬습니다. 2022년 2월 26일 지상의 소풍을 끝내셨기에 그 영상은 예사롭지 않았습니다. 한국의 지성계를 넘어 세계의 지성인으로 그만한 인물이 또 있을까 싶은 고 이어령 박사! 평생 그분의 책을 읽어 온 탓에 마음의 빚이 많습니다. 세월에도 번뜩이는 예지와 감성은 따를 자가 없었지요. 그는 진정으로 ‘인생’이란 멋진 소설을 쓰신 분이 아닌가 싶습니다. 3월 15일 출간된 「헌팅턴 비치에 가면 네가 있을까」란 그분의 유고 시집을 읽고 있네요.

창의적인 삶

신이 주신 선물 가운데 가장 공평한 것이 있다면 그것이 무엇일까요. 나는 시간이라고 생각합니다. 시간은 세상의 모든 사람에게 하루 똑같이 스물네 시간을 주었다는 사실입니다. 남녀노소 빈부귀천은 물론 그 어느 것도 따지지 않습니다. 악인과 선인 또한 구별하지 않아요. 어떻게 이럴 수가 있을까 싶지요. 공평하지 않은 세상에서 이것 하나만큼은 정말로 똑같이 모두에게 주어졌다는 사실에 새삼 놀라기도 하네요. 문제는 그 시간을 어떻게 활용하는가에 따라 각자의 삶이 달라진다는 사실이군요. 어떤 사람은 유익하게 쓰지만 어떤 사람은 무익하게 쓰는 경우도 많습니다. 그 차이는 하늘과 땅이지요. 시간을 헛되이 쓰는 사람처럼 안타까운 것도 없습니다. 주어진 시간은 영원하지 않기 때문입니다. 시간을 잘 활용하는 사람은 창의적인 사람입니다. 오늘도 시간만은 정말로 잘 쓰는 삶이고 싶습니다.

글을 잘 쓴다는 것

현대는 사회관계망서비스(SNS)의 발전으로 누구나 글을 쓰는 시대가 되었습니다. 휴대전화기만으로 거의 모든 것을 할 수 있는 시대가 됐지만 정작 글을 잘 쓰는 사람은 그렇게 많지 않습니다. 달리 생각해 보면 글을 잘 쓴다는 것이 그만큼 어렵다는 뜻도 되겠지요. 나 역시 글을 쓰는 사람이지만 논리 정연하게 글을 쓰기란 좀처럼 쉽지 않습니다. 전문가의 식견으로 보면 글쓴이의 내공을 단박에 파악하곤 하지요. 모든 문학작품이 그렇고 그 외의 글도 마찬가지입니다. 그렇기에 단 한 줄을 쓰더라도 좋은 문장을 고민하고 또 쓰려고 하는 것이 아닌가 싶기도 해요. 글을 잘 쓰는 사람들의 특징을 보면 누가 읽어도 이해할 수 있는 그런 글을 쓴다는 사실입니다. 그런데 그게 참 어려워요. 이문열, 김훈, 박완서, 배수아, 김애란 등 좋은 문장으로 정평이 난 작가들의 작품을 계속 정독하고 싶어집니다. 좋은 글은 좋은 삶에서 나옴을 믿기에 오늘도 책상 앞에 앉습니다.

자신과의 약속

살아오면서 자신과 약속을 몇 가지 했었습니다. 그 첫째는 내 이름으로 책을 몇 권 내는 것이었고 평생 공부와 특별한 경우를 제외하고 하루에 백 페이지의 책을 읽겠다는 것이 바로 그것이었습니다. 본래는 시인 · 작가보다 문학평론가가 되고 싶었지만 공부를 하면서 그 혜안(慧眼)이 없음에 꿈을 접긴 했지만, 세월이 흘러도 미련은 사라지지 않네요.

평론가(評論家)란 좋은 작품과 그렇지 못한 작품을 분석해 내는 안목(眼目)이 절대적으로 필요하지요. 그 결핍의 자각이 꿈을 미루게 했지만, 그 욕망의 불씨만은 여전히 꺼지지 않는다는 사실에 놀라곤 합니다. 남의 글을 분석한다는 것은 나름 '보는 눈'이 없이는 불가능하지요. 그 부족함을 알기에 공부를 계속하는지도 모르겠습니다. 오늘도 자신과의 약속을 지키기 위한 나름의 하루가 행복하게 합니다.

나의 아포리즘적 시 쓰기

아포리즘(aphorism)이란 경구(警句)나 격언(格言), 금언이나 잠언(箴言) 등을 일컫는 말입니다. 일반적으로 깊은 체험적 진리를 간결하고 압축된 형식으로 나타낸 짧은 글을 의미하지요. 이 말(용어)의 역사를 거슬러 올라가 보면 히포크라테스(Hippokrates)의 "예술은 길고 인생은 짧다.", 셰익스피어(W.Shakespeare)의 "약한 자여, 그대의 이름은 여자이니라.", 파스칼(Pascal)의 "인간은 자연 가운데서 가장 약한 한 줄기 갈대에 불과하다. 그러나 그는 생각하는 갈대이다." 등이 이에 해당한다고 할 수 있지요. 내가 쓰고 있는 '일 · 행 · 시 혹은 한 · 줄 · 시'는 이 아포리즘 형식을 기반으로 쓰는 것인데 아직은 나를 포함하여 세 명밖에 없는 것으로 압니다. 거의 전무한 형식이다 보니 '이게 詩인가' 하는 의구심과 대놓고 '이것은 시가 아니다'라고 일갈하는 시인도 있습니다. 외롭고 고독한 창작행위가 아닐 수 없지만, 고집스레 나만의 길을 갑니다. 처음 가는 길이 어찌 외롭지 않을 수 있을까요. 가다 보면 자연스레 길(礎石)이 만들어지겠지요.

시인

세상에서 가장 깊고 넓은 세계가 무엇일까 싶을 때가 있어요. 부모님의 사랑도 떠오르고 형제간의 우애는 물론 친구 사이 우정도 떠오릅니다. 일반적으로는 어떤 일에 정진함으로 그 분야에서 터득하는 솜씨(기술)도 세월과 함께 아주 높은 경지에 이를 수 있지요. 장인(匠人)의 경지가 바로 그것이지요. 문학도 마찬가지입니다. 그 경지가 한도 끝도 없어요. 특별히 시(詩)가 그렇습니다. 그래서 시인(詩人)이란 문학인 중에서도 가장 높은 호칭이 되었는지도 모르겠어요. '시인'이면 그것으로 설명이 된 듯한 어감마저 있습니다. 시를 잘 쓰는 사람들을 보면 참 부럽지요. 세상과 사물을 보고 표현하는 그 깊은 안목에 머리가 절로 숙여질 때가 많습니다. 따뜻한 가슴에서 태어난 좋은 시는 우리 영혼을 감싸 주기에 욕심임을 모르지 않지만, 그런 시를 쓰고 싶어집니다. 문제는 그렇게 살아야 한다는 사실이군요.

짭짤한 과부하

중간고사 기간이라 정신없이 보내고 있습니다. 공부의 양이 어찌나 많은지 다른 신경을 쓸 겨를이 없네요. 인생의 과부하가 걸린 것 같은 생각마저 듭니다. 그래도 도전하는 마음이 좋아 공부를 계속합니다. 이럴 때 아니면 언제 하나 싶기도 해서요. 공부는 자신을 연마하는 것이고 마음을 닦는 것이지요. 사이버대학이라는 곳이 나이 제한이 없기에 학우(學友)들이 20대부터 70대까지입니다. 삶을 갈고 닦으려는 학구열이 뜨겁습니다. 늦은 나이에 공부하는 이유가 무엇일까요. 텔레비전이나 유튜브로는 채워질 수 없는 그 무엇이 있기 때문이겠지요. 그래서 도전은 아름답다고 하는지 모르겠습니다. 여전히 부러운 세상을 보는 안목! 그것을 위해 매진하는 것일 텐데 공부를 하지 않으면 그 마음의 지경은 저절로 넓혀지지 않는다는 사실이군요. 삶을 사랑하는 마음은 세상의 모든 것을 포용하게 만듭니다. 내가 만나고 아는 모든 사람이 오늘도 행복했으면 좋겠어요. 신록을 더한 5월의 햇살이 참 곱군요.

유명인을 좋아하는 마음

살다 보면 나한테 밥 한 끼, 술 한잔 사 준 적이 없어도 그냥 그 사람이 마음에 드는 경우가 있습니다. 작가 · 시인은 물론 연예인 스포츠 스타도 있지요. 사회 각계각층이 그 대상이 될 수 있습니다. 가만 생각해 보면 나도 10대부터 그렇게 좋아하는 대상이 많았던 것 같네요. 작품이 좋아 그 글을 쓴 사람이 대부분이었지만 배우 · 탤런트도 있었습니다. 가수로는 양희은 · 김세환 · 트윈폴리오와 조동진의 노래도 좋아했지요. 외국인 중에는 고전음악의 대가들은 물론이고 지휘자나 작곡가를 두루 좋아하기도 했고(지금도 그렇지만) 팝아티스트 중에서도 좋아하는 사람이 많았습니다. 화가 중에는 이중섭의 그림을 가장 좋아했고 지금은 탁용준 · 안명규 화백의 그림이 편안해서 좋습니다. 며칠 전 큰조카가 거금(?)을 들여 콘서트장에 갔다 왔다는 소식을 듣고 그도 삶의 활력이 된다 싶네요.

싱그러운 5월

아름다운 계절입니다. 한껏 푸름을 자랑하는 신록(新綠)이 세상을 푸르게 하고 사그라지는 시대의 역병 또한 찬란한 봄을 선사하네요. 이렇게도 멋진 세상에 감탄이 절로 나옵니다. '계절의 여왕'이라는 말이 그냥 허투루 생긴 빈말이 아님을 체감하며 문인들이 왜 5월을 그렇게 노래했는지를 알 것도 같지요. '5월은 푸르구나' 하는 동요도 생각나고 소설가 정비석은 〈청춘산맥〉에서 "5월! 오월은 푸른 하늘만 우러러보아도 가슴이 울렁거리는 희망의 계절이다."라고 했고 이어령은 「차 한 잔의 사상」에서 "5월을 사랑하는 사람은 생명도 사랑한다. 절망하거나 체념하지 않는다. 권태로운 사랑 속에서도, 가난하고 담담한 살림 속에서도 우유와 같은 맑은 5월의 공기를 호흡하는 사람들은 건강한 희열을 맛본다."라고 했지요. 시인 하이네는 "아름다운 오월이 되어, 꽃봉오리 싹틀 때, 내 가슴도 사랑의 그리움에 싹튼다."라고 했고 정연희 작가는 "오월은 원색의 웃음이 푸른 풀밭에 쉬는 달!"이라고 했으며 최인훈은 「회색인」에서 "나뭇잎 사이로 빠져나와서 잔디에 부딪히는 햇빛도 벌써 달랐다. 봄의 그것처럼 가냘프고 엷지 않고 한결 풍만하게 쏟아붓는 것 같았다."라고.

조카들에게 바라는 것

나는 칠 남매 중 다섯째인데 조카들이 총 열일곱 명입니다. 누님 두 분이 여덟 명, 형님 두 분이 다섯 명, 동생 둘이 네 명이지요. 세월이 흘러 이제 다들 자기 삶의 주인으로 살고 있으니 감사합니다. 포천 누님네 큰조카는 벌써 할머니가 되었습니다. 세월의 힘이지요. 어느 시대인들 삶이 쉽겠습니까만 그래도 조카들이 모두 열심히 살아 주니 감사뿐이네요. 특별히 모난 성격의 주인공이 없다는 것이 제일 행복하고요. 역병과 고물가의 시대를 헤쳐 가야 하는 오늘도 삶은 모두에게 어렵고 힘겹습니다. 함에도 소유로 부모 · 형제는 물론 친인척을 판단하거나 평가하지 않는 그런 인성(人性)을 소유한 조카들이 자랑스럽고 대견합니다. 모든 것이 물질로 평가되는 세상이지만 나는 조카들이 그 어떤 상황에서도 소유 때문에 존재의 가치를 훼손하지 않는 삶을 살아 주길 원합니다. '일가 간의 화목'은 할아버지(고 강명산)의 평생 삶의 철학이었음을 잊지 않길 바라며 무엇보다 모두 건강했으면 좋겠습니다.

내가 쓰는 글

내면의 얼굴이 곧 글이지요. 글을 쓴다는 것은 자기의 속마음을 밖으로 드러내는 행위입니다. 깊은 바다 같은 마음을 겉으로 드러내는 것이 바로 글이 아닐 수 없지요. 글은 어떤 형태로든 자기를 드러내게 됩니다. 아무리 허구(픽션)인 소설을 쓴다 해도 자신의 내면과 100% 동떨어진 글을 쓸 수는 없다는 것이 내 생각입니다. 글을 쓰다 보면 자연스레 내면이 드러납니다. 숨기고 싶어도 숨길 수가 없지요. 소설보다 수필(산문)이 더 그렇고 그것보다 시가 더 그렇습니다. 수필이나 시를 거짓으로 쓸 수 있나요. 그럴 수 없습니다. 허구는 진심이 담겨 있지 않습니다. 그것이 부재한데 누군가의 마음속엘 파고들 수 있을까요. 그것 또한 불가능합니다. 지난봄 눈물을 훔치며 썼던 〈어머니께 드린 열한 번째 편지〉를 읽고 사촌형님은 울면서 전화를 주셨고 몇 분이 잘 읽었다고 연락이 왔네요. 생명 깃든 글의 의미를 다시 생각합니다.

세 번째 대학 졸업을 앞두고

기말시험 마지막 과목의 마침표를 찍으며 '해냈다!' 싶었습니다. 16년 동안의 대장정이었네요. 처음 영어영문학과를 다닐 때 시간이 너무 많이 걸렸습니다. 평생 영어 과외선생으로 지냈지만, 그 실력이란 것이 고작 고등학교 수준을 넘지 못했기에 막상 대학에서 강의하는 원서가 벅찼기 때문입니다. 국어국문학을 전공할 때는 몇몇 까다로운 과목이 없지 않았지만 그래도 영문과에 비하면 훨씬 수월하게 졸업할 수 있었지요. 학교를 옮겨 문예창작학과에 적을 두다 보니 국문과보다 오히려 더 수월하게 졸업을 할 수 있게 되었네요. 마지막 이번 학기에 과제물이 차고 넘쳐 시간에 늘 쫓기긴 했지만 잘 마쳤습니다. 늦은 나이에 어쨌든 1차 목표를 달성했다는 것이 나름 뿌듯하고 이어갈 도전이 행복하게 합니다. 나에게 삶의 신선도 유지는 공부의 끈을 놓지 않는 것이네요.

책을 버리는 진통

몇 년 만에 책장 정리를 시작했습니다. 작은 집에 책이 자꾸 늘어나다 보니 감당이 안 되네요. 읽고 난 책을 꽂을 곳이 없다 보니 그냥 바닥에 쌓아 놓게 되는데 더는 안 되겠다 싶어 시작했는데 이게 보통 일이 아닙니다. 공간을 마련하기 위해서는 기존의 책을 버려야 하는데 이게 참 쉽지 않습니다. 그렇다고 무한 갖고 있을 수도 없는 책들! 어제도 몇십 년 소장하고 있던 책 일부를 버렸는데 찌릿한 아픔이 찾아왔습니다. 어떻게 생각하면 나이도 있고 앞으로 다시 읽을 수 있는 것도 아닌데, 왜 이렇게 내어놓기가 어려울까요. 나에게 진한 자양분을 제공했던 책일수록 이별의 아픔은 더합니다. 책을 오랫동안 소장하는 이유는 사람마다 다르겠지만 나 같은 경우는 각인된 단 한 문장 때문에 버리지 못하는 경우가 대부분입니다. 어제 버린 책 중에 노은 작가의 「키 작은 코스모스」에는 "사랑은 배반으로부터 시작한다."라는 한 문장을 기억하기 때문이었고 1,200자 한자책은 그 책 전문을 다 외웠기 때문이었는데 이별이 쉬울 리가 없네요.

'강서구장애인문인협회' 창립

"평생 시(문학)를 사랑하는 문청(文靑)으로 살면서 18년째 '활짝웃는독서회'를 이끌고 있습니다. 제가 사는 강서구에는 3만여 명의 장애인이 살고 있는데 그중에 글을 쓰고 싶어 하는 단 한 사람에게라도 문인(文人)의 길을 걷도록 인도하는 터잡이 역할을 하고자 합니다. 문학은 힘이 셉니다. 시대의 역병으로 인해 몇 년째 표류하다 이제 돛을 올리게 되었으니 오셔서 축하해 주시면 고맙겠습니다. 2022년 7월 11일 청죽 강남국."

초대의 말에 쓴 내용입니다. 문인에 대한 아득한 소망만 간직한 채 살아온 몸이 불편한 이웃들을 찾아 다양한 문학 이론은 물론 지금껏 경험을 살려 좋은 작품을 만나게 할 참입니다. 문학은 인문학을 토대로 하지요. 문학은 책과 친구가 되게 하고 삶의 품격을 높입니다. 그 키잡이 역할의 첫발이 행복하고 감사하네요.

거대한 시대의 흐름

불과 몇십 년 전만 해도 회갑 잔치를 했었지요. 아버지만 해도 61세에 마을잔치를 하고 63세에 홀연 그렇게 세상을 떠나셨지요. 이제 회갑연은 사라졌고 칠순도 머뭇거리는 사람들이 많아졌습니다. 인간 수명이 그만큼 길어졌다는 것이지요. 지난주 작은 형님의 칠순 모임이 있었습니다. 코로나19로 인해 몇 년을 미뤘는데 삼 남매가 그냥 지나기에 너무 서운하다고 마련한 자리였지요. 초청할 명단을 뽑아 형님 내외한테 보냈더니 단 한 사람도 없다는 답변이 돌아왔습니다. 그냥 형제끼리만 하자는 것이지요. 그래도 그럴 수 없어 친인척 몇 분에게만 알리고 진행했습니다. 식장에서 이 아우의 형님 사랑을 "작은형님 칠순에 드리는 글"을 읽으며 형님 내외의 건강을 기원했습니다. 행복했네요.

보조기

서른넷이던 지난 1990년 여름 처음으로 목발(Crutch)은 물론 보조기(Brace)라는 것과 생활을 시작했습니다. 그것이 없이는 일어설 수도 걸을 수도 없기에 필수품이 됐지요. 처음에는 양쪽 보조기에 목발을 했었는데 걷기 연습 후엔 왼쪽은 떼도 될 것이란 의사 선생님의 말씀대로 그 이후엔 힘이 없는 오른쪽에만 하고 있지요. 어제 세 번째로 보조기를 맞추고 왔습니다. 낡아서가 아니라 세월의 선물인 체형의 변화는 보조기를 자꾸 바꾸게 하네요. 7년 전 200만 원을 주고 했던 것이 언젠가부터 불편해지기 시작했고 더는 사용이 어려워 새로 제작하게 됐지요. 문제는 값이 너무 비싸다는 것이군요. 구에서 지원받을 수 있는 최대 금액은 54만 원인데 220만 원을 달라고 하네요. 내 형편에 그 돈은 거금이 아닐 수 없는데 잠시 망설였지만 길이 없었습니다. 살이 너무 많이 쪄서 그렇다네요. 체중이 늘다 보니 걷는 것이 자꾸 어려워지고 휠체어만 타게 됩니다. 악순환이 아닐 수 없네요. 참고로 흔히 '목발'이라고 하지만 그것은 '지겟다리'의 잘못된 표현이지요.

‘강서구장애인문인협회’ 창간호

‘강서구장애인문인협회’는 2022년 7월 29일 창립하고 힘찬 항해의 돛을 올렸습니다. 그 배의 선장은 나의 오랜 꿈이었고 생애 마지막 몫(使命) 중 하나라고 생각하고 있지요. 지난 18년간 ‘활짝웃는독서회’를 이끌면서 시문학(詩文學)을 전하는 행복이 컸습니다. 좋은 책을 소개하고 시와 소설 그리고 수필 등 여러 장르를 불문하고 매달 40여 쪽의 소식지에 실어 전국에 발송해 왔지요. 강서구장애인문인협회는 지역적인 한계는 있을 수 있지만, 매달 통합으로 만나 문학을 논하고 좋은 책은 물론 삶의 호흡인 인문학의 필요성을 전하는 몫을 하게 될 것입니다. “문청(文青)에서 문인(文人)으로”라는 목적과 삶과 문학을 사랑하는 장애인과 비장애인이 모여 인문(人文)의 숲을 이룰 예정입니다. 창간호(創刊號)를 준비하면서 할 일이 배로 늘었지만, 가슴은 벅찹니다. 욕심 같으나 시문학 전도사로 누군가의 마음속을 파고드는 그런 회지를 만들어 당신을 찾아가겠습니다. 기대해 주십시오.

훌쩍 떠남과 천상의 꽃을 피운 사람들

2022년 올해도 교회에서 떠난 '여름 수련회'에서 추억을 쌓고 왔습니다. 사람은 떠나고 싶을 때 떠날 수 있어야 건강하지요. 하지만 중증 장애인이 어디를 떠난다는 것은 좀처럼 쉽지 않습니다. 자신도 엄청난 용기가 필요하고 권유 또한 쉽지 않지요. 함에도 강 집사는 떠나야 하고 갔다 오면 새 글이 나오지 않느냐며 권유하시는 목사님, 장로님을 비롯한 교우들도 함께 가려는 그 마음이 너무 행복했지요. 남에게 폐 끼칠 것을 뻔히 알면서도 떠날 수 있었던 것은 무엇 때문이었을까요. 짐이 되는 것을 세상에서 제일 싫어하는 성격임에도 벌써 몇 년째 떠났던 것은 그만큼 떠남이 절실했기 때문이지요. 장로님은 몸이 불편한 교우를 위해 방 한 칸은 아래층으로 예약하셨고 식사를 별도로 날라야 했으며 목사님과 번갈아 가며 아래층에 내려와 함께 밥을 먹었습니다. 모든 프로그램을 아래층에서 진행했고 틈틈이 휠체어를 밀어줬지요. 이동할 때마다 휠체어를 차에서 꺼내고 싣는 수고를 해 주신 집사님의 헌신도 잊을 수 없습니다. 추억이 가난한 강 집사를 위해 여의도교회 교우 모두가 '배려'라는 아름다운 천상의 꽃을 피운 2박 3일의 안면도 나들이였습니다. 먼 길 운전으로 수고해 주신 집사님과 처음으로 보령 해저터널을 통과했던 그 뭉클함 또한 잊을 수 없네요.

외운 시 열 편의 힘

문학은 힘이 셉니다. 시 한 편이 인생을 변화시킵니다. 혹시 당신은 시(詩)를 몇 편이나 외우고 계시나요? 시를 열 편만 외워도 인생이 바뀐다고 너스레를 떤 지 퍽 되었습니다. 시의 힘을 믿기 때문이지요. 시를 300여 편 외운다는 분의 강의를 들은 적이 있지만 부럽다는 생각은 들지 않았습니다. 물론 많이 외우면 좋겠지요. 하지만 외운 시가 자기의 삶을 변화시키지 못한다면 그게 무슨 의미가 있을까요. 좋은 시 열 편을 골라 한 번 외워 보세요. 좋은 시를 외우면 우선 마음이 부드러워집니다. 너그러워지고 품성이 고운 살결처럼 반짝반짝 윤기가 흐르게 되지요. 외운 시는 인성을 변화시킵니다. 온화한 성격의 주인공이 된다는 뜻이지요. 시의 매력이 아닐 수 없지요. 이번 안면도 캠프에서 아이들에게 시 3편을 암송하게 했습니다. 선물도 준비했고요. 금세 세 편을 다 외웠고 부모들의 반응도 뜨거웠습니다. 한여름 밤 바닷가 모닥불 옆에서 외운 〈섬〉, 〈풀꽃〉, 〈너에게 묻는다〉 등 세 편은 아마 평생 그들의 기억 속에 펄펄 살아 있으리라 믿습니다.

꽃을 가꾸는 마음

몇 년 전 포천 누님네 마당에서 분꽃 씨를 받아다 동(棟) 주변에 심었지요. 벌써 2년째입니다. 그런데 싹이 날 무렵 누군가 자꾸 뽑아서 나무젓가락에 뽑지 말라는 종이를 붙인 후 열댓 곳에 꽂았더니 그런대로 무럭무럭 자라 꽃을 피웠습니다. 그랬는데 어느 날 나가 보니 길가에 늘어졌다면서 베어 내는 장면을 목격했지요. 들인 정성이 얼만데 이걸 잘랐느냐고 했지만 이미 꽃은 베어진 상태였습니다. 남은 몇 곳에 지지대를 세우며 꽃을 가꾸는 마음을 엿봅니다. 그게 그렇게 좋아요. 땅만 있다면 정말로 원 없이 꽃을 가꾸고 싶어집니다. 내년에는 봉숭아를 심어 볼 예정이네요. 올해처럼 또 몇 번의 전쟁을 치러야겠지만 이 회색의 도시 생활에 그것마저 없다면 얼마나 삭막할까 싶지요. 꽃을 가꾸는 누님의 마음을 이제야 배웁니다.

고향은 거기 있었습니다

시대의 역병인 코로나19로 인해 몇 년 만에 고향 삽시도엘 다녀왔습니다. 태풍이 올라온다는 소식에 일정을 하루 앞당겨 섬에 도착해 작은집에서 모처럼 만에 이야기꽃을 활짝 피우며 고향의 정을 나눴네요. 바다와 산과 마을 전체가 눈에 익지 않는 곳이 없고, 사연으로 얽힌 조상 대대로의 섬 삽시도! 가장 큰 변화는 모르는 사람이 많아졌다는 사실입니다. 세월은 그렇게 빈집의 숫자를 더했고 많은 변화가 있었지만 몇 분 만난 어르신들은 여기가 바로 삽시도 그 영원한 고향임을 다시 일깨워 줬습니다. 일손을 놓고 함께해 준 사촌들과 떠나는 모습을 보겠다고 부두까지 나온 친구 등 모두 행복했지요. 재활치료 중인 고모의 부재는 마을 전체를 쓸쓸하게 했고 그 와중에도 식구들에게 전화로 조카들을 챙기시는 그 자상함은 고모가 아니면 세상 누가 또 대신할 수 있을까 싶어 가슴이 뭉클하기도 했네요. 세상에서 제일 정(情) 많은 연쇄점 작은어머니의 넉넉한 품은 영원한 고향 그 자체였습니다. 1박 2일, 그 짧은 일정으로는 채울 수 없는 아쉬움이 남지만, 태풍에 쫓겨 섬을 빠져나올 수밖에 없었습니다.

시간이 없다

벼르고 별러 몇 개월에 걸쳐 서가(書架)를 정리했습니다. 수십 년을 보관했던 책 중 일부를 들어내긴 했지만, 여전히 포화상태는 계속되고 있네요. 좁은 공간에 몇천 권의 책은 짐이 아닐 수 없습니다. 그렇다고 선뜻 버릴 수도 없는 책. 손때가 묻고 밑줄이 쳐진 책이 대부분이기에 떠나보낸다는 것이 쉽지 않습니다. 오늘 아침에도 면도하면서 보니 거기에 늙어 가는(?) 남자가 있었습니다. 생각하면 다시 읽을 책이 과연 몇 권이나 될까 싶기도 하지요. 나이를 먹는다는 것은 욕심을 버려야 한다는 뜻일지 모릅니다. 쥐었던 손을 펴는 것. 쉽게 말해 풀어야 한다는 뜻이 아닐까요. 오직 그것만이 삶의 최고선(善)이 아닐까 싶지요. 나이가 들어서도 물욕(物慾)으로 가득하다면 거기엔 품위도 없을 뿐더러 향기도 나지 않지요. 새벽이면 늘 한 시간쯤 책을 읽는데 "이 책을 읽기엔 내 나이가 너무 많다." 싶어 또 한 권과 결별했네요.

시가 씌어질 때

시(詩)는 쓰고 싶다고 써지는 것이 아닙니다. 아무리 쓰고 싶어도 단 한 글자도 떠오르지 않을 때가 많아요. 내가 지난 한 달여 간 그랬습니다. 정말로 멍한 상태가 계속되는 것인데 그럴 땐 시와는 완전 담을 쌓고 사는 것 같기도 하지요. 그러다가 깨가 쏟아지듯 그렇게 폭포처럼 쏟아질 때가 있어요. 참 이상한 일입니다. 네루다 시인처럼 시가 찾아온다는 말이 맞는 것 같기도 해요. 작품의 질(質)을 떠나 쓰고 나면 마음이 편안해집니다. 억지로는 쓸 수 없는 시! 물이 위에서 아래로 흐르듯 삶과 시가 일치할 때 좋은 시는 그렇게 써지는 것이 아닌가 싶기도 해요. 그것이 또한 최고라는 생각도 합니다. 꾸며낸 것은 아름답지 않아요. 무위자연(無爲自然)의 이치가 바로 그런 것일까요. 삶이 시이고 시가 삶일 때 자신은 물론 타인의 공감을 얻을 수 있는 그런 작품이 써지는 것 같습니다.

추석

추석은 무엇보다 풍요로워서 제일 좋습니다. 5~60년 전으로 거슬러 올라가 보면 그때는 우선 문이란 문을 다 떼어서 종이를 새로 발랐지요. 누렇게 색이 바랜 종이를 뜯어내고 사 놓은 문종이를 풀칠해 발랐지요. 종이가 뜯어지지 않을 때는 입안에 물을 한 모금 물었다가 푸~우 하고 품기도 했습니다. 장롱에 넣어 둔 새 옷 입을 날을 손꼽아 기다렸던 아련한 추억이 떠오르네요. 그 기다림의 행복! 집 떠난 형제들은 물론 친인척을 만나는 날이 바로 추석이었지요. 그 기다림은 참 설레고 들뜨게 했었습니다. 추석 전날 오후에는 집집이 송편을 빚느라 부산을 피우며 솜씨 자랑을 했고 솔잎 몇 가닥 붙은 송편을 서로 나누며 먹었던 기억도 새롭습니다. 누렇게 익어 가는 들판 풍경은 내 것이 아니어도 마음을 부자로 만들지요. 세상이 변했다고는 해도 추석은 추석입니다. 모처럼의 만남이 두루 행복했으면 좋겠군요. 아침 먹고 발안 형님네로 출발합니다. 명절을 함께 쇨 찾아갈 곳이 있다는 것이 참 행복하군요.

아름다운 전통

올 추석에도 변함없이 발안 형님 댁에서 차례를 지냈습니다. 이제는 전을 부치지 않아도 된다는 발표가 있었지만, 형수님은 그것까지 준비하셨더군요. 매번 그렇지만 형제들과 조카들이 모여 차례를 지내고 나면 마음이 그렇게 편할 수가 없습니다. 물론 수고하시는 형수님과 제수씨 그리고 며느리들의 노고가 없지 않으나 조상 대대로 내려온 차례상의 전통은 참으로 소중하고 옛 선인들의 슬기와 지혜가 듬뿍 담긴 한국인의 얼이자 명절 풍습이라 하지 않을 수 없지요. 차례는 감사의 뜻입니다. 모두 열심히 살아온 격려를 담는 의미이기도 하고, 오늘 내가 먹고사는 것이 하늘의 보살핌이 없이는 가능하지 않기에 마음을 담아 그 은혜를 감사하는 것. 이것을 미신이라 할 수는 없지요. 차례는 지금은 함께하지 못하는 조상에 후손 된 자의 감사이기에 준비하는 과정이 어렵고 힘들어도 계승되어야 할 민족의 전통이라 하지 않을 수 없습니다. 시대가 변하고 모든 가치관이 달라진다 해도 조상 없는 내가 없고, 감사하지 않는 삶을 상상할 수 없기에 차례의 전통은 오늘도 소중하기만 합니다.

갈급한 학문에 대한 욕망

2005년 3월에 방송대에 입학해 영어영문학 · 국어국문학을 전공하고 지난 8월에 경희대에서 '문예창작'을 마지막으로 대학 생활을 일단 마무리했습니다. 일반인들이 초등학교부터 대학을 졸업하는 기간만큼 계속 학교에 다닌 세월이었네요. 대학원부터는 국가장학금 수혜가 없어 결국 이번 학기 대학원 등록을 하지 못하고 내년을 기약(期約)하게 됐지요. 돌이켜보면 마음의 여유는 없었지만, 학생으로 보낸 그 시절이 참 행복했다 싶어요. 끊임없이 뭔가를 배운다는 사실이 그렇게 좋았으니까요. 그래서 다시 돌아가고 싶은지도 모르겠습니다. 내 삶과 문학을 위해서도 배움을 멈출 수 없기에 다시 도전하려는 것이지요. 도전은 아름다운 것이니까요. 아무것도 하지 않는 것은 인생에 대한 직무유기(職務遺棄)지요. 해야 합니다. 없는 길도 내가 가면 만들어지는 법임을 모르지 않기에 다시 열정을 불태웁니다. 아직은 이 불꽃이 뜨겁다는 사실 하나가 나의 가장 큰 밑천이군요.

지(知·앎)와 지혜

안목(眼目)이나 식견(識見)은 세상을 넓게 볼 수 있는 쌍(줌)안경이지요. 그것 없이는 큰 사람이 될 수 없습니다. 생각해 보면 나는 평생 앎과 지식을 배고파했던 것 같네요. 그런 의미에서 '지(知)' 자(字)는 참 매력적인 단어입니다. 문제는 지식은 저절로 터득되지 않는다는 사실이지요. 스스로 노력해야만 자기 것으로 만들 수 있는 것이 한계입니다. 나라와 문화마다 조금씩 차이가 있지만, 세상에는 보편적인 상식이라는 것도 있지요. 나를 이루는데, 지식은 참 중요합니다. 특별히 자기가 몸담은 분야(分野-Field)에서는 더욱 그렇지요. 하지만 나이가 들어가면서 지혜(智慧)가 그것보다 훨씬 더 소중하다는 것을 깨닫게 됩니다. 그래서 나이는 힘이 세다 할 수 있지요. 지식이 있고 없고를 떠나 지혜가 부족한 것은 그 사람의 큰 흠이자 결점이 아닐 수 없다는 것이지요. 지식도 소중하지만 이제 나이가 들어간다는 것은 더욱 지혜를 구해야 할 때라는 생각이 자꾸 듭니다.

깨어 있는 삶

"삶은 신선해야 한다." 가만 생각해 보면 지금도 그렇지만 지난날 내 삶의 철학은 이 한마디로 집약될 수 있을 것 같습니다. 문제는 그 신선도를 어떻게 유지하느냐였지요. 시장에서 채소를 사다 냉장고에 넣어도 시간이 지나면 시들해집니다. 삶의 신선도는 저절로 그냥 유지되는 것이 아니기에 노력하지 않으면 신선도를 잃게 되지요. 그것을 잃으면 삶은 매너리즘에 빠집니다. 무서운 일이지요. 독창성을 잃는다는 것은 곧 내가 나로 살지 못할 때 나타나는 현상입니다. 망가지는 줄도 모르는 새 무너지는 것을 우리는 주변에서 너무 자주 봅니다. 안타까운 일이지요. 삶은 갈고 닦을 때만 빛이 납니다. 지푸라기에 재를 묻혀 밥그릇 · 국그릇이었던 놋쇠를 닦으면 반짝반짝 빛이 났지요. 그렇다면 내 눈에 낀 백태는 무엇으로 벗겨 낼 수 있을까요. 오늘도 멈출 수 없는 생의 과제입니다. 아무짝에도 쓸모없는 인간이 되지 않기 위해 정녕 멈출 수는 없는 살아 있는 자의 몫(使命)이 아닌가 싶습니다.

후회

모든 순간이 꽃봉오리인 것을

정현종(鄭玄宗 · 1939~)

나는 가끔 후회한다
그때 그 일이
노다지였을지도 모르는데……
그때 그 사람이
그때 그 물건이
노다지였을지도 모르는데……
더 열심히 파고들고
더 열심히 말을 걸고
더 열심히 귀 기울이고
더 열심히 사랑할 걸……

반벙어리처럼
귀머거리처럼
보내지는 않았는가

우두커니처럼……

더 열심히 그 순간을

사랑할 것을……

모든 순간이 다아

꽃봉오리인 것을,

내 열심에 따라 피어날

꽃봉오리인 것을!

후회(後悔)는 인생을 살다 보면 자연스레 남지요. 마치 커피를 내리고 난 후 찌꺼기가 남는 것처럼 말입니다. 그것 없이 산 사람이 있을까 싶지만 지나고 보면 응어리로 남아 있는 경우가 많습니다. 후회는 돌이킬 수 없는 것이 있는가 하면 좀 늦었지만, 다시 시작해 볼 수 있는 것으로 나눌 수 있을 것 같네요. 엎어진 물처럼 돌이킬 수 없는 것은 어쩔 수 없습니다. 후회해도 소용없지요. 되풀이하지 않으려 노력할 뿐이지요. 그것은 되돌릴 수 없기 때문입니다. 하지만 이제부터 시작할 수 있는 것은 그래도 덜한 편입니다. 도전하면 되니까요. 나에게 돌이킬 수 없는 것은 '사랑'이고 다시 시작하고 싶은 것은 '불문학(佛文學)'과 '클래식 기타'입니다. 당신은 어떤가요? 정현종의 〈모든 순간이 꽃봉오리인 것을〉 작품을 다시 읽어 보네요.

범죄를 줄이는 힘

일반적으로 종교의 역할을 이야기할 때 맨 먼저 떠오르는 것은 정화(淨化)입니다. 정화란 '불순하거나 더러운 것을 깨끗하게 함'이란 뜻이지요. 아리스토텔레스의 「시학(詩學)」에 나오는 카타르시스의 뜻으로 해석되기도 하지요. 종교는 내세(來世)의 구원론에 앞서 사람의 마음을 순하게 하는 역할을 합니다. 믿는 사람이 많다면서 세상이 맑아지지 않는다는 것은 종교가 제 역할을 못하고 있다는 뜻이 될 것입니다. 반면 문학은 어떤가요. 좋은 시는 사람의 마음을 깨끗하게 하고 정화하는 엄청난 힘을 갖고 있습니다. 그런 면에서 유교 경전 중 하나인 「시경(詩經)」 305편은 동양 최고의 시집이 아닐 수 없지요. 「시경」은 종종 서양의 「일리아스」와 비교되곤 합니다. '풍(風)', '아(雅)', '송(頌)'의 3부로 나누어서 편집되었지요. '풍(風)'은 민요, '아(雅)'는 연석(宴席)의 노래, 소아 74편과 대아 31편은 조정에서 불렸던 것, '송(頌)' 40편은 왕조 · 조상의 제사를 지낼 때의 노래입니다.

몸이 자꾸 아프다는 것

언젠가부터 왼쪽 어깨가 아프기 시작했습니다. 특별히 휠체어에 올라갈 때나 목발을 짚을 때 팔에 무리를 주기 때문인데 묘안이 없네요. 외과에서 3주간 주사를 맞아 보기도 했고 다시 가 보기도 했지만, 효과가 없었고 파스는 매일 붙여야 그래도 잠을 잘 수 있네요. 지난주에 통증클리닉에서 치료를 받고 조금 나아진 상태입니다. 문제는 그곳에서는 보험이 안 돼 전액 자부담을 해야 한다는 사실이군요. 며칠 있다 다시 가야 합니다. 아프다는 것! 장애인으로 나이가 들어간다는 것이 어찌 자잘한 질병과 결별할 수야 있을까요 만, 불편하다는 사실입니다. 어디가 아프다는 것은 경제적인 문제도 그렇지만, 삶의 질을 떨어뜨리는 주범이 아닐 수 없습니다. 살아 있기에 겪는 것이라 여기며 참아 보려 하지만, 불편은 어쩔 수 없네요. 아프지 않고 살 수 있는 사람은 아무도 없다는 원론적 이치가 아프게 합니다.

요원한 삶과 시의 일치

평생 문학을 사랑하는 문청(文靑)으로 살면서 책을 몇 권 쓰고 싶다는 욕망을 가졌었지요. 하지만 글을 쓰는 문재(文才)가 없는 탓으로 그것은 결코 쉬운 일이 아니었습니다. 생각하면 내 철학과 사상은 물론 세상을 보는 따뜻한 안목의 부재가 제일 큰 결점이기도 했고요. 평생 매달 십여 권의 책을 읽어 온 것도 다 그 부재의 골을 메우기 위함이었는지도 모르겠습니다. 내가 가진 지식을 타인에게 전하는 것도 쉬운 일은 아니지만, 내 사유(思惟)의 응어리를 글로 풀어낸다는 것 또한 절대 쉽지 않았습니다. 써 놓은 글을 다시 읽어 보면 낯을 들 수 없을 정도로 치부 그 자체였던 때는 또 왜 그렇게 많았던지요. 오늘 여섯 번째 책의 초고를 출판사에 넘기면서 아침부터 두 번을 정독(精讀)했는데 참담한 심정입니다. 지난 2년여 머리를 쥐어짜며 써낸 시작(詩作)이라고 하기엔 너무 초라하고 부끄러웠네요. 김용택 시인의 표현처럼 쥐어짜는 글은 좋은 작품이 못 된다고 했는데 삶이 곧 시(詩)가 되지 못한 탓인가 싶습니다.

가을이면 생각나는 시와 노래

가을은 사색의 계절이지요. 지난 주말 선유도 공원에 갔었는데 청명한 하늘 아래 모든 것이 선물처럼 조화를 이루고 있었습니다. 가을만 되면 몇 편의 시가 떠오르고요. 우선 고은의 〈가을 편지〉와 서정주의 〈푸르른 날〉·〈국화 옆에서〉, 라이너 마리아 릴케의 〈가을날〉도 떠오르고 김현승의 〈가을의 기도〉와 안도현의 〈가을 엽서〉도 생각납니다. 〈갈대〉라는 작품에서 신경림은 '언제부턴가 갈대는 속으로 조용히 울고 있었다'라고 표현했고 나태주는 〈멀리서 빈다〉에서 '가을이다, 부디 아프지 마라'라고 했지요. '지금 당신을 사랑하는 내 마음은 가을 햇살을 사랑하는 잔잔한 넉넉함'이라고 도종환은 〈가을 사랑〉에서 읊었으며 황동규는 그의 시 〈시월〉에서 '내 사랑하리 시월의 강물을'이라고 했습니다. 가을은 또한 노래의 계절이기도 했지요. 박강수의 〈가을은 참 예쁘다〉와 김동규가 부른 〈시월의 어느 멋진 날에〉가 입가에 맴도네요. 가을처럼 당신을 사랑합니다.

커피 두서너 잔 값이면

강서구 마곡지구는 말 그대로 뽕나무밭이 변하여 푸른 바다가 된다는 상전벽해(桑田碧海)의 전형이지요. 불과 일이십 년 사이에 논이었던 곳이 화려한 도시의 중심이 되었습니다. 특별히 점심때 그곳을 지나다 보면 많은 젊은이들이 너나없이 커피잔을 들고 이동하는 모습을 볼 수 있지요. 시대의 흐름(경향-트렌드)이 그런 모양입니다. 그럴 때마다 '저 커피가 시집이었다면!' 하고 엉뚱한 생각을 하곤 하지요. 특히 젊은이들이 시 한 편을 읽는 멋과 여유를 회복했으면 얼마나 좋을까 싶지요. 커피 두서너 잔 값이면 시집 한 권을 살 수 있는데 책을 든 청년은 눈을 씻고도 볼 수가 없습니다. 물론 커피도 마셔야지요. 하지만, 말(언어)로 빚은 술인 시를 읽으면 마음과 시간이라는 사랑을 지불한 만큼 보답을 확신합니다. 그러기 위해서는 우선 시인들이 좋은 시를 써야겠지만 독자 또한 시를 좀 더 가까이했으면 좋겠습니다. 하늘은 맑고 푸른데 시 한 편, 책 한 권 읽는 당신은 더 아름답기 때문입니다.

나의 시론(詩論)

생각해 보니 평생 시(詩)를 읽어 왔습니다. '활짝웃는독서회'를 창립하면서부터는 아예 '시 전도사'로 활동 중이지요. 나를 행복하게 한 좋은 작품을 골라 이웃에게 전하겠다는 마음 하나로 시작했으니까요. 벌써 18년의 세월이 흘렀습니다. 생각해 보면 엄청난 양의 시를 읽은 것 같아요. 그러면서 도대체 좋은 시란 어떤 것인가를 많이 생각했습니다. 물론 그 기준은 매달 만드는 회지에 실을 수 있는가였지요. 그 첫째는 난해해서는 안 된다는 것이었습니다. 오늘날의 시가 너무 어렵다는 사실을 부인할 사람은 없을 것입니다. 그리고 너무 길어요. 한국의 대표적인 시집 출판사 네 곳을 뽑으라고 한다면 나는 서슴없이 문학과지성, 창비시선, 민음의 시, 문학동네 시인선을 들고 싶은데 거의 다 어렵습니다. 평론가나 교수들만 이해하는 시는 사랑받기가 어렵습니다. 읽어도 무슨 말이고 무슨 뜻인지를 모릅니다. 특히 젊은 시인들이 그렇게 씁니다. 자신은 알고 쓰는지 의심이 갈 정도입니다.

어머니 생신이었던 날

음력으로 구월 스무엿샛날은 어머니의 생신날이었습니다. 지난 9월 26일 12주기 제사를 모셨지요. 세월이 흘러도 어머니에 대한 그리움은 조금도 사그라지지 않고 선명하기만 하네요. 누군들 그렇지 않을까만 나에게 어머니는 생명의 근원을 넘어 삶의 원류(源流)입니다. 나무를 키우는 시냇가의 물 같은 존재지요. 오늘 내가 바른 생각과 행동으로 잘 살지 않으면 어머니한테 부끄러운 존재가 되는 것이기에 늘 정신을 똑바로 차리게 하는 어머니입니다. 생각해 보니 어머니는 89년의 지상 소풍을 마치고 떠나셨어도 여전히 힘이 셉니다. 아주 오래전 어머니의 멍든 가슴에 웃음꽃을 선사하고 싶었습니다. 그러던 어느 날 선물처럼 '잘 살아야 한다.'라는 생각 하나가 내 삶을 뒤흔들었지요. 높으신 분의 은혜였습니다. 그것의 실체가 무엇인지도 모르면서 얻었던 해답이었고 나의 오늘은 평생 그 약속을 지키기 위한 여정이었는지도 모르겠습니다. 어머니, 사랑합니다.

우리가 물이 되어 만난다면

사람은 수많은 관계 속에 살아갑니다. 그 관계가 원만한 사람도 있지만 그렇지 않은 경우도 흔하지요. 이웃이 없이 홀로 살아가는 사람들도 많습니다. 개인의 성격 탓도 있지만 시대의 거대한 흐름(時流)도 무시할 수 없지요. 가난하고 소외된 사람들을 가까이하는 사람이 과연 얼마나 될까요. 존재는 소유에 밀린 지 오래입니다. 이것이 참 안타까워요. 소유로 사람을 평가하는 현실이 참담하기도 한데 이 흐름을 박차고 뛰어나올 상황도 아니라는데 문제의 심각성이 있군요. 사회관계망(SNS)에 형성된 인간관계가 그렇게 중요할까 싶은데도 그 숫자로 자신을 평가하려는 경향이 뚜렷한 시대이기도 합니다. 사람을 사랑할 때만 세상은 밝아집니다. 뉴스에 등장하는 수많은 이야기가 오늘 안타깝게 하는 것은 존재보다 물질을 우선하기 때문이지요. 모든 생명을 소중히 여길 때만 미래가 있고, 정과 사랑이 살아나 살 만한 세상이 되지 않을까요. 나부터 어느 가문 집의 물이 되고 싶습니다.

부모님 제사상 앞에 앉으면

어떻게 사느냐는 평생을 배워야 하는 모두의 과제입니다. 그래서 쓴 졸작이 바로 〈배우는 데 전 생애를 요하는 것〉이지요. '어떻게 사는가' 이게 전문(全文)입니다. 나이를 먹어 가면서 지식은 그렇게 중요한 것이 아니라는 사실을 새삼 깨닫습니다. 세상의 모든 지식이 손바닥에 있는 시대에는 더 그렇군요. 지혜는 지식과는 비교도 할 수 없을 만큼 소중한 삶의 자산입니다. 나이를 먹어 가면서 체득하게 되는 것은 솔직히 지식은 아무것도 아니라는 사실이군요. 그만큼 지혜가 필요하고 소중하다는 것이네요. 며칠 전 아버지 41주기 제사를 끝으로 내년부터는 어머니와 합동으로 모시기로 형제간 합의를 보았습니다. 시대의 흐름이기도 하지만 아쉬움이 없지 않네요. 늘 그렇지만 부모님의 제사상 앞에 앉으면 오늘 내가 과연 잘살고 있는가 하고 자문하게 되지요. 남은 세월이 많지도 않지만, 잘 사는 길 외에는 다른 방법이 없는 것 같습니다.

7부

나이가 깨닫게 해 주는 것들

감사하게도 나이를 먹어 가면서 새롭게 깨닫게 되는 것이 참 많습니다. 그중 하나가 바로 노인은 도서관과 같다는 사실이군요. 노인은 지혜가 많습니다. 세월에 터득된 지혜는 낡은 무용의 것이 아닌데도 현실은 그렇지 않은 경우가 안타깝지요. 또 하나는 미리미리 제2 혹은 제3의 여정을 마련하지 못한 분들이 많다는 사실인데 일선에서 물러난 후 경제적인 궁핍으로 인해 고통을 겪는 분들이 가장 안타깝지요. 나는 칠십이 넘으신 친인척을 만나면 소액이라도 용돈을 드려야 한다고 생각합니다. 그것이 바로 지금까지 나를 아껴 주고 사랑해 주신 보은의 보답이기에 그 돈만큼 가치 있는 것이 또 있을까 싶기도 해요. 세상의 이치란 것이 참으로 묘해서 풀면 채워진다는 사실이군요. 삶의 알곡과 만나는 가장 큰 행복은 두 손을 펴는 데 있고, 잔뜩 쌓아 놓고 풀 것이 없다는 사람이 이 세상에서 가장 가난한 사람임을 깨닫습니다.

트라우마

트라우마가 많은 시대입니다. 잘 아시는 것처럼 트라우마(trauma)란 의학에서는 외상이란 뜻이지만 정신의학에서는 정신적 외상, 마음의 상처, 쇼크 등을 이르는 말이지요. 요즘에는 이 말을 모르는 사람이 없습니다. 그만큼 상처가 많은 시대라는 뜻이지요. 국가는 물론이고 개인적으로도 이런저런 상처가 많습니다. 타인이 겪으면 1%도 내가 겪으면 100%가 되는 법이기에 상처는 깊을 수밖에 없지요. 도저히 있을 수 없는 일이 일어나거나 특별히 믿는 도끼에 발등을 찍히면 말이나 글로는 표현할 수 없이 상처는 크게 와 닿지요. 세월에도 낫지를 않는 경우도 또한 많습니다. '좀처럼 헤어나기 힘든 깊은 구렁'을 뜻하는 심연(深淵)은 삶의 활력을 꺾고 생의 의지를 좌절시키기도 하지요. 하지만 벗어나야 합니다. 이미 엎질러진 물일 경우는 더하지요. 인간적인 배신에 절망만 하고 있기엔 오늘 하루가 너무 소중하기 때문입니다.

첫 시집

「세상의 말 다 지우니」란 첫 시집이 나왔습니다. 아주 오래전에 쓴 것도 있지만, 지난 일이 년 사이에 집중적으로 쓴 것이지요. 숫자로는 200편을 실었으니 시집치고는 두툼한 편입니다.

20대에 써 놓은 책 한 권 분량의 원고는 거들떠보지도 않았네요. 여섯 번째 책이지만 시집은 처음이어서 반응이 궁금하기도 합니다. '아포리즘적 한 줄 명상 시'인데 아마 최초의 시도가 아닐까 싶기도 해요. 타인의 작품세계를 모방하려 하지 않았고 시(詩)의 전형적인 형식을 모두 배제하고 나만의 독창성을 한껏 담으려 했습니다. 누가 뭐라고 해도 나는 이렇게 쓴다는 오기 같은 것도 있었지요. 평가는 나중이고 우선은 누구든 내 작품을 읽을 때 이해할 수 있어야 한다는 것이 나의 시론(詩論)이기에 단언컨대 어렵지는 않습니다. 현대의 난해 · 장시에 질린 탓도 있는 것 같습니다. 시집이란 이름으로 처음 나왔기에 설렘이 없지 않네요.

지은 책(저서)을 전하는 행복

책이 출간될 때마다 형제 · 친인척은 물론 지인들에게 책을 전하고 있습니다. 어떤 분야든 저서 한 권엔 내 삶과 철학이 모두 담겨 있지요. 어느 땐 치부의 속살을 들킨 것 같기도 합니다. 그런데도 전하는 것은 좀 읽어 달라는 무언의 뜻이 담겨 있지요. 책을 좀처럼 읽지 않는 시대에 책을 전한다는 것이 어떤 의미일까 싶기도 해요. 책이 짐이 되는 시대의 아픈 현상이기도 합니다. 그러면서 내 책을 전하지 않으면 서운해할 사람이 누굴까 하고 생각해 보네요. 답은 쉽게 나와요. 누군가 아는 사람이 책을 냈는데 나한테 전해 주지 않는다면 내가 얼마나 서운할까 싶은 그 사람에게만 역으로 사인해서 보내고 있습니다. 받는 사람의 반응도 완전 제각각인데 어떤 사람은 책값은 드려야지요 하면서 호주머니를 뒤적뒤적하다 만 원짜리 한 장을 쓱 꺼내 주기도 하고 어느 분은 봉투를 건네주시는 분도 계십니다. 특별히 출간을 축하하며 저자의 곳간을 채워 주시는 분들 덕에 다음 책을 또 준비할 수 있는 발판이 됨도 사실입니다.

일치된 삶과 문학

글을 잘 쓰는 사람들을 보면 부럽습니다. 어쩌면 이렇게 글을 잘 쓸까 싶지요. 좋은 글은 우선 짧고도 선명합니다. 함에도 담긴 뜻은 심해처럼 깊지요. 삶의 고수여서 그럴까 하고 생각해 보면 꼭 그런 것 같지도 않습니다. 젊은 세대에서 특히 좋은 글을 쓰는 사람들이 많은 것을 보면 생각이 달라지기도 하지요. 소설은 특히 젊은 작가들이 잘 씁니다. 인생의 경험이 풍부해야만 좋은 글을 쓰는 것은 아닌 것 같지요. 이상, 윤동주, 기형도, 김유정, 박인환, 전혜린, 김소월 등 젊어 요절한 시인들이나 겨우 25세에 세상을 떠난 나도향과 같은 작가만 봐도 그런 느낌이 없지 않습니다. 외국도 다르지 않지요. 다리를 약간 절었고 서른여섯에 요절한 바이런은 특히 더합니다. 스물네 살에 펴낸 시집 「차일드 해럴드의 순례」로 그는 19세기의 슈퍼스타가 되었지요. 바둑 또한 20대 초반이 절정기라고들 합니다.

책을 몇 권 내면서 새롭게 깨닫게 되는 것은 좋은 삶을 살지 않으면 좋은 책을 세상에 내놓을 수 없다는 사실이군요. 삶과 문학이 따로 떨어져 있는 것이 아니라 오늘의 일상이 곧 시일 때 최고의 문학은 탄생하는 것 같습니다.

가까이하기엔 너무 먼 당신

세상을 살다 보면 수많은 사람을 만나게 됩니다. 사람은 외형도 그렇지만 성격 또한 같지 않지요. 모든 사람의 생각이 다릅니다. 어떻게 생각하면 이렇게 다른 사람들 틈바구니에서 오늘 내가 생명을 유지하며 살아간다는 것 또한 기적이 아닐 수 없네요. 다름이 창조해 가는 삶의 지혜와 슬기가 참 아름답기도 합니다. 문제는 모두가 제각각인 이 사람들이 어떻게 조화롭게 살아갈 수 있느냐 하는 것이군요. 그것은 바로 보편적이고 평균치 적인 인간의 심성(心性)과 사회성이 존재하기 때문이 아닌가 싶기도 합니다. 나는 개인적으로 남을 가엽고 불쌍히 여기는 연민(憐憫)의 정이 없는 사람을 사랑하지 않습니다. 가까이하기엔 너무 먼 당신이지요. 드라마 혹은 영화를 보다 눈물을 훔치는 사람은 아름답지요. 주책이 아닙니다. 그것은 바로 그의 가슴에 펄펄 살아 있는 연민의 정이 작동하고 있기 때문이지요. 내 남편 혹은 아내가 무엇인가를 보다가 종종 눈물을 흘리는가요? 당신은 이 세상에서 최고로 멋진 남편 혹은 아내와 사는 행복한 사람입니다. 울고 있는 당신도 아름다운 사람이고요.

청천벽력(靑天霹靂)

맑게 갠 하늘에서 치는 날벼락이란 뜻으로, 뜻밖에 일어난 큰 변고나 갑자기 생긴 큰 사건의 비유를 말할 때 쓰는 말이지요. 아연실색(啞然失色)도 유사한 표현 중 하나입니다. 사람의 일생 중에 이런 일이 없지 않지만 겪어야 하는 처지에 놓이면 그것이 얼마나 큰일인가를 다시 깨닫게 되네요. 바로 아래 아우가 직장 정기검진에서 이상소견이 발견돼 대학병원에서 정밀 검사를 받은 결과 췌장암 3기를 넘어 4기로 향하고 있다는 검사 결과에 칠 남매는 물론 집안이 발칵 뒤집힌 상태네요. 이미 다른 장기에도 전이가 시작됐으며 수술은 할 수 없고 항암치료 외엔 다른 방법이 없다는 결과가 나왔습니다. 하필이면 생존율이 10% 미만에 한시적인 생명 기간 또한 최악의 상황에서 당혹함은 물론 그냥 얼어붙은 상태가 계속되고 있네요. 받아들일 수 없는 현실에 마음을 태우며 이어 가는 일상이 위태롭기만 합니다. 그래도 "아우여, 생명은 철저히 신의 영역이니 믿고 기도하라."는 말밖에는 할 말이 없는 상태입니다.

칭찬과 격려

지난달「세상의 말 다 지우니」가 출간된 이후 칭찬과 격려가 거의 매일 이어지고 있네요. '시집'이란 이름을 입은 이 책은 기존 문학의 형식을 벗은 탈 장르 형식이다 보니 읽는 사람에 따라서는 당혹스럽기도 하다는 전언을 듣기도 했습니다. 한국 아동문학계의 대부인 이준관 시인은 "…시집 출간을 축하드립니다. 한 행 속에 깊은 뜻이 함축된 시, 인상 깊게 읽었습니다. 짧은 한 행의 시이지만 의미는 우주만 합니다. 세상의 휘황찬란한 말을 다 지우고 아침 이슬처럼 맑은 시심만 담은 시집 잘 읽었습니다. 시집 축하드립니다."라고 하셨고 조경희 화가는 "이건 공기압축기로 공기를 빼낸 것보다 더 큰 함축, 어떻게 이렇게 간결하게 표현하심에 놀라웠습니다." 또 작가 한 분은 "예리하신 사고력과 사물을 꿰뚫어 보시는 정확한 판단력과 인간을 사랑하시는 따뜻한 마음이 같이 어우러져 만들어 낸 영적인 아름다운 시구들이라는 생각이 들었습니다.", "시를 곱씹어 읽을수록 복잡한 현대인에게 꼭 필요한 詩!"라는 평도 있었네요.

잘 살아 줘서 고마워요

나보다 열두 살이 많은 지인 할머니한테서 잠깐 만나자는 연락이 왔습니다. 인근 복지관에서 같은 봉사자로 만나 인연을 이어 오고 있는 분이지요. 매년 신간이 나올 때마다 책을 전해 주셔서 처음이 아닌데도 새로 나온 시집 「세상의 말 다 지우니」는 전율할 만큼 감동이 컸다고 했습니다. 200편을 다 읽고 났을 때 절로 감사가 나왔다고 하시네요. 중증의 장애를 향기 나는 삶과 문학으로 극복하고 이렇게 짧게 압축한 맑은 시어(詩語)에 담아낸 생철학이 너무 감사해 눈시울을 붉혔다고요. 평생 상처 진 삶을 끌어안고 애무하며 형극 같은 가시밭을 헤쳐 온 삶에 무엇이라도 마음을 전하지 않고는 견딜 수 없어 연락했노라고요. 그러면서 "지금까지 잘 살아 줘서 고맙습니다."라며 하얀 봉투를 꺼내셨습니다. 극구 사양했지만, 할머니는 이미 손을 흔들며 저만치 자리를 뜨셨지요. 뭉클한 마음을 안고 집에 돌아와 봉투를 열어 보니 5만 원짜리 열 장이 들어 있었습니다.

아우를 응원하며

동생이 아픕니다. 많이 아픕니다. 오늘 2차 항암치료를 시작하는데 잘 견딜 수 있길 바라고 응원하네요. 누구도 대신해 줄 수 없는 무력함이 인간의 한계를 절감케 하지만 살아야겠다는 의지(意志)만은 놓지 말기를 기도합니다. 망망대해 엎어진 배 위에 매달려 있는 심정일 텐데 그래도 살 수 있다는 생명의 불씨가 하늘에 닿아 생의 찬란한 불꽃으로 활활 타올랐으면 좋겠습니다. 열심히 살아온 아우! 뜻밖에 찾아온 병마(病魔)가 화마처럼 엄습해 왔지만 이겨야 합니다. 무너진 땅을 딛고 일어서듯 생의 불꽃을 붙잡아야 합니다. 바로 오늘이 선물인 것은 죽은 자들에게는 주어지지 않았기 때문이지요. 병마와의 동행(同行)도 생각해 볼 수 있겠습니다. 같이 가는 것이지요. 인간사에 행 · 불행이 함께하는 것처럼 말입니다. 의지가 제일 중요합니다. 백 세가 다 되신 삼촌의 금일봉이나 친인척이 봉투에 마음을 담아 전해 오는 것도 반드시 극복하고 살아나야 한다는 격려이며 응원이겠지요. 아우여, 일어나시게. 의지의 불꽃을 피워 다시 돌아오시게. 그리고 사랑합니다.

행복을 주는 사람?

지난 연말에 편지 한 통을 받았습니다. 자필 편지를 받기는 오랜만이었습니다. '활짝웃는독서회'와 '강서구장애인문인협회'에서 활발하게 시를 쓰며 활동 중인 친구였지요. 매달 회지에 글을 쓰고 또 한 달에 한 번이지만 만나 그 작품을 읽고 다 함께 소감을 나누는 그 시간이 그렇게 행복하다는 것이었습니다. 그래서 회장님이 감사하다네요. 편지를 읽어 내려가면서 노랫말이 떠올랐습니다. "당신이 나를 행복하게 해요(You make me happy)!"와 "그대 내게 행복을 주는 사람"이 입가에 맴돌았지요. 과연 내가 살아온 날들이 누군가를 행복하게 했던가 싶기도 했고 나를 그렇게 생각해 준 그 마음이 고맙기도 했습니다. 오늘 내가 나와 타인을 행복하게 할 수 있다면 어렵고 힘들어도 괜찮은 삶이 아닌가 싶어 '계속 고(Keep on running)!'를 외쳤네요. 아자!

설맞이

2023년 설이 며칠 남지 않았습니다. 경제는 물론 모든 것이 예전과 같지 않다지만 그래도 명절이 돌아오면 친인척은 물론 가까운 분들에 대한 작은 선물을 준비하네요. 그 마음이 참 좋습니다. 하지만 선물은 고르기는 생각보다 어려워요. 그 사람에게 꼭 필요한 것을 하고 싶지만, 그게 생각보다 어렵습니다. 그래도 그 과정은 행복 자체입니다. 사람 사는 냄새가 나서 더 좋지요. 선물에는 정과 사랑이 담겨 있어 소중하지요. 전하는 행복보다 더 큰 것이 또 있을까요. 중요한 것은 마음입니다. 벌써 몇 년째 명절이 돌아오면 선물을 갖고 찾아오시는 분이 계시는데, 어제도 그랬습니다. 마음이 뭉클해요. 바리바리 준비하셔서 찾아오시는데 받을 때마다 갚을 길 없는 빚의 마음이 없지 않으나 그냥 감사하고 행복합니다. 그 마음이 그렇게 좋아요. 다녀가시고 나면 꼭 감사의 마음을 담아 몇 글자 올리는데 그럴 때마다 이게 바로 신앙의 본질이 아닐까 싶지요. 어떻게 생각하면 명절은 한 번 더 내가 살펴봐야 할 사람이 있다는 것을 깨닫게 해 주는 것 같습니다.

나에게 쓰는 편지

남국아,

그래 여기까지 잘 왔어. 66년의 생애 동안에 어려움 아닌 세월은 없었지. 지독한 장애를 안고 사랑할 수 없는 세상과 자기 삶을 끌어안고 여기까지 올 수 있었구나. 감사하다. 특별히 문학의 향기를 세상에 전하는 문학(시) 전도사로 몫을 다 할 수 있어 감사하다. 중증의 장애를 안고 산다는 것은 지독한 외로움이기도 하지. 그래도 잘 참고 견디었다. 그게 자랑스러워.

지상에 여섯 권의 책을 냈고, 또 몇 권의 책과 만날 그날까지 도전하려는 그 마음이 자랑스러워. 고맙고 감사하다. 대학에서 영문학, 국문학, 그리고 문예창작 등을 전공했지만, 학위가 없는 것이 오늘도 학문의 꿈을 잇게 한다. 그래 해 보자. 문학박사 학위를 취득하는 그날까지… 도전은 찬란하지 않을 수도 있어. 그래도 괜찮아. 정말로 괜찮아. 여기까지 왔잖아. 힘내자.

* 이 글은 지난해 말 교회의 한 프로그램에서 쓴 것임.

시대의 물결

벼르던 테이프 정리를 시작했습니다. 불과 몇십 년 전만 해도 음악은 테이프에 담겨 판매됐고 필요한 것은 녹음해서 저장했지요. 개인적으로는 좋아하는 목사님의 설교는 물론 대학 교재, 부모님의 육성이나 행사 내용 등 종류도 여러 가지였습니다. 음악을 좋아하던 세상 떠난 친구가 선곡해서 녹음해 준 것도 몇 개가 있었습니다. 그중에 일부는 녹음파일로 저장해서 보관하려고요. 세월은 무서울 만큼 힘이 셉니다. 삶을 바꾸는 역할 또한 세월이 하지요. 예전에는 자동차는 물론 오디오 하면 기본적으로 카세트 삽입 데크가 있었습니다. 하지만 지금은 찾아볼 수 없지요. 시대는 정말로 많은 것을 바꿔 놓습니다. 생각하면 참 아련하기도 하네요. 그러면서 그 시절이 그리워지기도 합니다. 이런 시대의 물결은 그 누구도 거스를 수 없는 것 같네요. 이 거대한 시류(時流)에 누가 반기를 들 수 있을까 싶어 아득해지기도 합니다.

향기와 품격

지상의 모든 꽃에는 나름의 향기가 있습니다. 향기가 없다면 그것은 조화지요. 조화는 조화일 뿐 생명이 없습니다. 그렇기에 생화와는 비교할 수 없지요. 또 하나 차이가 있다면 생화는 하나님이 만들고 조화는 인간이 만든다는 사실입니다. 길에 널린 쓰레기를 가만히 살펴볼 때가 있는데, 그것은 모두 인간이 만든 것이라는데 놀랄 때가 있습니다. 신이 만든 것은 쓰레기가 없어요. 지상에 있어야 하기에 잠시 존재했다 다시 흙으로 돌아갑니다. 사람에게도 격이 있지요. 품격(品格) 말입니다. 사람이라고 다 같지 않아요. 인간이라는 하드웨어는 같지만, 그 안의 소프트웨어는 천차만별입니다. 사람마다 다 다르다는 사실이지요. 그 다름이 하나로 조화로운 화음을 낼 수 있다는 사실은 정말로 놀랍습니다. 인간이 아름다운 이유지요. 가끔 오케스트라를 생각해 봅니다. 모든 악기가 제각기 다른 소리를 내지만 조화를 이룰 때 그 웅장한 화음을 내는 것처럼 오늘 내가 나로 살 때만 내 삶의 아름다운 품격은 이루어지지 않나 싶습니다.

봄 소리

입춘이 지난 후부터 봄이 빠르게 달려오고 있습니다. 아직 훈풍까지는 아니더라도 멀잖은 봄의 향기가 느껴지네요. 혹한을 견뎌 낸 나무들이 대견하고 지층을 뚫고 삐죽이 내민 초록이 봄임을 노래합니다. 며칠 전 병원 뜰에서 새로 돋아난 그 여리디여린 잎들이 추위를 견디는 것을 보면서 사람보다 몇 수 위의 세상을 사는 것 같기도 했어요. 풀숲을 들추면 벌써 파릇파릇한 새싹이 돋고 밥상에 오른 달래는 봄 향기를 느끼기에 부족함이 없네요. 봄 내음 물씬 풍기는 애엽(艾葉)이라 불렀던 쑥, 냉이, 달래 등등이 눈에 선합니다. 뭐니 뭐니 해도 봄이 오면 '봄은 나에게 취기의 계절, 광기의 계절로 느껴진다.'라고 31세에 요절했던 전혜린의 말이 생각납니다. 또 그의 책 「그리고 아무 말도 하지 않았다」에선 이른 감이 없지 않으나 "갑자기 거리는 온갖 빛깔로 단장되고 어디선지 끊임없이 물이 흐르는 소리가 나고 눈부신 신록이 마치 베일을 벗듯이 벗겨져 나오고 회색이던 햇빛은 황금색을 띠게 되고 연옥색 하늘에는 한 달 동안 구름이 덮이지 않고 밝고 빛나는 날씨가 계속된다."라고 했지요.

천지신명(天地神明)께 비옵나니!

예부터 우리나라는 다신(多神)의 민족이었지요. 조상들은 냉수 한 그릇(정한수) 떠 놓고 부엌이나 장독대는 물론 뒤뜰을 가리지 않고 '비나이다 비나이다'를 반복하며 기원했습니다. 기원하는 제목에 따라 부르는 신(神)의 이름이 달랐다는 것도 큰 특색이었지요. 임신을 원할 때는 삼신(三神)에게, 바다에 나갈 때는 용왕(龍王)에게, 집안에는 성주신께, 안방에는 조상신, 부엌에는 조왕신께 빌었지요. 기독교의 유일신(唯一神-God, 하나님, 하느님, 하늘님)이 전파되기 전까지는 이렇게 숱한 신의 이름을 부르며 바라는 일이 이루어지기를 기원(祈願)했습니다. 신의 이름은 다를지라도 물 한 그릇 떠 놓고 빌었던 그 기도가 얼마나 간절했었는지 이제는 알 것 같지요. 절대 미신이 아니었습니다.

오늘은 동오 아우를 위해 먼저 가신 분들께 간절히 빌고 싶어집니다. 사자(死者)의 힘까지 합쳐서라도 아우의 생명을 연장해 주십사 하고 두 손을 모아 보네요.

삼월

이어령의 「茶 한잔의 思想」은 해마다 3월이 오면 생각나는 책입니다. 2023년 2월로 지상 소풍을 마치신 지 1주기가 지났지요. 나는 평생 저자의 책을 읽어 왔는데 그중에서 이 책만큼 평생을 옆에 두고 읽은 책은 없는 것 같습니다. 그만큼 나에게 큰 영향을 준 책이라고 할 수 있지요.

이 책에서 저자는 3월을 빛깔과 소리와 분노가 있다고 표현했습니다. "삼월에는 빛깔이 있다. 프리즘처럼 가지각색 아름다운 광채를 발산하는 빛깔이 있다. 우울한 회색에의 혁명이다. 푸른색이 있고, 붉은색이 있고 노랑색이 있고… 산과 들에 크레용으로 낙서해 놓은 것 같은 색채의 향연이다. 오랫동안 감금되어 있던 금제(禁制)의 빛깔들이 크낙한 해일처럼 넘쳐흐른다.", "삼월에는 '소리'가 있다. 침묵 속에서 움트는 '소리'가 있다. 얼음이 풀리는 강의 소리와 겨울잠에서 깨어난 짐승들의 포효… 햇살처럼 번져 가는 생명의 소리가 있다. 지층을 뚫고 분출하는 삼월의 소리는 죽은 나뭇가지에 꽃잎을 피우고 망각의 대지에 기억을 소생시킨다."

"삼월에는 분노가 있다. 겨우내 참고 견딘 굴종과 인내의 끈을 풀고 생을 절규하는 분노가 있다. 모욕당한 사랑과 짓밟힌 평화와 구속된 자유와… 겨울의 그 폭군을 향해 도전하는 분노가 있다. 어디를 보나 생명을 가진 것이면 노여운 얼굴을 하고 일어서고 있다."

시간

도대체 시간이란 무엇일까요. 대답이 선뜻 떠오르지 않으니 어려운 질문입니다. 그냥 지나가 버리는 것일까요. H.롱펠로는 “시간은 영혼의 생명이다.”라는 말을 했고 R.W.에머슨은 “시간을 충실하게 만드는 것이 행복이다.”라고 했으며 B.드즈레일리는 “시간을 얻는 자는 일체를 얻는다.”라고 표현하기도 했습니다. 한치의 광음(光陰)도 가벼이 여기지 말라는 일촌광음(一寸光陰) 불가경(不可輕)이라는 말도 떠오릅니다. 이어령은 〈하나의 나뭇잎이 흔들릴 때〉에서 “우리는 두 번 다시 똑같은 강물 속에 서 있을 수 없다. 물이 흘러가고 있기 때문이다. 시간도 그런 것이다. 우리는 같은 현실 속에 머물러 있을 수 없다.”라고 했지요. 고대 그리스에서는 시간을 두 가지로 나누었습니다. 흘러가는 시간은 크로노스(Cronos)이고 특별한 시간은 카이로스(Kairos)라고 했지요. 시간은 그 무엇과도 바꿀 수 없는 가장 소중한 것이지요. 크로노스의 시간을 소비하는 오늘을 살고 있지는 않은지 반문해 봅니다. 오늘도 각자에게 주어지는 기회의 순간인 카이로스를 포착하는 멋진 삶을 살았으면 좋겠습니다.

오에 겐자부로(大江建三郎)

오에 겐자부로(大江建三郎 · 1935~2023), 그는 일본을 대표하는 시대의 양심이었습니다. 1994년 노벨 문학상 수상작인 「만엔 원년의 풋볼」은 일본의 두 번째 노벨 문학상이었지요.(첫 번째는 1968년 「설국」의 작가 가와바타 야스나리) 그는 내가 태어나던 1957년 등단해 인간의 실존적 문제, 평화와 공존을 다룬 작가였습니다. 그해 23세이던 그는 「사육」으로 최고 권위 신인문학상인 아쿠타가와(芥川)상을 최연소로 수상했습니다. 대표적인 친한파인 그가 "일본은 아무리 사죄해도 충분치 않을 만큼 막대한 범죄를 한국에 저질렀는데도 아직 한국인들에게 충분히 사죄하지 않았다."라고 한 말은 지금도 생생하지요. 황석영 작가를 노벨 문학상 수상자로 점찍기도 했습니다. 63년에 태어난 아들 히카리가 지적장애를 앓자 "작가로서 나는 아들의 삶을 통해 보는 세상을 묘사했다. 나한테는 히카리가 현실을 여과하는 렌즈였던 셈"이라고 말했습니다. 노벨상 수상 이후 일본 정부는 그에게 문화훈장을 주려고 했지만 거절했던 작가였지요. 원전 철폐와 김지하 시인의 탄압에 항의하는 단식 투쟁을 벌이기도 했던 지식인이었습니다.

험한 풍파

세상은 하루도 조용할 날이 없습니다. 바닷물이 멈춤을 모르듯 바람 잘 날이 없네요. 산다는 것은 병마와의 싸움이기도 합니다. 육체에 찾아오는 크고 작은 질병은 삶을 참 어렵게 합니다. 어떤 사람은 그 풍파를 용케 넘어가거나 피하기도 하지만 또 어떤 사람은 그 한가운데서 신음하며 사투를 벌이는 경우도 흔하지요. 삶은 가히 고해(苦海)가 아닐 수 없습니다. 이 고통의 바다에서 나를 정립하고 산다는 것이 때로는 기적과 같다 싶을 때가 있어요. 그래도 갑니다. 어제는 이종 형님께서 돌아가셔서 태안 장례식장에 가던 중 형수님네 조카가 갑자기 세상을 떠났다는 연락을 받고 그 부모 세대의 역사를 잘 아는 관계로 안타까움이 너무 컸습니다. 형수님께서는 또 다른 조카딸네 돌잔치를 이틀 앞두고 벌어진 상황에서 슬픔은 더 크셨을 것입니다. 동생과 사촌형님은 암(癌)으로 가히 사투를 벌이고 있고 숙모님 한 분은 치매로 또 다른 사촌은 오랫동안 앓아온 질병으로 입원하는 등 힘겨워하고 있습니다. 다음 주에는 우리 칠 남매가 모여서 식사를 하기로 했네요. 아우가 벌이고 있는 처절한 싸움에 힘을 실어 주기 위해서입니다. 인생은 고해다 싶지만, 그래도 내일은 내일의 태양이 뜨겠지요.

챗GPT

시대마다 세상을 바꾸는 물결(Wave)이 있었습니다. 우리나라만 해도 가진 자들은 이동할 때 말(馬)을 이용했지요. 그것이 없는 사람들은 무조건 걷는 것 외에는 길이 없었습니다. 인력거(人力車)를 이용하기도 했고요. 기계라는 문명이 들어오기 전에는 모든 옷을 손으로 만들어 입었습니다. 땅을 갈아엎을 때는 소를 이용했고 글은 당연히 자필로 원고지에 썼지요. 자동차가 나오면서 말을 타는 사람은 없어졌고 기계의 발명은 산업혁명으로 이어져 세상을 바꿨지요. 컴퓨터와 스마트폰은 그 첨단에서 맹활약을 펼치고 있습니다. 지난해 11월에 처음 출시된 ChatGPT는 오픈 에이아이(OpenAI)에서 개발한 대화형 인공지능입니다. 광범위하게 수집한 데이터를 기반으로 사전 학습되어, 주어진 질문에 문장으로 생성된 답을 제시하는 형태인데 가히 혁명적이라 하지 않을 수 없습니다. 2023년 3월 현재 GPT-4가 공개됐지요. MS의 빙(Bing), 우리나라의 아숙업(Askup) 등이 불꽃 튀는 경쟁을 할 것 같습니다. 하루가 다르게 변하는 기술 축적은 앞으로 우리네 삶을 또 어떻게 변화시킬지 예측하기가 쉽지 않네요. 참고로 GPT는 'Generative Pre-trained Transformer'의 약자입니다.

내 젊은 날의 심야 음악프로

내 젊은 날에는 라디오 심야 음악프로를 거의 매일 들었습니다. 큰 즐거움이었지요. 가끔이지만, 신청했던 음악이 나올 때는 그 황홀함이 더했습니다. 그림을 그릴 줄 모르는 탓으로 엽서에는 그냥 내용만 쓸 수밖에 없었지만, 운이 좋으면 그것이 뽑혀 방송되곤 했던 기억이 납니다. 얼마 전 타계하신 우리나라 1세대 DJ 최동욱 씨가 담당했던 프로에서도 방송이 됐었고요. 〈3시의 다이얼, 박인희와 함께〉의 박인희, 〈밤의 플랫폼〉의 김세원, 〈한밤의 데이트〉의 임국희, 박원웅, 이종환, 김광환 등등의 이름이 떠오르네요. 1988년 봄 서울로 이사한 후 면목동에서 곁꾼(시다) 생활할 때는 김기덕의 〈2시의 데이트〉를 듣기도 했었지요. 서금옥이라는 분을 아시나요? 〈이브의 연가〉나 시 낭송 〈가난한 이름에게〉는 가히 충격이었습니다. 1979년도였던 것으로 기억하는데 어쩌면 그렇게 가슴속을 파고드는 목소리였을까요. 김남조의 시였는데 지금도 그 전문을 다 암송합니다. 〈떠다니는 섬〉도 그렇고요. 이후에는 윤설희의 〈그리운 바다 성산포〉가 너무 좋아서 원작자인 이생진 시인께 연락하기도 했었습니다. 이렇듯 멋진 심야 프로와 그렇게 내 젊은 날은 흘러갔습니다.

인공지능 시대의 인문학

인공지능(AI)이 삶 속에 깊숙이 파고들며 인간의 자리를 점령해 가고 있습니다. 그 속도가 무서울 정도지요. 인공지능이란 AI, artificial intelligence의 약자로 무서운 속도로 세상을 지배해 가고 있습니다. 성역(聖域)처럼 여겨지던 바둑에서는 이미 인간의 두뇌를 넘어섰고 구글은 인공지능을 이용해 사람 없이 스스로 운전할 수 있는 차량인 자율주행차를 개발해 현재 실전 투입을 눈앞에 두고 있는 상황입니다. 우리가 매일 사용하는 스마트폰의 카메라의 초점을 자동으로 잡아 주는 '얼굴인식' 기능도 바로 인공지능이 하는 것이지요. 인터넷에서 검색하거나 유튜브에서 어떤 내용을 보고 나면 관련된 영상을 찾아 주는 것도 바로 AI가 하는 것입니다. 혁명이며 혁신이 아닐 수 없지요. 오늘 내가 접하고 있는 모든 분야에 AI는 이미 밀접한 관련이 있다는 사실입니다. 이런 놀라운 시대에 과연 인문학(人文學)의 자리는 어떻게 지켜야 할까요. AI가 글도 쓰는 시대에 말이지요. 고민이 아닐 수 없습니다.

물(봄비)

생텍쥐페리는 「人間의 大地」에서 "물, 너는 맛도 없고 빛깔도 향기도 없다. 너는 정의(定意)할 수가 없다. 너는 알지 못하는 채 맛보는 물건이다. 너는 생명에 필요한 것이 아니라, 생명 그 자체이다. 너는 관능으로는 설명하지 못하는 쾌락을 우리 속 깊이 사무치게 한다. 너와 더불어 우리 안에는 우리가 단념하였던 모든 권리가 다시 들어온다. 네 은혜로 우리 안에는 말라붙었던 마음의 모든 샘이 다시 솟아난다." 라고 했지요. 헤르만 헤세도 「싯다르타」에서 "물에서 배워라! … 물은 생명의 소리, 존재하는 것의 소리, 영원히 생성하는 것의 소리다."라고 했고, "차가운 물은 육감적이다."라고 소설가 강신재가 표현했던 물! 봄비가 왔지요. 목 타는 대지를 적시는 생명의 단비. 살아 있는 동식물에 물은 생명 그 자체입니다. 그동안 조국의 산하가 많이 가물었는데 특별히 농부들의 환한 미소가 보이는 것 같군요. 행복입니다. 필요할 때 공급해 주시는 높으신 분을 찬양하지 않을 수 없군요. 비가 와야 사는 인간의 한계는 극복될 수 있을까요.

내가 노인이라고?

지난해 11월 22일 아우가 췌장암 판정받은 후부터 기타는 자기 집 속에 들어가 있었습니다. 그러던 중 교회 집사님으로부터 찬양을 의뢰받고 다섯 달 만에 기타를 꺼냈는데 손가락이 전혀 말을 듣지 않았습니다. 그동안 굳은 것이지요. 전에는 이렇게 긴 시간 기타를 잡지 않았던 적이 없었기에 몰랐네요. 거기다 목소리는 갈라졌고 아르페지오(펼침화음)는 말을 듣지 않았습니다. 찬양이란 말이 무색할 지경이었지요. 이 또한 세월의 힘인가 싶기도 했습니다. 악기는 하루만 쉬어도 소리가 다르다는 말을 들은 적이 있는데 실감하지 않을 수 없었습니다. 거기에 들어가는 나이는 어찌 세상을 속일 수 있을까요. 평소 노래를 좋아하지만 잘 부르지는 못합니다. 하도 마음에 걸려 몇 년 전 장로님이 촬영한 같은 노래를 다시 들어 보니 그때가 훨씬 나았습니다. 나도 노인이 되긴 된 모양입니다. 얼마 전 자동차 보험을 갱신했는데 만으로 65세가 넘었다며 '고령운전자 의무교육'이란 것을 받으라고 하더라고요. 장가도 못 간 나를 노인이라고? 하며 반문도 해 보지만, 세상은 벌써 나를 노인이라고 하네요. Oh, time a good good time, where did you go?

유튜브에서 만나는 내 글

얼마 전 한 유튜버로부터 나의 책 「나눔 속에 핀 꽃」 중 몇 편을 낭독해서 올리고 싶다는 연락을 받았습니다. 〈책 읽어드리는 집사〉라는 제목으로 장애인 저자들이 쓴 책을 낭독해 올리는 분이셨습니다. 우선 목소리가 정말 좋았어요. 낭독자 본인의 안목으로 고른 몇 편은 내가 들어도 좋았습니다. 내가 쓴 글이지만 이렇게 타인의 낭독으로 듣는 기분도 괜찮더군요. 맨 마지막에 선택한 글을 들으며 다시 눈시울이 붉어졌습니다. 내가 휠체어도 없던 시절에 바깥출입을 위해서는 지금은 발안에 사시는 작은형님의 등을 빌려야 했던 231쪽에 〈작은형님과 마음의 빚〉이라는 제목의 글을 들을 때였지요. 지난 세월 형님의 등에 무수히 업혔었지만, 그중에서도 유난히 기억나는 두 사건에 관해 쓴 글인데 세월이 흐른 지금도 그 기억을 떠올리면 마음이 젖으며 아련함과 함께 형님께 절로 감사가 나오지요. 무엇으로 형님께 그 진 빚을 다 갚을 수야 있겠습니까만 오늘도 열심히 그리고 최선으로 주어진 몫을 다하는 것이라 여겨지네요. 생각하면 모두 다 은혜입니다.

진짜 시

'사무사(思無邪)'는 '마음에 조금도 나쁜 일을 생각함이 없다.'라는 사전적 뜻 외에도 '생각에 사악함이 없는 순정(純正)한 상태'를 의미하는 말입니다. 공자(孔子)가 시(詩) 305편을 산정(刪定)한 후 한 말씀이며 「논어」 위정편(爲政編)에 나오는 유명한 문구지요. 좋은 시(詩)란 어떤 시를 의미할까요. 여기서 잠깐 시인이면서 선구적인 번역가였던 김억(金億 · 1895~?)의 시관(詩觀)을 엿보고 싶어집니다. 그는 소월의 스승으로 널리 알려졌을 뿐 아니라 서구(西歐) 시는 물론 중국과 조선의 한시(漢詩)까지 우리말로 옮겼던 인물이지요. 당시는 번역본이라는 것이 거의 일본 것을 중역한 시대였습니다. 그가 번역한 것 중 당나라 시인 설도(薛濤)의 〈동심초〉가 있지요. 후에 김성태가 곡을 붙여 더 유명해진 작품입니다. 원제목은 '봄을 기다리는 노래'란 뜻의 '춘망사(春望詞)'였지요. 김억은 이렇게 꾸밈이 없는 작품을 좋은 시라고 생각했습니다. 신분제도의 시대에 자기의 마음을 솔직하게 털어놓은 시가 좋은 시라 생각했지요. 1918년 『태서문예신보(泰西文藝新報)』에 주로 프랑스 상징주의 시를 번역해 소개했던 시인이며 『창조(創造)』와 『폐허(廢墟)』의 동인으로도 활동했습니다. 그의 친일 행적 등은 흠으로 남았지만, 좋은 작품을 보는 안목만큼은 닮고 싶어집니다. 동심초(同心草)에서 동심은 '한마음'이란 뜻이지요.

국수 한 그릇의 빚

어제는 삽시도 뚝말에 사시던 영복이 누님이 세상을 떠나셨다는 소식이 전해졌습니다. 당시 나는 막내 작은아버지 댁의 작은 가게에서 점원으로 지낼 때였습니다. 열다섯이었고요. 난방도 되지 않는 창고 같은 곳에 요를 깔고 지낼 때였지요. 혹한이 몰려올 때는 누군가의 등에 업혀 방에서 잠을 잤지만 견딜 만할 때는 그냥 가게에서 잠을 자던 때였습니다. 1971년 12월 25일 누님은 동네 형님과 결혼했는데 누군가의 주선인지는 모르지만 가게(하꼬방)로 국수 한 그릇이 배달됐습니다. 그날 일기장에 소식을 전하며 "상(賞)을 받았다."라고 기록해 놓았군요. 누님과는 왕래가 없었지만, 매우 편찮으셨다는 소식은 들었었지요. 35년 전 바다에 남편을 잃고 대천에서 어물 장사를 하신다는 소식은 듣고 있었는데 이렇게 누님의 부음을 들으니 그 누님의 결혼식 날 얻어먹은 국수 한 그릇이 인간애의 깊이로 와닿고 단 한 번도 누님을 만나 그날 고마웠다는, 그리고 맛있었다는 말을 전하지 못한 아쉬움이 빚으로 남네요. 누님의 명복을 빕니다.

서원 기도 그 이후

해마다 5월 1일이 돌아오면 1990년 그해 여수 애양원의 봄날이 생각납니다. 단 한 번이라도 서 보고 싶다는 마음 하나로 수술대에 누웠을 때 자연스레 나왔던 기도였습니다. "하나님, 만약 내가 이 수술이 잘 되어 걷게 된다면 나보다 못한 이웃이야 있겠습니까만 그들을 찾아 100명에게 무료교육을 하겠습니다."라는 기도였습니다. 나중에서야 그게 '서원(誓願) 기도'라는 것을 알았지요. 떼를 쓰듯 그렇게 기도를 하고 수술을 받던 날은 눈이 부시도록 푸른 5월의 첫날이었습니다. 당시로는 장애가 너무 심한 탓에 걷는다는 것은 욕심이었지요. 서른네 해를 서 보지도 못하고 살았던 삶이었으니 그럴 만도 했습니다. 지독히도 아팠던 몇 개월 후 나는 어머니 앞에 처음으로 서 보는 역사를 이뤘고 이후 2차와 다음 해 3차까지 수술을 끝으로 걸어서 병원문을 나왔고 그 이후 나의 삶은 완전히 바뀌었지요. 새로운 둥지 등 준비를 마친 후 1994년부터 지금까지 계속 이웃들을 만나고 있으니 서원 기도는 정말로 힘이 셉니다.

귀한 사랑과 아름다운 남매

『활짝웃는독서회』 객원 시인 한 분이 밥을 사겠다고 했지만 좀처럼 짬을 못 냈지요. 그러다 더는 안 되겠다 싶어 날을 잡고 서대문구 연희맛로라는 곳으로 약속 시각보다 한 시간 먼저 그분을 처음 소개한 수필가와 차를 마시기로 했습니다. 하지만 근처에 휠체어가 들어갈 수 있는 곳은 없었고 마트에서 음료를 사 왔습니다. 약속 시각이 가까워졌을 때 아들과 딸이 함께 운영한다는 식당을 찾아갔지만, 그곳 역시 휠체어가 들어갈 수 있는 편의시설은 되어 있지 않았습니다. 시인 할머니께서 얼마나 망연자실 낙담(落膽)하실까 싶었지만, 방법이 없었지요. 또한, 남매가 함께 식당을 운영하면서 귀한 손님이라고 특별히 신경을 쓰셨다는데 걸렸지만, 방법은 떠오르지 않았습니다. 근처 다른 식당에 자리를 잡았는데 소식을 듣고 먼저 따님이 오셔서 아쉽다는 인사를 했어요. 아쉬움과 서운한 표정의 시인 할머니를 뵙고 인사를 드렸는데 남매가 다시 왔습니다. 저녁 시간 그 바쁜 와중에 말이지요. 찬란한 봄꽃보다 그 남매의 어머님 사랑이 더욱 빛났습니다.

어버이날

"첫 번째는 어머니께서 배 속의 아이를 지키고 보호해 주신 은혜, 두 번째는 어머니께서 출산에 이르러 고통을 감내한 은혜, 세 번째는 세상에 나온 아이를 보며 모든 걱정 근심을 잊은 은혜, 네 번째는 쓴 것은 삼키고 단것은 뱉어 먹이는 은혜, 다섯 번째는 진자리 마른자리를 가려서 눕혀 주신 은혜, 여섯 번째는 젖을 먹이며 키워 주신 은혜, 일곱 번째는 더러운 것을 씻어 깨끗이 해 주신 은혜, 여덟 번째는 먼 길을 떠난 자식을 잊지 않고 걱정해 주시는 은혜, 아홉 번째는 자식을 위해서라면 기꺼이 악업 짓는 것도 마다하지 않으신 은혜, 열 번째는 마지막까지 애처롭고 사랑스럽게 여겨 주신 은혜이다."

신문에서 〈어머니를 위한 기도〉라는 칼럼을 읽었습니다. 〈부모은중경(父母恩重經)〉이라는 글에 나오는 이야기라고 하네요. 2023년 올해도 어버이날을 맞고 보니 아버지는 42주기, 어머니는 13주기 제사를 앞두고 있네요. 부모님은 만법(萬法)의 근원입니다.

시대의 슬픈 자화상—영상 시대에

아침에 눈을 뜨면 휴대전화부터 검색합니다. 밤사이 어떤 소식이 나를 찾아왔을까 궁금하기 때문이지요. 일어나 화장실에 들어가서도 유튜브를 틀어 놓고 점심 후 잠깐 쉴 때도 틉니다. 무슨 일을 하다가도 무슨 소리가 나면 확인하려 켭니다. 잠을 자기 전에도 또 둘러봅니다. 가만 생각해 보니 거의 짬만 나면 들여다보고 있는 자신을 발견하네요. 언제부터 이렇게 됐는지는 모르겠습니다. 한 달에 십여 권의 책을 읽는다는 나조차도 이게 현실입니다. 책을 읽지 않는 사람은 말할 나위도 없겠지요. 시대의 슬픈 자화상입니다. 책을 읽지 않는 이 거대한 흐름을 세상 누가 막을 수 있을까요. 읽지 못한 책과 읽고 싶은 책이 너무 많습니다. 서가를 둘러봐도 다시 읽고 싶은 책이 대부분인데 어쩌자고 시간을 이렇게 마구 소비하고 있는지 한심할 뿐입니다. 그래도 위안이라면 하루 100페이지의 책을 반드시 읽으려고 한다는 사실일까요. 영상은 달콤한 사탕과 같습니다. 곧 흔적도 없이 사라지는 것. 그것에 빠지면 우선 이가 썩지요. 정신 차려야겠습니다.

오월

해마다 오월이 오면 계절의 아름다움을 다시 생각하게 됩니다. 요며칠 아침 햇살이 기막힐 정도로 좋군요. 베란다의 화초들이 햇빛에 등을 말리며 행복해합니다. 건너편 작은 공원으로 눈길을 돌리면 푸른 신록이 가히 장관을 이루고 있지요. 꼭 30년 된 가로수들도 무성한 잎을 자랑합니다. 천국이 따로 있나 싶지요. 그 마음만 소유했다면 날마다 천국을 살겠지요. 오월은 청춘의 달입니다. 모든 것이 젊고 싱싱해요. '5월은 계절의 여왕'이라고 〈사슴〉의 시인 노천명이 말했고 김영랑은 〈五月〉에서 '찬엄(燦嚴)한 햇살 퍼져 오릅내다'라는 표현을 했지요. 이희승 또한 〈五月〉이란 글에서 '만물이 가장 목청을 높여 생명의 합창을 소낙비마냥 퍼붓는다.'란 말을 했습니다. 김동환은 〈五月의 香氣〉에서 '오월의 하늘에 떠도는 종달새는 풍년을 물고'라고 멋진 표현을 했습니다. 채만식은 〈濁流〉에서 '오월의 하늘은 티끌도 없다.'라고 했지요. C.브론테는 「제인에어」에서 '푸른 하늘, 고요한 햇빛, 부드러운 서풍과 남풍은 5월 중 내내 계속되었다. 그리고 초목은 이제 무성하고 로우드도 추운 겨울을 모면했다. 어디나 푸름과 꽃, 해골 같았던 느릅나무, 물푸레나무, 참나무는 모두 웅장한 모습을 다시 찾았다.'라고 했지요. 5월은 청춘과 신록 그리고 생명의 경이를 가장 잘 나타내는 아름다운 계절입니다.

바다를 깨는 도끼

"우리가 필요로 하는 책이란 우리를 몹시 고통스럽게 하는 불행처럼, 자신보다 더 사랑했던 사람의 죽음처럼, 모든 사람을 떠나 인적 없는 숲속에 추방당한 것처럼, 자살처럼 다가오는 책이다. 한 권의 책은 우리 내면의 얼어붙은 바다를 깨는 도끼여야만 한다." 카프카가 '문학적 전복'에 관해 친구에게 보낸 편지의 일부입니다. 「변신」, 「소송」, 「성」, 「시골 의사」 등으로 유명한 프란츠 카프카(Franz Kafka · 1883~1924)는 오스트리아 · 헝가리 제국 보헤미아(현 체코)의 프라하에서 태어나 독일어를 쓰는 유대인 사회에서 성장했습니다. 대학에서는 독문학과 법학을 공부했으며, 1906년 법학 박사학위를 취득했습니다. '한 권의 책은 우리 내면의 얼어붙은 바다를 깨는 도끼여야만 한다.'라는 한 문장으로 인해 나는 평생 카프카를 좋아하게 됐지요. 내가 그의 전집을 산 것은 순전히 위의 문장 때문이었습니다. 일기와 편지 등도 많이 남겼지요. 그는 사르트르와 카뮈에 의해 실존주의 문학의 선구자로 평가받았지만, 폐결핵으로 빈 근교의 한 요양원에서 사망했습니다.

고독한 현대인

2023년 현재 나를 포함해 전체 1인 가구가 717만 명이라고 합니다. 대단한 숫자가 아닐 수 없지요. 이 중에서 고독사 위험군이 153만 명에 달한다니 우리 사회의 어두운 그늘이 아닐 수 없지요. 고독사란 '가족 친척 등 주변 사람과 단절돼 홀로 사는 사람이 혼자 임종을 맞고, 시신이 일정한 시간이 흐른 뒤에 발견되는 죽음'으로 정의된다고 합니다. 1인 가구 중에서 연고가 없거나, 가족이 있어도 연락이 끊어지면 고독사의 위험은 높아진다는 것이지요. 친인척은 물론 형제간에도 단절된 상태로 살아가는 사람들이 많다고 합니다. 어떻게 그럴 수 있을까 싶기도 하지만 현실입니다. 철저한 개인주의가 낳은 결과라고 하기엔 시대의 흐름이 너무 급박하다는 생각도 드네요. "고독사는 외로운 죽음이 아니라 외로운 삶의 결과다."라는 신문 사설이 정신을 번쩍 들게 합니다.

뭔가 잘못된

“우리나라 문학 교육은 일천하기 그지없습니다. (…) 저는 제 시가 수록된 대입 참고서의 문제를 풀지 못합니다.” 김혜순 시인의 말입니다. 충격적인 말이 아닐 수 없지요. 전에도 어느 시인이 학교에서 냈다는 자기 시의 문제를 하나도 풀지 못했다는 글을 읽은 적이 있습니다. 자기 작품에 대한 문제를 본인이 못 푼다는 것은 무엇이 문제일까요. 우리나라 문학 교육의 현주소를 읽는 것 같기도 하고 시를 시의 형식에만 얽매이게 한 잘못이 아닐까 싶기도 합니다. 물론 다 그렇지는 않지만, 현대시는 너무 난해합니다. 시가 어려워야만 좋은 시라는 논리에는 찬성할 수 없습니다. 물론 시어(詩語)는 일상어와 다르다는 것을 모르지 않지만, 일상어로 판독이 불가능하다면 그 작품이 어떻게 널리 읽힐 수 있을까요. 이런 시는 어떤가요.

〈행복 2〉

나태주(羅泰柱 · 1945~)

저녁에
돌아갈 집이 있다는 것

힘들 때

마음속으로 생각할 사람이 있다는 것

외로울 때

혼자 부를 노래 있다는 것.

운명을 바꾼 만남

내가 문인(文人)의 꿈을 꾼 것은 순전히 밖을 나갈 수 없었기 때문이었습니다. 장애로 인해서였지요. 우선 친구가 없었고 그렇다 보니 자연스레 집안에 굴러다니는 책을 펼쳐 보게 됐지요. 당시는 『새농민』을 비롯하여 『선데이 서울』과 같은 주간지도 닥치는 대로 읽고 또 읽었습니다. 책이 귀했고 어디서 빌려다 볼 수 있는 여건 또한 되지 않았기에 책에 대한 갈증은 그때부터 시작됐지요. 열다섯에 객지 생활을 시작하면서 본격적으로 문학책을 읽기 시작했는데 '책과 만남'이 나의 운명을 바꿨습니다. 시인은 물론 작가와 작품을 연계하는 기쁨이 그렇게 컸을까요. 지금 생각해도 참 행복한 세월이었습니다. 프랑스의 실존주의 철학자 카뮈가 보낸 편지에 "당신을 알기 전에는, 시 없이도 잘 지냈습니다."라는 구절에 놀랍습니다. 다른 사람도 아닌 카뮈가 그런 말을 했다는 것이 의아하긴 해도 사실인 모양입니다. 책이 없어도 잘 사는 사람들이 많아요. 삶의 길이 다르기 때문이지요. 틀린 것은 아닙니다. 나에게 책은 운명을 바꾼 만남이라고밖에는 달리 설명할 길이 없네요. 돌이켜 보면 후회할 수 없는 생의 여정이었습니다.

아우에게 쓴 마지막 편지

자네가 병상 침대에서 떨어져 정신을 놓았다는 소식을 들은 것이 지난 6월 24일이었네. 아직도 정신은 물론 휴대전화기도 찾지 않는다는 상황에서 이 형의 마지막 편지가 전달될 수 있을까 싶구먼. 자네가 죽음을 준비하지 못한 상황에서 '이게 무슨 날벼락이냐' 망연자실하다 치료를 시작했지. 그 결과는 결국 가족들과 형제 및 친인척은 물론 감사와 화해의 말 한마디 남기지 못하고 다음 생으로 이렇게 허망하게 떠나려 하는가. 무섭고 외로운 자네의 사투가 이 한여름 살을 에이게 하네. 다음 주면 호스피스(임종시설) 병동으로 옮길 것이란 이야기까지 나왔으니 맑은 정신으로 자네를 더는 만날 수 없을 것 같구먼. 죽음을 품격 있게 준비하지도 못하고 임종을 맞아야 한다는 사실이 안타깝고 슬프네. 아우여, 참으로 열심히 살아온 아우여, 그동안 정말 고생 많았고 형제로 살아온 날들이 행복했고 든든했어. 그리고 두루두루 감사했고. 자네와 추억을 쌓을 새도 없었고 나들이 한번 못 간 것이 몹시도 후회되는구먼. 바라기는 자네가 정신을 차려 집으로 와서 다만 며칠이라도 편안하게 쉴 수 있다면 좋겠네. 규정이가 이 편지를 읽어줄걸세. 이해했다면 고개를 끄덕여 주게. 그리고 할 수 있거든 자네 가족은 물론 우리 모두에게 단 몇 마디라도 해 주게. 형제 모두를 대신해서 자네를 아끼고 사랑했다는 것 잊지 말고.

레테의 江을 건넌 아우

아우가 세상을 떠났습니다. 모래톱을 지나(Crossing the Bar) 레테의 강을 그렇게 건넜습니다. 아우가 병원에서 췌장암 판결을 받은 날이 2022년 11월 22일이었습니다. 계산해 보니 꼭 237일 만에 베옷을 입고 지상 소풍을 마쳤군요. 확정판결을 받은 날 아우는 믿기지 않는 당혹감으로 담담히 소식을 전해 왔습니다. 그로부터 아우는 만류하는 내 말을 듣지 않았지요. 항암치료를 하면 회복될 줄만 알았었나 봅니다. 믿고 의지할 곳이 그 길밖에는 달리 없다는 듯 그렇게 치료에 매달렸지만, 결과는 아무런 효과 없이 최악으로 치닫기만 했다는 사실이군요. 동생의 운명이라고 하기엔 너무 가혹한 결과였습니다. 예순셋! 아직은 젊은 나이였지요. 정말로 일밖에 몰랐던 아우였습니다. 발인예배가 진행되는 동안 '며칠 후 며칠 후 요단강 건너가 만나리'가 울려 퍼질 때 한없이 흐르는 눈물을 어쩌지 못했습니다. 물론 지난 237일 동안 가족은 더 말할 나위도 없었겠지요. 칠 남매와 친인척 모두가 가슴에 돌덩이 하나 안고 살았지요. 그게 참 어렵고 힘들었습니다. 그 어려운 치료과정을 지켜보면서 그 누구도 대신할 수 없는 인간의 삶과 길을 참 많이 생각했습니다. 인간은 결국 혼자였습니다. 그동안 사랑했고 고마웠습니다. 아우의 존재가 태산처럼 든든했고 언덕이었음을 다시 깨닫네요. 아우여, 잘 가게. 그리고 사랑했네.